Laura Grimaldi

Das Monster von Florenz

SERIE PIPER

Zu diesem Buch

Die Monterispolis sind eine alte, angesehene Florentiner Familie, die zurückgezogen in San Domenico de Fiesole leben. Sohn Enea arbeitet halbtags bei einem Notar, und die Mutter Matilde ist ohne besondere Beschäftigung. Ihr Leben verläuft ereignislos, bis eines Tages die Polizei vor der Tür steht und sich nach Enea und der Pistole von Matildes verstorbenem Mann erkundigt. Als dann auch noch das Futteral mit den Skalpellen ihres Mannes nicht mehr an seinem Platz liegt, nistet sich ein schrecklicher Verdacht in Matilde ein. Seit Jahren versetzt das Monster von Florenz die Stadt in Aufregung. In regelmäßigen Abständen werden Liebespaare auf grausame Weise ermordet. Hat etwa Enea mit den Morden zu tun? Matilde sucht Klarheit, sucht Rat, aber für solch abscheuliche Verdächtigungen ist man zu vornehm, die Verdrängung funktioniert bestens. Die Tat, zu der sich die zögernde und erstarrte Matilde schließlich gezwungen sieht, endet in einem Fiasko.

Laura Grimaldi, geboren in Rufina bei Florenz, ist Verlagsgründerin, Journalistin, Übersetzerin und Autorin von Romanen und Erzählungen sowie von Vorlagen und Drehbüchern für Fernseh- und Kinofilme. Für das »Monster von Florenz« erhielt sie den angesehenen Premio Sila. Außerdem auf deutsch »Tod einer Anwältin« (1992). Laura Grimaldi lebt in Mailand.

Laura Grimaldi

Das Monster von Florenz

Roman

Aus dem Italienischen von
Linde Birk

Piper München Zürich

Von Laura Grimaldi liegt in der Serie Piper
außerdem vor:
Tod einer Anwältin (5661)

Ungekürzte Taschenbuchausgabe
Piper Verlag GmbH, München
1. Auflage Juni 1996 (SP 2215)
3. Auflage April 1997

Titel der italienischen Originalausgabe:
»Il Sospetto«, Arnoldo Mondadori Editore, Mailand 1988

Umschlag: Büro Hamburg und Zero, München
Umschlagabbildung: © Joe Cornish/Tony Stone
Foto Umschlagrückseite: Basso Cannarsa
Satz: Utesch Satztechnik GmbH, Hamburg
Druck und Bindung: Clausen & Bosse, Leck
Printed in Germany ISBN 3-492-22505-5

Der Verdacht ist unter den Gedanken
gleich der Fledermaus unter den Vögeln,
sie fliegen immer der Dämmerung entgegen.

Francis Bacon, *Essays*

1

Nach zwei Vorfällen stieg in Matilde Monterispoli der Verdacht auf, einen Mörder in die Welt gesetzt zu haben. Die beiden Vorfälle ereigneten sich, scheinbar unabhängig voneinander, am selben Tag, und erst nach dem zweiten konnte sich Matilde erklären, warum der erste sie so in Unruhe versetzt hatte.

Am Morgen sah sie, daß das Futteral mit den Skalpellen nicht mehr an der richtigen Stelle lag.

Am Abend kam die Polizei ins Haus.

Das Futteral hatte immer auf dem Sims des schlichten, schwarzgeäderten Marmorkamins in Matildes kleinem Salon neben ihrem Schlafzimmer gelegen. Dort hatte sie es an jenem Tag eigenhändig plaziert, als es ihr nach dem Tod ihres Mannes, der bei der Operation eines Patienten an einem Herzinfarkt gestorben war, von einer zum Beileidsbesuch angetretenen Ärztedelegation des Santo-Giovanni-Krankenhauses feierlich übergeben worden war. Ein Futteral aus speckigem Leder mit einer Silberschnalle, das jahrelang Matildes Vater gehört hatte und das dieser Nanni als Glücksbringer für seine Karriere, aber auch aus Dankbarkeit, weil er das verschlossene, unfrohe Mädchen aus seinem Hause holte, zur Hochzeit schenkte.

Nachdem Matilde wieder in seinen Besitz gekommen war, hatte sie es ganz genau auf die Mitte des Kaminsimses gelegt und zwar so, daß der Dorn der

Silberschnalle auf einen länglichen schwarzen Marmorfleck ausgerichtet war. Seither hatte kein anderer mehr das Futteral berührt, denn sie duldete niemanden in ihrem Schlafzimmer und in dem kleinen Salon und nahm dafür in Kauf, jeden Morgen selber mit einem gelben Tuch, das sie aus der untersten Schublade ihres Schreibtisches am Fenster holte, die Oberflächen und Gegenstände abzustauben.

Und jetzt war das Futteral verschoben, die Schnalle lag mindestens zwei Zentimeter von der Spitze des Flecks entfernt, und Matilde starrte darauf wie auf etwas Unheilvolles. Anfangs war es nur ein Gefühl oder eine Ahnung, aber sie quälte sich den ganzen Tag damit herum, obwohl sie sich sagte, daß man so schlimmen Gedanken, zu denen sie wohl auch ihre Einsamkeit verführte, nicht nachgeben dürfe.

Matilde lebte mit ihrem Sohn Enea in einem Haus, das seit Nannis Tod zu groß für sie beide geworden war. Ein schönes Haus in San Domenico di Fiesole, blaßgelb mit grünen Fensterläden, zwei Stockwerke hoch, mehr in die Breite als in die Höhe gebaut und von einem Garten umgeben, der groß genug war, sie von der Straße abzuschließen, mit einer Buchsbaumhecke, die im Laufe der Jahre immer weniger zurückgeschnitten worden war und das Gebäude jetzt vollständig abschirmte. Als Nanni noch lebte, waren alle Räume bewohnt gewesen, die Schlafzimmer im oberen Stockwerk, das Arbeitszimmer, die Wohnzimmer und das große Eßzimmer im Erdgeschoß. Später hatte Matilde ihr eigenes und Eneas Schlafzimmer nach unten verlegt und den Heizungseinbau auf dieses Stockwerk beschränkt.

Man erreichte das Haus über einen Weg, der rechts

und links von je vier Zypressen gesäumt wurde und zu einer zweirampigen Treppe führte, über die man zu einem kleinen halbrunden Portikus gelangte. Der Garten war in zahlreiche nierenförmige Beete aufgeteilt, die mit Steinen eingefaßt und fast alle mit Rosen bepflanzt waren. Das Schönste aber waren die jahrhundertealten Bäume. Kein besonders gepflegter, aber auch kein verwilderter Garten. Ein alter Mann jätete regelmäßig das Unkraut, düngte die Erde und schüttete, wenn nötig, neuen Kies auf den Weg und auf die Pfade zwischen den Beeten. Matilde hatte den Kies nie durch einen beständigeren Bodenbelag ersetzen wollen, da er für sie die Funktion eines Wachhundes erfüllte, der sie vor jedem fremden Schritt warnte.

An jenem Abend aber warnte er sie nicht vor den zwei Männern, die sich dem Haus näherten. Wäre sie in ihrem Schlafzimmer gewesen, hätte sie den Kies unter ihren Füßen knirschen hören, aber sie saß am Schreibtisch ihres kleinen Salons, dessen Fenster zur Seite hinausging.

Als es läutete, hob Matilde den Kopf und horchte, überzeugt, daß sie sich verhört hatte. Seit Jahren empfing man in diesem Haus abends keine Besuche. Aber es läutete noch mehrmals und, wie es Matilde erschien, gebieterisch. Also erhob sie sich, ging in ihr Schlafzimmer, stieß die Läden ein wenig auf und sah hinaus. Beim Knarren der alten Angeln drehte sich der eine der beiden Männer gleich um und sagte: »Polizei.«

Matilde trat von der Fensterbank zurück und ging öffnen. Um das Zimmer und den kleinen Salon zu durchqueren und dann den Flur bis zur Haustür vorzugehen, mußte sie viele Schritte zurücklegen, aber die Zeit, die sie dafür brauchte, reichte ihr nicht, um irgendeinen klaren Gedanken zu fassen. Sie handelte mechanisch und überlegte nicht einmal, ob die beiden Männer auch wirklich die waren, für die sie sich ausgaben.

Sie machte einen Spaltbreit auf, blieb aber hinter der schützenden dicken Holztür stehen und überließ den Männern die Initiative. Wie die beiden dann hereingekommen waren, wußte sie nicht. Einer schlüpfte durch den Spalt, und während sie sich noch nach ihm umdrehte, war auch der andere schon im Haus. Vom Licht geleitet, wandten sie sich dem kleinen Salon zu.

»Wir müssen Enea Monterispoli sprechen«, sagte jener, der zuerst hereingekommen war. Er hatte hellbraunes Haar mit blonden Strähnen und auffallend lebhafte dunkle Augen. »Ein Verwandter?«

»Mein Sohn«, erwiderte Matilde und deutete mit einer Handbewegung an, daß sie sich ruhig auch setzen könnten. Aber sie blieben stehen, und während der eine ans Fenster trat, ging der andere auf den Schreibtisch zu und ergriff die Rechnungen, mit deren Überprüfung sie gerade beschäftigt gewesen war, studierte sie genau und legte sie wieder zurück.

Erst jetzt durchfuhr Matilde ein tiefer Schrecken. »Was hat mein Sohn getan?« Sie bereute ihre allzu impulsive Frage sofort und setzte hinzu: »Was wollen Sie von ihm?«

»Wo ist er?« fragte derselbe Polizist.

Matilde erwiderte, daß er nicht zu Hause sei und sie nicht die geringste Ahnung habe, wo er sich befinde. Ohne besonderen Grund ergänzte sie: »Mein Sohn ist fast fünfzig Jahre alt.« Hätte ihr jemand gesagt, daß dies der Augenblick war, da sie innerlich auf Distanz zu Enea ging, wäre sie sehr überrascht gewesen.

Die Polizisten waren um die dreißig, seit Tagen unrasiert und hatten rotumränderte Augen. Man spürte ihnen ihre innere Anspannung an, die sich unwillkürlich auf Matilde übertrug.

»Enea Monterispoli besitzt nach unseren Informationen eine Pistole. Wo bewahrt er die auf?«

»Ich weiß nichts von einer Pistole«, log sie und fragte sich, wie diese beiden sich einbilden konnten, daß sie ihren Sohn verraten würde. Sie stand hinter dem kleinen Sessel in der Ecke und zwang sich, die Rückenlehne nicht zu umklammern.

»Sagen Sie ihm, daß er sich bis spätestens morgen abend um sieben bei der Mordkommission in der Via Zara 2 melden soll«, befahl der Polizist. Er schien es jetzt plötzlich eilig zu haben. Als sie entgegnete, daß sie doch wohl das Recht habe, etwas Genaueres zu erfahren, erklärte er: »Sie werden ja von dem Doppelmord vorletzte Nacht gehört haben. Wir müssen mit Ihrem Sohn reden. Er sollte uns besser nicht zwingen, noch einmal herzukommen.« Und als er schon halb auf dem Flur war, fügte er noch hinzu: »Sagen Sie ihm, er soll seine Pistole mitbringen.«

Dann sagte der andere Polizist zum ersten Mal etwas, so unerwartet, daß Matilde überrascht zusammenzuckte. Der Mann wandte sich ruckartig zu ihr um, sah ihr in die Augen und fragte: »Wo war Ihr Sohn an den letzten Abenden? Und vor allem, wo war er am Freitag?«

Matilde strich mit ihren schweißnassen Händen über ihren Rock und gab sich alle Mühe, ihre Angst nicht zu zeigen. »Wie ich Ihnen schon gesagt habe, ist mein Sohn fast fünfzig Jahre alt.«

»Aber am Freitag abend, war er da zu Hause? Oder

war er weg? Das werden Sie doch wenigstens wissen.«

»Sehen Sie, wenn mein Sohn zu Hause ist...« Sie hätte fast gesagt, daß ihr Sohn seine Abende in den Räumen über dem Zitronengewächshaus verbringe, konnte sich aber gerade noch zurückhalten. »Mein Sohn schläft am anderen Ende des Flurs«, sagte sie und deutete auf Eneas Zimmertür. »Da höre ich ihn kaum.«

Dann sagte der erste Polizist beim Hinausgehen noch einen Satz, der sie erschreckte. »Wir können ja schließlich eine Mutter nicht dazu zwingen, ihren Sohn zu verraten.« Als hätte er ihre Gedanken gelesen.

Matilde fühlte sich plötzlich ganz müde und verletzlich.

Als die beiden gegangen waren, stellte sie sich aufs Warten ein. Enea kam oft erst sehr spät nach Hause, aber in dieser Nacht würde sie aufbleiben. Das Haus war mit soliden, antiken Möbeln eingerichtet, darunter einigen sehr wertvollen, die bei Nacht knarrten und ächzten, als wären sie lebendig. Vor allem gab es da einen Toilettentisch, an den sich Matilde morgens immer setzte, um sich zu kämmen und eine Spur Hautcreme auf ihr Gesicht aufzutragen. Der Spiegel hatte einen querlaufenden Sprung, der zunächst kaum wahrnehmbar gewesen, jetzt aber deutlich zu sehen war, als wäre er mit einer Messerklinge eingeritzt worden. Dort richtete sie sich ein, um auf ihren Sohn zu warten. Und dort brachte sie auch die von ihrem Platz gerückten Skalpelle mit dem Besuch der beiden Polizisten in Zusammenhang.

Dabei erwachte in ihr ein tiefer Groll auf Enea, weil er ihr diese beiden Männer zugemutet hatte, die ihr schon durch ihre bloße Anwesenheit Gewalt angetan hatten. Etwas in ihrem Innern veränderte sich. Als hätten die Polizisten spürbare Angst und Gewalt mit hereingebracht, Emotionen, die zuvor nie über die Schwelle dieses Hauses gekommen waren.

2

Neumond, der Himmel über dem Rastplatz an der Straße nach Certaldo ist finster, alles wird von der Dunkelheit verschluckt. Dichte Vegetation umwuchert den Rastplatz von drei Seiten. Auf der Landstraße herrscht ununterbrochen Verkehr, aber die Lichtgarben der Scheinwerfer können das Dickicht nicht durchdringen.

Das Mädchen bemerkt den großen Schatten zuerst, der jetzt Gestalt annimmt und sich auf das Auto zubewegt. Sie befindet sich auf dem Rücksitz und wartet darauf, daß der Junge zu ihr kommt. Er, der sich gerade vorbeugt, um die Papiertaschentücher unter dem Armaturenbrett zu suchen, fühlt sich von ihr an den Haaren gepackt, reißt sich heftig los, und etwas zerkratzt seine Haut. Er will gerade sagen: »Bist du verrückt geworden?«, aber der Schrei seiner Freundin ist so gellend, daß auch er Angst bekommt. Auch er sieht den Schatten. Mit fahrigen Bewegungen läßt er den Motor an, legt den Rückwärtsgang ein, vergißt aber die Handbremse und setzt den Wagen heftig ruckend zurück.

Der Schatten hebt einen Arm, streckt ihn aus und schießt auf die Windschutzscheibe, kommt mit raschen Schritten näher, rascher, als sich der Wagen bewegt, erreicht ihn und legt eine Hand auf das Verdeck, während er mit der anderen Hand weiterschießt, diesmal durch das linke Wagenfenster.

Das Auto fährt von dem Rastplatz herunter, überquert die Fahrbahn, ruckt ein letztes Mal und stürzt mit dem Bug voraus in den gegenüberliegenden Straßengraben.

Der Junge krümmt sich dreimal unwillkürlich zusammen, bei jeder Kugel, die ihn trifft. Eine schlägt in seine Schulter ein, die beiden anderen direkt in seinen Kopf. Das Mädchen wird in die Stirn getroffen, und ihre einzige Geste ist krampfartig und unkontrolliert: Sie zieht die Hand zurück, mit der sie sich wie schutzsuchend im Haar des Jungen festgekrallt hat. Die Schnalle ihrer Armbanduhr hat sich im Haar verfangen, das Armband reißt, die Uhr fällt auf die Bodenmatte.

Der große Schatten bleibt stehen, er erhebt sich in eine Höhe, in der er vom Scheinwerferlicht verzerrt und verlängert und in das Dunkel außerhalb der Lichtstrahlen projiziert wird, wodurch er ins Enorme wächst. Er streckt die Hand durch das zertrümmerte Wagenfenster, reißt den Schlüssel aus dem Armaturenbrett und schleudert ihn weit ins Gebüsch. Dann schießt er wieder, auf die Scheinwerfer, die einzigen Zeugen seines Verbrechens.

Der Mann hält sich diesmal nicht damit auf, den Körper des Mädchens zu verstümmeln. Er zieht nicht wie bei den vorhergegangenen Morden die Klinge heraus, um in das Fleisch seines Opfers zu schneiden.

Beim viertletzten Mord hat er sie gezückt, um ihre Wirkung auszuprobieren und auszukosten, um kreuz und quer in dem vom Hals bis zu den Schenkeln nackten Leichnam herumzusticheln und zu schneiden, um damit in Herz und Leber zu stechen und dann, nachdem er gesehen hat, was in ihnen ist, verzückt neben dem leblosen Leib niederzuknien, den Kopf tief darüberzubeugen, so daß er ihn fast berührte, und mit den Händen, die sich in der Dunkelheit nur tastend bewegten, einen langen Schnitt von der rechten Schläfe bis zur Lippe zu machen, von dort weiter zum Kinn und noch weiter hinunter zur Brust, deren Umrissen folgend, und dann zur Scham, entlang der Spur ihrer Behaarung. An diesem Punkt hat er aufgehört, ohne in seinen Gesten einen konkreten Sinn entdecken zu können. Dann hat er auf dem Feld, auf das er das Mädchen zerrte, von einer Zaunrebe einen Schößling abgerissen und ihn verwirrt, als müßte er ihre Beschaffenheit und Tiefe ergründen, weit hinein in die Vagina gesteckt.

Beim drittletzten Mord hat die Klinge schneller und zielbewußter ihre Linie gezogen. Mit drei scharfen Schnitten hat sie die Scham abgetrennt, die der Mann dann mit seiner behandschuhten Hand in der Dunkelheit wie eine Trophäe schwang.

Beim vorletzten Mord hat sich die Klinge nach dem Ritus der immer brüskeren, immer präziseren Revolverschüsse wiederum sicher bewegt, als hätte sie eine eigene Seele, und in das Fleisch der Scham zwischen den Schenkeln eingeschnitten, das Fettgewebe abgelöst, sie für die schon ausgestreckte Hand präpariert, damit die sie herausreißen und in Siegergeste zum Himmel emporschwingen konnte. Bei diesem Mord hat sich der Mann damit aufgehalten, den Leib des Mädchens wieder zusammenzusetzen und ihre Hände in einem Akt obszöner Pietät über der Brust zu falten.

Bei dem Mord jetzt ist es der Junge, der ihn herausfordert. Mann gegen Mann. Der Junge hat es gewagt, sich seinem Überfall zu entziehen, aber der Mann hat sich doch als stärker erwiesen. Er hat die Flucht verhindert, das Auto blockiert, hat trotzdem das Blutbad angerichtet. Und als er den Schlüssel aus dem Armaturenbrett gerissen und in die Dunkelheit geschleudert hatte, wurde er von einem Allmachtsrausch erfaßt, der ihn voll befriedigte und den Trieb, zur Klinge zu greifen, unterdrückte.

Matilde hätte die Erinnerung an das verschobene Futteral und die beiden Polizisten am liebsten aus ihrem Gedächtnis gestrichen, aber da sie dazu nicht in der Lage war, quälte sie sich weiter mit der Suche nach dem geheimen Sinn der beiden letzten Geschehnisse. Sie hatte Enea gefragt, ob er bei der Polizei gewesen sei und die Pistole mitgenommen habe, wobei sie leise hinzufügte, daß sie den beiden gesagt habe, nichts von einer Pistole zu wissen.

Enea war anscheinend dort gewesen und sah die Angelegenheit als geklärt an. Aber Matilde konnte sich nicht beruhigen. Weshalb hatten sie gerade ihn gesucht? Dafür mußten sie doch einen Grund gehabt haben. Die Polizei rührte sich schließlich nicht, wenn nichts vorlag.

»Sie hatten tatsächlich einen Grund«, versetzte Enea. »Sie kontrollieren alle ordnungsgemäß gemeldeten Pistolen, und Vaters Pistole ist ordnungsgemäß gemeldet.« Aber dann wechselte er das Thema, und Matildes Unbehagen ließ auch nicht nach, als Enea ihren durchdringenden Blick bemerkte und noch einmal sagte, daß sie sich keine Sorgen zu machen brauche, es sei alles in Ordnung.

Gleich darauf horchte ihn Matilde vorsichtig über die Skalpelle aus. Ob er sie in der Hand gehabt habe?

Enea starrte sie einen Augenblick mit seinen hellblauen Augen an, dann schüttelte er den Kopf. Diese stumme Verneinung steigerte ihre Angst nur noch.

Ein paar Abende später kam sie beim Essen noch einmal auf das Thema zurück, wobei sie aber sehr weit ausholte und zunächst einmal über die ungewöhnliche Gewalt sprach, von der die Stadt seit einiger Zeit beherrscht werde.

»So neu kommt sie mir nicht vor«, sagte Enea. Sein Ton wirkte belehrend, wie so oft, wenn er mit seiner Mutter sprach. »Die Gewalt von heute ist kein bißchen anders als die von gestern. Nicht weil die Gewalt dem Menschen angeboren wäre, wie viele behaupten. Sondern weil der menschliche Geist die Spannungen, denen er ausgesetzt ist, nicht mehr ertragen oder gar auflösen kann, und wenn das Maß voll ist, dann äußert sich das durch Gewalt, und wenn die Gewalt sich nicht kollektiv äußern kann, dann tut sie es individuell.«

Matilde bekam einen Wutanfall, und ihre Stimme klang ganz brüchig: »Seit ich auf der Welt bin, habe ich noch nie von Ungeheuern gehört, die herumlaufen und kaum zwanzigjährige junge Menschen mit ihrem Revolver totschießen. Von der Verstümmelung der Mädchen ganz zu schweigen. Du wirst mir doch nicht erzählen wollen, daß das normal ist.«

»Nein, normal ist es nicht«, schloß Enea in schneidendem Ton. »Aber da es geschieht, ist es möglich.«

Eines Morgens stieg Matilde, sobald Enea aus dem Hause war, von ihrer Unruhe getrieben, in die Räume über dem Zitronengewächshaus hinauf, wo sich ihr Sohn ein Arbeitszimmer und eine Art Tischlerwerkstatt eingerichtet hatte. In Wirklichkeit lag nur der eine

Raum über dem Gewächshaus, in dem sie winters die Töpfe mit den Zitronenbäumchen unterstellten, während sich der andere genau über Matildes Schlafzimmer befand. Enea verbrachte abends viele Stunden dort oben, las oder machte Holzschnitzereien. Manchmal kam er mit einem Baumstumpf oder einem Olivenklotz nach Hause und schleppte ihn unter Mühen in seine Werkstatt, um daraus Tierfiguren, Menschengesichter oder Vasen zu schnitzen. Die Schlüssel hingen am Küchenschrank, aber Enea verbot allen, sie anzurühren. Wenn Saveria, ihre Hausangestellte, von Matilde den Befehl erhielt, hinaufzugehen, um in den Zimmern Signor Eneas ein wenig nach dem Rechten zu sehen, wartete sie immer, bis er zu Hause war und ihr die Tür öffnete, und wenn sie dann drin war, kehrte sie, von den in allen Ecken aufgestapelten Bücherstößen behindert, nur schnell in der Mitte, staubte den Tisch ab, ohne die Blätter und Papierbündel anzuheben, und leerte, zur entsprechenden Jahreszeit, die Asche aus dem Kachelofen. Dann ging sie brummend wieder nach unten, sie konnte schließlich nicht ordentlich putzen, wenn Signor Enea sie dauernd beobachtete, als wäre sie eine Diebin.

Als Matilde in das Arbeitszimmer hinaufstieg, wußte sie nicht genau, wonach sie suchen sollte. Sie hob das eine oder andere Buch hoch, nahm ein mit der ordentlichen Handschrift ihres Sohnes bedecktes Blatt in die Hand, setzte die Brille auf und sah, daß es Notizen zur voraussichtlichen testamentarischen Auslegung eines Briefes waren, den irgendein Mann seiner Haushälterin hinterlassen hatte. Matilde suchte aufs Geratewohl weiter, verschob dabei, ohne es zu bemerken, die über den Tisch verstreuten Stifte und warf rasche Blicke umher, bis sie etwas entdeckte, das ihr den Atem verschlug.

Neben dem Tisch erhob sich ein Schreibpult, das bis zum Tod ihres Mannes im unteren Arbeitszimmer gestanden hatte. Es war ein schmales, hohes Möbelstück mit zwei Pfeilern und einer schrägen Platte als Abschluß. Auf dieser Holzplatte war mit einer Reißzwecke ein großes weißes Blatt befestigt, auf dem sich die Skizze einer menschlichen Figur befand: ein weiblicher Akt mit gespreizten Beinen und hemmungslos dargebotenen Schamteilen. Ein von einer Männerhand gehaltener Stock stocherte darin herum.

Matilde floh aus dem Arbeitszimmer und schlug die Tür heftig hinter sich zu.

Den ganzen Tag über bemühte sie sich, nicht daran zu denken, aber das Verhalten ihres Sohnes an jenem Abend zwang sie zum ersten Mal, gewisse Verbindungen herzustellen, die sie mit Entsetzen erfüllten.

Enea hatte bemerkt, daß seine Mutter in seinen Räumen gewesen war, und reagierte mit unbeherrschtem Zorn. Bis jetzt hatte er sich ihr gegenüber stets korrekt und manchmal geradezu übertrieben förmlich verhalten und im Hause noch nie die Stimme erhoben. Aber an jenem Abend kam er, wild mit den Armen fuchtelnd und aus vollem Halse schreiend, in den kleinen Salon gestürzt, wo Matilde einen Film im Fernsehen ansah.

»Ich hoffe, du hast dich amüsiert in meinem Arbeitszimmer. Ich hoffe, daß dir gefallen hat, was du da gefunden hast! Ich weiß genau, daß du wieder einmal deine Nase in meine Angelegenheiten gesteckt hast!«

Er lief wie ein Rasender aus dem Zimmer, und Matilde sah kurz darauf, wie er zurückkam, einen Gegenstand schwenkte und diesen mit Gewalt an die Wand knallte. Voll getroffen von den zwei großen eisernen Schlüsseln, die an einem Messingring hingen, zersplitterte die Glasscheibe eines Gemäldes. Matilde spürte eine geradezu physische Bedrohung und starrte gebannt auf den Unbekannten.

Dabei hatte sie eine furchtbare Vision.

Sie hatte in der Zeitung gelesen, daß der Liebespaarmörder nach dem letzten Mord in Raserei geraten war, wohl weil der Junge am Steuer versucht hatte, sich seiner Gewalt zu entziehen, und im Rückwärtsgang losgefahren war. Nachdem er das Pärchen umgebracht hatte, hatte der Mann den Autoschlüssel aus dem Armaturenbrett gerissen und ihn im Triumph, auch diesmal gesiegt zu haben, weit weggeschleudert. Vielleicht aus Wut, weil der Junge Widerstand geleistet hatte.

Als sie das alles in der Zeitung las, hatte Matilde das Bild eines großen, dicken und irgendwie plumpen Mannes vor Augen gehabt, der, mit seinen langen Armen fuchtelnd, den Schlüssel wegwarf. Und als sich nun die große, dicke und plumpe Gestalt Eneas, während er die Schlüssel gegen das Gemälde schleuderte, vor dem Flurlicht abhob und sein Gesicht seitlich vom schimmernden Licht des Fernsehgeräts aus dem im übrigen dunklen kleinen Salon getroffen wurde, überlagerten sich diese beiden Bilder vor ihrem inneren Auge.

Am selben Abend wurde Matilde, nachdem ihr Sohn türenschlagend weggegangen war, wider Willen auch von dem Problem des Revolvers gequält. Der Mörder hatte für alle seine Verbrechen eine Waffe vom Kaliber .22 benutzt, und Enea verwahrte irgendwo in seinem Arbeitszimmer Nannis Revolver. Ihr Mann hatte ihn, als er noch Nachtdienst im Krankenhaus machte, immer bei sich getragen, und als er starb, hatte Enea ihn als Erinnerungsstück haben wollen. Matilde wußte nicht genau, ob es sich dabei um einen .22er oder einen .32er handelte, aber etwas mit einer Zwei war es, das wußte sie bestimmt.

Matilde biß sich vor lauter Anspannung unbewußt auf die Innenseite der Lippe, und erst als sie den Blutgeschmack im Mund spürte, beschloß sie, sich nicht weiter in Phantastereien zu verlieren. Vielleicht hatte sie ja wegen nichts und wieder nichts diesen Berg von Verdächtigungen aufgetürmt. Wer weiß, wie viele Leute Revolver dieser Art besaßen. Am Ende gelang es ihr sogar, das beängstigende Problem vernünftig einzuordnen. Was den Revolver betraf, war nur sicher, daß Enea einen geerbt hatte. Und was den Mechanismus der Verdachtsmomente betraf, der durch das verschobene Skalpellfutteral in Gang gesetzt worden war, gab es, kühl betrachtet, gar keinen Grund für seine Existenz. Der Mörder hatte bei seinem letzten Verbrechen seine Klinge nicht benutzt.

Und wenn die ganze Aufregung um die Liebespaarmorde mittlerweile selbst die ausgeglichensten Gemüter erfaßte, so wollte sie darauf achten, nicht auch in diese Falle zu laufen.

Einigermaßen erleichtert, legte sie sich schlafen.

3

Obwohl er keiner wirklich ernsthaften Beschäftigung nachging, war Enea Monterispolis Tagesablauf streng geregelt. Jeden Morgen verließ er, meist grau gekleidet, Punkt Viertel nach acht das Haus, durchquerte die kleine Allee, öffnete das Tor, schloß es sorgfältig hinter sich und ging dann die Straße hinunter zur Bushaltestelle, um in die Stadt zu fahren, und wenn der Bus nur ein paar Minuten Verspätung hatte, trat er ungeduldig von einem Fuß auf den anderen. Eneas Bekannte waren überzeugt, daß er seine Tätigkeit in der Kanzlei des Notars Colamele, vor allem, seit er dort nur noch halbtags beschäftigt war, einzig der Freundlichkeit des betagten Notars zu verdanken hatte, der Matilde von der ständigen Anwesenheit ihres Sohnes befreien und diesem den Anschein einer normalen Existenz verleihen wollte. Der einzige, der nicht so dachte, war Enea. Wenn er um neun Uhr noch nicht in der Kanzlei war (um diese Uhrzeit machte die Sekretärin auf), geriet er in Panik.

Enea hatte nie promoviert, obwohl er sämtliche juristischen Examen mit den besten Noten abgelegt hatte. Er studierte für sein Leben gern, und was immer er las, ob etwas Hochwissenschaftliches oder ganz unverständliche Dinge, es blieb ihm im Gedächtnis haften. Es gab kein Thema, bei dem er nicht hätte mitreden können (auch wenn er es, so schweigsam, wie er war, nicht tat), und er widmete sich aufgeschlossen und vorurteilslos jeder Art von Lektüre. Wenn jemand zu ihm sagte, daß er angewidert von den derzeitigen wissenschaftlichen und literarischen Publikationen wieder die Klassiker lese, konnte Enea sich nur wundern. Er kannte die Klassiker auswendig und konnte von Sophokles bis Apulejus, von Stendhal bis Stadler zitieren, als habe er die Texte vor Augen.

Warum er nicht promoviert hatte, erklärte sich jeder auf seine Art. Matilde war überzeugt, daß die organischen Störungen, unter denen Enea als Junge gelitten hatte, auch die Entwicklung seiner logischen Denkfähigkeit beeinträchtigt hatten. Denn wie hätte man sich sonst erklären sollen, daß er plötzlich seine Dissertation über die systematische Erfassung von Mahnverfahren aufgab und sich dem Studium der christlichen Literatur im Orient widmete. In Andreino Colameles Augen hingegen war Enea einfach ein Einzelkind, das zuerst von seinem Vater, dann von seiner Mutter verwöhnt worden war. Einmal im Besitz des väterlichen Erbes (das allerdings an ein strenges Nutzungsrecht Matildes gebunden war), hatte der Junge es nicht mehr für nötig gehalten, sich auf die eine oder andere Art beruflich zu verpflichten, sondern sich seinen intellektuellen Launen hingegeben, was ihn gewissermaßen auch mit seinem Vater Nanni verband und ihm erlaubte, seinen Geist zwischen Präraffaeliten, volkstümlichen Romanen und Comics hin und her schweifen zu lassen.

Der einzige, der wußte, daß Enea ganz gewiß nicht nutzlos in seiner Kanzlei herumsaß, war Andreino Colamele. Enea löste sehr oft komplexe Probleme bei Firmenauseinandersetzungen oder Erbfällen, ohne sich dabei auch nur bewußt zu sein, daß er eine hochqualifizierte Arbeit leistete. Er suchte und fand ganz spontan unerwartete Lösungen. Und da er nicht einmal den Doktortitel besaß, versetzte er Colamele in die angenehme Lage, als sein Wohltäter zu erscheinen.

Enea hatte von seiner Mutter die himmelblauen Augen und die rötlichbraunen Haare geerbt, aber sonst gab es keine Ähnlichkeit zwischen ihnen. Matilde war immer noch eine schöne Frau, groß und aufrecht, mit ruhigem Blick, das ordentlich gewellte, sich im Nacken leicht kräuselnde Haar kaum ergraut. Enea hingegen, der als Junge unter einer, wenn auch leichten Form von Hypogonadismus, einer Unterfunktion der Keimdrüsen, und einer weiteren Komplikation durch eine Neigung zur Akromegalie, dem sogenannten Riesenwuchs, gelitten hatte, besaß einen wenig harmonischen Körperbau. Er war fast einen Meter neunzig groß, und seine Arme waren so lang, daß sie, wenn er sie baumeln ließ, bis in die Nähe seiner Knie reichten. Sein rundes Kinn schien die Kiefer und den Mund kaum tragen zu können.

Er ging stets rasch und setzte dabei zuerst die Ferse, dann die Fußspitze auf. Auf diese Weise bewegten sich seine Schultern, wie von einem Motorkolben in Gang gesetzt, ständig auf und ab. Er legte jeden Tag viele Kilometer zu Fuß zurück, den Hin- und Rückweg von der Bushaltestelle zur Kanzlei des Notars Colamele, und vor allem, wenn es nicht regnete oder stürmte, den ganzen Nachhauseweg; aber diese körperliche Betätigung hatte keine Auswirkung auf seine Muskeln, die im Laufe der Jahre und auch infolge der Zuckerkrankheit, unter der er seit längerer Zeit litt, immer schlaffer geworden waren. Enea hatte jetzt sein achtundvierzigstes Lebensjahr vollendet, er war siebzehn Jahre jünger als seine Mutter, aber es kam immer häufiger vor, daß andere ihn für den Ehemann Matildes hielten, wobei sie natürlich nie zugegeben hätte, daß sie einen Mann wie ihren Sohn nicht gewollt hätte.

»Guten Morgen, Dottore«, sagte die Sekretärin des Notars Colamele, als Enea die Kanzlei betrat. Sie nannte ihn »Dottore«, behandelte ihn aber herablassend und war ständig mit Aufforderungen wie »Schnell, schnell, beeilen Sie sich!« hinter ihm her, was er mit Gebrumme quittierte.

Gleich nach seiner Ankunft zog sich Enea in seinen kleinen Raum am Ende des Flurs zurück, in dem sich ein Schreibtisch und eine alte Remington-Schreibmaschine befanden, die noch aus den Anfangszeiten der Kanzlei stammte. Die Kanzlei lag im ersten Stock eines Gebäudes in der Via Arte della Lana, und die Fenster des großen Raumes, in dem Andreino Colamele seine Klienten empfing, gingen auf die Westseite der Kirche von Orsanmichele hinaus und boten einen Blick auf den Tabernakel der Flachshändler und Trödler und auf Donatellos in Marmor gehauenen Markus. Das Fenster von Eneas Büro jedoch war schmal, hoch, in zahlreiche rechteckige Scheiben mit Bleifassung unterteilt und ging auf einen Innenhof hinaus, der in Wirklichkeit kaum mehr als ein Luftschacht war.

Wenn Enea morgens mit der Arbeit begann, fand er auf der Walze der alten Remington bereits Andreino Colameles Notizen und eine Aufstellung seiner Aufgaben für diesen Arbeitstag vor. Er beugte den Kopf über die Akten und hob ihn erst wieder, wenn er es halb eins schlagen hörte. Dann sammelte er die ausgearbeiteten Unterlagen ein, denen er einen handgeschriebenen Merkzettel beifügte, um zu erklären, welche Methode er verfolgt und auf welche Präzedenzfälle er sich bezogen hatte, und übergab sie Colamele, sofern der Notar frei war, anderenfalls händigte er sie der Sekretärin aus, die sie mit einer knappen Geste der Zustimmung in Empfang nahm und in das Fach der zu überprüfenden Akten legte.

Enea hatte beschlossen, nur noch halbtags zu arbeiten, als er Nanda kennenlernte. Anfangs hatte sich seine Mutter wegen dieser, wie sie meinte, unbesonnenen Handlung große Sorgen gemacht und sich ausgemalt, wie die Leute reden und ihr Sohn immer matter und schlaffer den ganzen Nachmittag zu Hause herumsitzen würde. Aber dann hatte sie sich an die neue Situation gewöhnt, vor allem auch deshalb, weil Enea jetzt häufiger ausging als früher.

Nach dem Besuch durch die Polizei lebte Matilde Monterispoli in ständiger Angst. Sie traute sich nicht mehr ans Fenster, weil sie befürchtete, die beiden Männer wieder vor ihrer Tür stehen zu sehen, und jedesmal, wenn es klingelte, zog sich ihr Magen zusammen. Durch den kurzen Aufenthalt der beiden Polizisten innerhalb ihrer vier Wände fühlte sie sich wie enteignet, vor allem ihr kleiner Salon, in dem sie sich nicht einmal mehr für Minuten aufhielt, war ihr ganz fremd geworden.

Mit ihrem praktischen Verstand erkannte sie aber sehr schnell, daß sie nur krank werden würde, wenn sie sich so in ihre Emotionen hineinsteigerte, und zwang sich daher zu gewissen Ablenkungen. Sie kümmerte sich von nun an persönlich um die Einkäufe und begann, Ordnung in den Schränken zu schaffen, die im übrigen natürlich ohnehin perfekt in Ordnung waren. So sagte sie sich nach kurzer Zeit, daß sie eine andere Beschäftigung finden, vor allem aber unter Menschen gehen müsse. Eines Abends, als sie ganz besonders niedergeschlagen war, beschloß sie, eine über neunzigjährige Dame zu besuchen, die nur wenige Bushaltestellen entfernt oben am Viale Volta allein in ihrer Wohnung lebte und die sie schon seit Monaten nicht mehr gesehen hatte.

Gleich nach dem Abendessen rief sie die alte Dame an, um ihren Besuch anzukündigen, bereitete eine kleine Schale mit Gebäck vor und rechnete sich aus, daß sie für den Hin- und Rückweg einschließlich einer Plauderei gut und gern eine Stunde brauchen würde.

In Wirklichkeit brauchte sie dann mehr als zwei Stunden. Das einzige, worunter die zierliche, in schwarze und weiße Seide gekleidete Greisin litt, war Schlaflosigkeit, und so verbrachte sie ihre Nächte mit Grübeleien über ihre Mitmenschen. Sie redete ununterbrochen auf Matilde ein und klagte über die Veränderungen, die in ihrem Viertel seit damals, als sie hergezogen war, eingetreten waren, sowie darüber, daß ihr diese Veränderungen nicht gefielen und das Leben sich für alle verschlechtert habe.

»Aber ich will nicht sterben«, sagte sie dann, »denn wir haben noch einiges zu erleben.« Bei diesen Worten beugte sie sich vor und schlug mit ihrer dürren Hand auf Matildes Knie. »Du hast doch gehört, daß sie den Racconigi jetzt verhaften wollen?«

Racconigi war ein Bauunternehmer, der innerhalb

weniger Jahre unerhörte Reichtümer angesammelt hatte. Die alteingesessenen Familien der Stadt mieden in stillschweigender Übereinkunft jeden Kontakt mit ihm.

»Höchste Zeit«, erwiderte Matilde. »Wenn sie den nicht aufhalten, ruiniert er in kurzer Zeit auch noch das wenige, was uns geblieben ist. Er soll sogar ein Projekt vorgelegt haben, den Palazzo Vecchio in ein Hotel zu verwandeln.«

Die Alte schüttelte den Kopf. »Was heißt hier Palazzo Vecchio? Er wird verhaftet, weil er das Monstrum ist, der Liebespaarmörder.« Und dann ließ sie sich in einer ausführlichen Beweisführung darüber aus, weshalb Racconigi der Mörder sein müsse. »Du kannst dich doch noch erinnern, wie zum ersten Mal die Leiche eines der Mädchen verstümmelt worden ist? Das war wohl beim zweiten oder dritten Mord. Ein Freund von mir, der Psychiater ist, dessen Namen ich dir aber nicht nennen darf, ist überzeugt, daß der Mörder bis dahin deshalb noch keine Leiche verstümmelt hatte, weil seine sadistischen sexuellen Instinkte noch nicht geweckt waren, sondern nur tief in ihm steckten. Ich mußte mir das auch erst genau erklären lassen. Jedenfalls meinte er, daß sie wohl bei einer schwarzen Messe zum Ausbruch gekommen seien. Racconigi hat nämlich genau zu dem Zeitpunkt angefangen, in seiner Villa im Mugello schwarze Messen abzuhalten.«

Matilde entgegnete, bis jetzt sei ihr noch nicht zu Ohren gekommen, daß zu den zahlreichen Ungeheuerlichkeiten, die sich Racconigi zu Schulden kommen ließ, auch noch schwarze Messen gehörten, und fuhr fort: »Ich habe auch schon gehört, daß tief in einem angelegte sadistische Triebe plötzlich ausbrechen können, vor allem aber durch eine bestimmte Sorte von Filmen. Ich weiß nicht mehr, in welcher Zeitung ich das gelesen habe, jedenfalls lief zu dem Zeitpunkt, als die verschiedenen Morde geschahen, in irgendeinem Kino der Stadt einer dieser grauenhaften Filme voller Leichen und Blut, die endlich verboten werden müßten.«

»Ob Horrorfilm oder schwarze Messen, was ist da für ein Unterschied?« erwiderte die Alte, entschlossen, jedes Argument, selbst wenn es widersprüchlich war, zur Stützung ihrer These heranzuziehen. »Racconigi wird ja wohl genug Geld haben, um sich einen Kinobesuch erlauben zu können.«

Matilde behielt schon seit einer Weile die Uhr im Auge, weil sie vermeiden wollte, lange auf der Straße zu stehen, bis der Bus nach San Domenico kam, der um diese Tageszeit seltener fuhr. So brach sie die Unterhaltung denn plötzlich ab und verabschiedete sich, versprach aber, bald wiederzukommen.

Draußen brauchte sie nur die Straße zu überqueren und war schon an der Bushaltestelle. Etwas weiter unten gab es ein Kino von der Sorte, über die sie mit der alten Dame gesprochen hatte. Es war im ganzen Viertel verrufen, und die Bewohner, Matilde als eine der ersten, hatten mit einer Eingabe versucht, seine Schließung zu erreichen. Offenbar war die Vorstellung gerade zu Ende, denn vereinzelte Leute kamen heraus, und zwar mit gesenktem Kopf, damit man ihr Gesicht nicht sah. Es waren alles Männer, die sich in verschiedene Richtungen entfernten.

Als Matilde, weniger aus Neugier denn aus Angst, für eine Kinobesucherin gehalten zu werden, zum Eingang hinübersah, erblickte sie eine große, plumpe Männergestalt, die sich mit ihren unverhältnismäßig langen Armen und einem ovalen Kopf, der tief zwischen den Schultern saß, wie ein großer Schatten vom beleuchteten Hintergrund abhob. Sie kniff die Augen zusammen, um besser sehen zu können, aber es schien kein Zweifel möglich.

Der Mann war Enea.

Sie fühlte heiße Scham, ihren Sohn an einem solchen Ort sehen zu müssen, und drehte sich ruckartig weg, um nicht von ihm erkannt zu werden.

An jenem Abend blieb sie lange auf und legte sich in all diesen Stunden eine Vorstellung von Enea zurecht, den sie noch nie in diesem Licht gesehen hatte: Sie empfand ihn nur noch als eine hinderliche, grobschlächtige fremde Person, die in ihrem Haus ein und aus ging, aber ihr eigenes Leben führte, mit eigenen Geheimnissen, die ihr Angst einjagten. Die Tatsache, daß sie diesen Sohn selbst zur Welt gebracht hatte, erschien ihr wie längst vergangen und unwesentlich.

Enea kehrte sehr spät nach Hause zurück und wanderte die ganze Nacht in seinem Zimmer auf und ab. Aus seinen schweren Schritten und dem sofort einsetzenden Hin und Her schloß Matilde, daß er sich noch nicht einmal Zeit genommen hatte, die Schuhe auszuziehen, um in die Pantoffeln zu schlüpfen, ja, daß er wahrscheinlich nicht einmal den Mantel abgelegt hatte.

Er war sehr unruhig.

Als Matilde am folgenden Tag zu Fuß die Straße hinunterging, kam sie an den Kinoplakaten vorbei. Sie waren rot und zeigten einen Mann mit verzerrten Gesichtszügen; in der Hand hielt er ein langes Messer und stach damit auf eine von Entsetzen gepackte Frau ein, die vergebens versuchte, ihn abzuwehren.

4

Nanda war ein Mädchen knapp über zwanzig, das sich recht und schlecht durchschlug und wie gewisse Säuglinge den Tag mit der Nacht verwechselte. Sie stand um ein Uhr mittags auf und streunte dann durch die Straßen, wobei sie zuerst nach einem Opfer zum Ausrauben und dann nach einem Dealer suchte, um an Heroin zu kommen.

Enea lernte sie eines Abends im Bus der Linie 7 kennen, den sie beide an der Piazza San Marco bestiegen hatten, er, um nach Hause zu fahren, sie in der Absicht, gleich wieder auszusteigen, nachdem sie diesem leicht vertrottelten Hünen die Brieftasche entwendet haben würde. Aber als sich Nanda ihm dann näherte, ein Stolpern fingierte und mit der Hand in seine Tasche griff, packte Enea sie am Handgelenk, drehte sich um und sah das zierliche blonde Mädchen in ihrem engen gelben Strickkleidchen überrascht und zugleich betrübt an.

»Was machen Sie denn da?« fragte er. »Warum fragen Sie nicht, anstatt sich einfach was zu nehmen?«

An jenem Abend kehrte Enea sehr spät nach Hause zurück, und während der Stunden, die er mit Nanda verbrachte, lud er sich eine innere Verantwortung auf, die ihn nicht mehr losließ.

Nanda bewohnte eine Dachkammer in der Via Panicale, war seit drei Jahren drogenabhängig und hatte einen Ehemann, der angeblich nichts mehr mit ihr zu tun haben wollte, in Wirklichkeit aber immer wieder bei ihr auftauchte und versprach, zu ihr zurückzukehren, wenn sie sich einer Entziehungskur unterzog. Die Dachkammer war über eine schmale und steile Stiege, die zwischen abbröckelnden Wänden nach oben führte, zu erreichen und hatte weder fließendes Wasser noch ein Klo. Das lag draußen im Gang hinter einer Dachbodentür. Nanda diente dieses Zimmer nur als Schlafstätte für die wenigen Nächte, in denen sie sich daran erinnerte, es aufzusuchen, und es wäre ihr auch weiterhin gut genug gewesen, wenn nicht Enea auf sie eingeredet und behauptet hätte, daß sie so nicht weiterleben könne.

Er zeigte sich so beharrlich, daß sie schließlich gezwungen war, in eine Einzimmerwohnung in der Via de' Renai diesseits des Arno umzuziehen. Er hatte die Wohnung für sie gefunden, und er wollte sie auch bezahlen. Es war keine Luxuswohnung, aber immerhin mit einem Doppelbett, Sessel, Tisch und Schrank anständig ausgestattet. Es gab sogar ein paar Kunstdrucke an der Wand und Vorhänge am Fenster, und auf dem roten Ziegelboden lag ein Kokosläufer. Die Miete war sehr hoch, denn diese Art Wohnungen waren für reiche Männer gedacht, die sie als Pied-à-terre mieteten, um sich dort mit ihren Geliebten zu treffen. Sie lagen im Erdgeschoß, mit eigenem Eingang direkt von der Straße oder gleich hinter der Haustür.

Die besseren Wohnverhältnisse brachten aber nicht mit sich, daß Nanda nun ein regelmäßigeres Leben führte, schon nach kurzer Zeit, die etwas ruhiger gewesen war, streunte sie nachts wieder auf den Straßen herum, auf der mühsamen Suche nach Geld und Drogen.

Enea hatte anfangs irgendwie gehofft, das Mädchen retten zu können, und dafür Schritt für Schritt eine seiner Meinung nach stichhaltige Theorie entwickelt, die eben deshalb, weil sie so absolut stichhaltig war, unweigerlich zum Erfolg führen mußte.

Nanda hatte ihm erzählt, daß ihre Jugend durch eine Familie zerrüttet worden war, der es an Geld ebenso wie an Moral fehlte: Die Not hatte alle Gefühle plattgewalzt, ihre Mutter war träge, der Vater gewalttätig, und eines Tages hatte er seine Tochter aufs Bett gezwungen und sie vergewaltigt. Sie hatte es schweigend ertragen, um ihre Mutter nicht zu verletzen, war aber bei der ersten Gelegenheit von zu Hause ausgerissen. Seither hatte sie ihre Eltern nicht wiedergesehen. Über ihre Ehe mit Aldo Mazzacane, der bei der Provinzialverwaltung arbeitete, hatte sie immer nur ausweichend gesprochen, als sei diese durch eine Art traurigen Zufall zustande gekommen und nur ihrer Einsamkeit zuzuschreiben.

Es dauerte nicht lange, bis Enea die Wahrheit herausfand. Als er eines Tages in die Einzimmerwohnung in der Via de' Renai kam, traf er dort Aldo Mazzacane an, einen dunkelhaarigen jungen Mann mit strenger Miene, der in höchster Verzweiflung auf Nanda einschrie. Nanda schleuderte alles, was ihr in die Finger kam, auf Aldo, und als Enea sie zu beruhigen versuchte, wandte sie sich auch gegen ihn, schleuderte einen Teller mit Salatresten in seine Richtung und brüllte ihn an, sie in Frieden zu lassen. Dann lief sie hinaus.

Anschließend erfuhr Enea von Nandas früherem Ehemann, der sie trotz Scheidung und langer Trennung immer noch »meine Frau« nannte, wie sich die Dinge tatsächlich verhielten. Nandas Eltern waren in

Wirklichkeit anständige Leute, ihr Vater war Goldschmied und ihre Mutter Bankangestellte. Als Aldo Mazzacane sie heiratete, war Nanda bereits drogenabhängig, was er aber nicht wußte. Vom ersten Tag ihrer Ehe an hatte sie ihm die schlimmsten Dinge zugemutet und alles Geld ausgegeben, das er verdiente, Einrichtungsgegenstände verkauft und seinen Freunden Geld aus der Tasche gestohlen. Sie war zweimal von der Polizei verhaftet worden und nur durch den Einsatz eines Bekannten vor dem Schlimmsten bewahrt worden. Schließlich war auch noch das Geschäft ihres Vaters ausgeraubt worden, und alle waren überzeugt, daß Nanda dahintersteckte.

»Und trotzdem«, fuhr Mazzacane verzagt fort, »hat meine Frau einen guten Kern. Sie ist nur in schlechte Gesellschaft geraten. Wenn sie es schaffen könnte, aus diesen erbärmlichen Kreisen herauszukommen, würde sie ganz bestimmt wieder das brave Mädchen, von dem ihre Eltern immer reden. Wenn es nur um mich ginge, ich könnte es wohl schon schaffen, mich endgültig von ihr zu trennen, aber da ist noch ihre arme Mutter. Wenn ihre Verzweiflung allzu groß wird, kommt sie zu mir und bittet mich, nach Nanda zu sehen. Was soll ich machen, ich erzähle ihr meistens Lügen, aber ich kann mich der Verpflichtung nicht entziehen, mich hin und wieder um sie zu kümmern.«

Sie kannten sich schon drei Monate, als Enea in den Sinn kam, Nanda eine Schachtel Pralinen mitzubringen (in letzter Zeit aß sie nur noch Süßigkeiten). Er traf sie ordentlich gekämmt an, sie trug auch nicht die gewohnten Jeans mit Pullover, sondern einen Rock mit rotem Mohnblumenmuster und eine weiße Bluse. Sie nahm die Pralinen wie ein großes Geschenk entgegen, warf die Schachtel dann aber plötzlich auf den Tisch und gab Enea lachend einen Schubs, so daß er aufs Bett fiel. Sie ging auf ihn zu, klemmte seine Beine zwischen die ihren und fing an, ihre Bluse aufzuknöpfen, unter der ihre winzigen Brüste zum Vorschein kamen, große dunkle Warzen mit Höfen, die sich wie Strahlenkränze ausbreiteten.

Enea fuhr zurück und errötete. »Nein, nein, was machst du da? Verstehst du denn nicht...? Zieh dich an.«

Nanda zog sich nicht an. Sie blieb vor ihm stehen und stützte die Hände in die Hüften. »Ja, was willst du denn eigentlich von mir? Ich kann dich wirklich nicht verstehen.«

»Ich will dir nur helfen«, murmelte Enea. »Deinen Schmerz mit ansehen zu müssen, ist etwas Unerträgliches.«

Sie gab sich nicht geschlagen, sondern streifte schnell den Rock ab, unter dem sie nichts trug, setzte sich auf seine Knie, umfaßte seinen Hals mit den mageren Armen, rieb ihre Stirn an seiner Wange und drängte sich an ihn. Enea faßte sie an den Hüften, um sie zum Aufstehen zu zwingen, aber als er ihre glatte Haut unter seinen Fingern fühlte, spürte er nur noch grenzenlose Verwunderung, daß Fleisch so weich sein konnte. Nanda stöhnte leise, ergriff seine Hand und legte sie sich auf eine Brust. Nun verlor Enea vollends den Verstand. Er streichelte, betastete, wühlte wie ein Rasender. Und als Nanda die Beine breit machte und seine Finger in sich einführte, entdeckte Enea einen so verzückten Ausdruck an ihr, daß es ihn fast zu Tränen rührte. Er bewegte seine große Hand in dem Rhythmus hin und her, den Nanda bestimmte, während sie sich krümmte und wand, sich hingab und wieder anspannte, bis sie erschöpft und wie leblos auf ihn sank.

Aber sie war nicht leblos. Lachend fuhr sie hoch und begann, seine Hose aufzuknöpfen. »Jetzt bist du dran«, flüsterte sie. Bevor Enea sie am Handgelenk packen konnte, berührte sie ihn schon, ließ aber gleich verblüfft von ihm ab. »Hat es dir denn nicht gefallen?« fragte sie. Als sie Eneas Gesichtsausdruck sah, zog sie die Hand zurück. »Du brauchst dir keine Gedanken zu machen, das passiert vielen«, sagte sie, aber sie klang nicht sehr überzeugend.

Dann zog sie sich an, machte ein paar Schritte im Zimmer und kam wieder auf ihn zu. »Wenn es dir so recht ist, ist es auch mir recht. Aber ein bißchen hat es dir doch gefallen, oder?«

Enea nickte heftig.

5

Matilde verfolgte das nächtliche Treiben ihres Sohnes, indem sie seine Schritte auf dem Dielenboden über ihrem Kopf, das Knarren der jede Nacht mehrmals aufgehenden Tür seines Arbeitszimmers, das Schleifen seiner Füße, zuerst über die Steintreppe, dann über den Läufer im Flur bis zur Küche, und das Zuschlagen der Kühlschranktür belauschte. Seit Enea zuckerkrank war, mußte er unentwegt zur Toilette und litt ständig unter Durst, den er mit der Flasche Mineralwasser nicht zu stillen vermochte, die er jeden Abend mit in sein Arbeitszimmer hinaufnahm. Er war gezwungen, gegen zwei Uhr noch einmal aus seiner Höhle hervorzukommen, um sich in der Küche Nachschub zu holen.

Sie stellte sich ihren Sohn lesend oder schreibend an dem großen Holztisch vor oder auch in seiner Werkstatt nebenan beim Schnitzen eines Gegenstandes, den er dann in die große, offene Kiste in der Ecke des Raumes zu den anderen Gegenständen legte und nie mehr in die Hand nahm: in gebeugter Haltung, den ovalen Kopf über die Arbeit gesenkt, mit der er sich gerade beschäftigte, den plumpen Leib in den beigesamtenen Schlafrock gehüllt, den er im kalten Winter wie im heißen Sommer trug, während seine Füße in den alten braunen Lederpantoffeln steckten.

Das mit dem Schlafrock und den Pantoffeln wußte Matilde nur, weil sie beides in Eneas Räumen gesehen hatte, und nicht etwa, weil sich ihr Sohn je in dieser

Aufmachung vor ihr gezeigt hätte. Wenn er morgens aus seinem Schlafzimmer kam, war er bereits vollkommen angekleidet und ausgehbereit. Er hatte ein eigenes Badezimmer mit direktem Zugang von seinem Schlafzimmer, und wenn er nachts herunterkam, begegnete sie ihm nie, sondern hörte ihn nur über den Flur kommen. Mit Hilfe dieser Geräusche rekonstruierte Matilde auch Eneas Treiben in den Mordnächten. Seit Jahren war ihr Sohn am Wochenende abends ausgegangen und erst spät nach Hause zurückgekehrt. Vor kurzem dann hatte er diese Gewohnheit durchbrochen, er ging nun auch an Werktagen aus, ohne Rücksicht darauf, daß er morgens früh aufstehen mußte.

Matilde konnte nicht einschlafen, bevor er nicht zu Hause war, und hatte gelernt, in den langen Stunden des Wartens, in denen sie gespannt auf das Knirschen des Kieses unter Eneas Füßen lauschte, einfach nicht nachzudenken. In letzter Zeit aber schwirrten ihr die Gedanken wild im Kopf umher, ließen sich nie genau fassen, drehten sich aber doch immer um ein und dasselbe. Hätte man sie gezwungen, ihre nächtlichen Überlegungen darzulegen, hätte sie wohl oder übel gestehen müssen, daß sie, obwohl sie sich vorgenommen hatte, ihre Phantasie zu zügeln und auf dem Boden der Tatsachen zu bleiben, immer häufiger jede Erinnerung, jede frühere oder gegenwärtige Handlung ihres Sohnes mit dem Verdacht in Verbindung brachte, der sie nun einmal beschlichen hatte. Dabei bemühte sie sich immer wieder, konkret zu bleiben, und wenn es ihr gelang, klagte sie sich der krankhaften Vorstellungen an, die sie in ihren schlaflosen Nächten befielen – meist aber blieb sie ihren diffusen Ängsten ausgeliefert.

Sie hatte gelesen, daß der Mörder immer in Neumondnächten zuschlug, wenn der Himmel am dunkelsten war, sowie jeweils vor einem Feiertag. Der erste Mord war vor vielen Jahren begangen worden, als Enea noch nicht einmal dreißig Jahre alt gewesen war. Das war zu jener Zeit gewesen, da ihr Sohn seine Arbeit bei Colamele aufgenommen hatte und nur am Wochenende regelmäßig ausging, was Matilde eigentlich angenehm gewesen war. Sie hatte immer befürchtet, daß sich ihr Sohn durch sein Äußeres verleiten lassen könnte, sich von der Außenwelt abzukapseln, und nun nahm sie an, daß er auch außerhalb ihrer vier Wände und insbesondere seiner eigenen Zimmer eigene Interessen entwickelte. Trotzdem hatte sie es nicht lassen können, ihm gute Ratschläge zu erteilen.

»Gib acht auf die Leute, mit denen du zusammentriffst«, sagte sie zu ihm. »Frag dich immer, warum eine Person auf dich zukommt und was sie von dir will.«

Enea hatte seinen großen Kopf geschüttelt und sie beruhigt, er kenne das Leben besser als sie.

Nach dem ersten Mord war ein Mann als Schuldiger verurteilt worden, der Ehemann eines der beiden Opfer. Danach hatte man nichts mehr gehört, bis sechs Jahre später wieder ein Liebespaar getötet wurde, und zwar wieder im Auto und wieder in der Umgebung der Stadt. Es hatte eine Weile gedauert, bis die Untersuchungskommission einräumte, daß ihr unbequemer Gefangener nicht auch diesen Mord begangen haben konnte. Dann erinnerte sich ein Kommissar schließlich an eine Kugel von dem ersten Mord, die sich noch im Archiv befand. Er holte sie hervor und verlangte ein ballistisches Gutachten, welches eindeutig ergab, daß bei beiden Morden dieselbe Tatwaffe und der gleiche Typ von Kugeln benutzt worden war.

Während Matilde mit offenen Augen in ihrem Bett saß und in die Dunkelheit starrte, versuchte sie, sich an das zu erinnern, was in den Zeitungen gestanden hatte. Beim zweiten Mord war das junge Mädchen aus dem Auto gezerrt und ihre Leiche mit zahlreichen »Stich- und Schnittwunden« verstümmelt worden (Matilde erinnerte sich an das Gutachten, das in der Presse zitiert worden war). Um das Mädchen zu entkleiden, hatte der Mörder ihre Hose und den Slip mit einem Messer aufgeschlitzt, als hätte er eine unüberwindliche Abneigung gehabt, eins ihrer Kleidungsstücke zu berühren.

Scheinbar zusammenhanglos kam Matilde eine Begebenheit in den Sinn, die sich vor vielen Jahren abgespielt hatte. Ein heftiges Gewitter war niedergegangen, und alle Fensterscheiben hatten zu zittern begonnen. Hinter dem Haus hing Wäsche zum Trocknen, und das Dienstmädchen war nicht da. Matilde, die mit nassen Haaren aus der Dusche kam und im Morgenrock war, bat Enea, schnell hinauszulaufen und die Wäsche zu holen, damit der Wind sie nicht von der Leine riß. Ihr Sohn nahm die Wäsche ab und kam mit vollbeladenen Armen durch die Küchentür herein. Sie fing an, die Sachen auf dem Marmortisch zusammenzulegen, Enea half eifrig mit, voller Freude, sich nützlich machen zu können. Aber dann hielt er plötzlich einen Büstenhalter in der Hand, er zuckte zusammen, als hätte ihn eine Schlange gebissen, und ließ ihn fallen.

Der Umzug in die Via de' Renai hatte Nandas Schwierigkeiten nicht gelöst, und als Enea eines Tages zu ihr sagte, daß er nicht mehr mit ansehen könne, wie sie leide, hatte sie ihn angeschrien: »Leiden? Wovon redest du eigentlich? Mir geht es gut. Du brauchst mir nur das Zeug zu geben, dann wirst du schon sehen, wie gut es mir geht. Kapierst du das endlich? Verschaff mir das Zeug, wenn du nicht mit ansehen willst, wie ich leide!«

Von da an gab er ihr immer größere Geldsummen, bis ihm schließlich klar wurde, daß so sein Bankkonto bald leer sein würde. Während dieser Zeit wirkte Nanda ruhiger. Wenn Enea sie besuchte, machte sie ihm Kaffee und erzählte, was sie tagsüber gemacht hatte. Sie wusch sich sogar die Haare, die jetzt mehr Glanz hatten und in helleren Blondtönen schimmerten. Wenn sie nicht die schwarz umränderten Augen und die hohlen Wangen gehabt hätte, wäre sie geradezu schön gewesen.

Nach jenem ersten Mal auf dem Bett hatte sie sich nie mehr vor ihm ausgezogen. Bei jeder verdächtigen Begegnung zitterte Enea vor Angst, daß sie es wieder tun könnte, und verging gleichzeitig vor Begierde danach. Eines Abends dann setzte sie sich tatsächlich wieder auf seinen Schoß und fing an, zu stöhnen und sich zu winden, und seither hoffte Enea jedesmal, wenn er in die Via de' Renai kam, daß sich ihm Nanda wieder nähern würde. Er selber wagte nie den ersten Schritt. Das Mädchen mußte das Wie und Wann bestimmen, denn nur dann konnte er sicher sein, daß es auch ihr gefiel.

Hätte er das Gefühl erklären sollen, das ihn an Nanda band, hätte Enea ohne zu zögern von Liebe gesprochen. Ihre unvollkommene Beziehung war für ihn sehr viel mehr, als er sich in seinen langen Stunden der Einsamkeit je vorgestellt hatte. Für ihn, der nie etwas Ähnliches und noch nicht einmal etwas anderes empfunden hatte, gab es nur diese Art zu lieben.

Er freute sich über den Gang der Dinge, außer wenn

Nanda anfing, mit dem Kopf zu wackeln (das geschah immer dann, wenn sie sich ins Bad einschloß und kurz darauf, beim Herauskommen, den Ärmel ihrer Bluse zuknöpfte), oder wenn sie ohne ersichtlichen Grund einen Wutanfall bekam. Jedenfalls war alles besser, als daß sie auf der Suche nach Geld für Drogen herumstreunte. Bis Enea eines Tages in Colameles Kanzlei einen Anruf vom Direktor seiner Bank bekam. Er war noch nie von seiner Bank angerufen worden, daher wartete er sprachlos, bis sich die von der Sekretärin angekündigte Stimme meldete.

»Ich möchte nicht indiskret erscheinen«, sagte der Mann bedacht. »Ich rufe Sie auch nicht in meiner Eigenschaft als Direktor an, sondern auf Grund der Freundschaft, die mich mit Ihrer Mutter verbindet, wie sie mich auch mit Ihrem Vater verbunden hat.« Enea glaubte jedes Wort vorausahnen zu können. »Ich habe gehört, daß Sie in letzter Zeit in immer kürzeren Abständen immer höhere Summen abgehoben haben.«

Enea erwiderte, daß er seines Wissens sein Konto nicht überzogen habe, und der Bankdirektor bemerkte seinen gereizten Ton. »Nein, nein, keinesfalls«, versicherte er schnell. »Es geht nicht um die Deckung, ganz bestimmt nicht. Und selbst wenn, wäre das doch bei Ihnen kein Problem!« Von dem Augenblick an sprach er nur noch im Plural. Sie hätten sich einfach nur Sorgen gemacht, daß er vielleicht in Schwierigkeiten sein könnte und daß sie ihm jederzeit mit Rat und Tat zur Verfügung stünden.

Nach seinem Gespräch mit dem Bankdirektor war Enea gezwungen, Nanda zu sagen, daß er für einige Zeit mit dem Geld knausern müsse. Er erzählte ihr nichts von dem Anruf und sagte auch nichts von seiner

Befürchtung, daß die Bank seine Mutter benachrichtigen könnte, aber das Mädchen schien zu verstehen, daß er ernstliche Schwierigkeiten hatte.

»Mach dir keine Sorgen. Du darfst dir keine Sorgen machen«, sagte sie, ohne weitere Fragen zu stellen. »Ich komme schon durch. In der Zwischenzeit hab ich mich ja auch ein wenig erholt.« Von da an trieb sie sich wieder stundenlang auf der Straße herum, was innerlich so an ihm zehrte, daß er nachts keinen Schlaf mehr fand.

In jenen Tagen begegnete Enea George Lockridge wieder, einem englischen Landschaftsmaler, der zu Lebzeiten seines Vaters häufig bei ihnen zu Besuch gewesen war. George lebte in einem Bauernhaus außerhalb der Stadt und behauptete, daß er sich, nachdem seine Art zu malen nicht mehr gefragt sei, als Restaurator und Kunsthändler ganz gut durchschlage. Als junger Mann war er von einer ewigen Unruhe umgetrieben worden, seine helle Haut war ständig mit hektischen roten Flecken überzogen gewesen, sein Körper von nervösen Zuckungen verkrampft. Im Alter schien er mehr Würde zu besitzen und das Leben mit einer gewissen Gelassenheit zu betrachten.

Er war es, der Enea erkannte, als er ihm in der Via de' Calzaiuoli begegnete. Er hielt ihn am Arm fest, und Enea konnte sich nur mit Schwierigkeiten an den Namen des Mannes erinnern. Dann fiel ihm aber der freundliche englische Maler wieder ein, der gleich neben ihrem Haus eine Mansarde bewohnt hatte. Er galt als homosexuell und weidete sich an den jungen Schülern, die von den Müttern der Stadt seiner künstlerischen Obhut anvertraut worden waren, damit sie etwas feinere Umgangsformen erlernten.

»Sieh mal an, der liebe Enea«, sagte Lockridge und drückte seine Hand mit eiskalten, zarten Fingern. »Du bist ja noch der gleiche wie vor dreißig Jahren.« Er musterte ihn durch die dicke Brille und deutete ein Lächeln an. »Auf jeden Fall bist du noch der gleiche für ein geübtes Auge wie das meine.«

Enea erwiderte seinen Blick und fühlte ein gewisses Unbehagen, als er Lockridge doch ziemlich heruntergekommen, bis auf die Knochen abgemagert, in einem buntgestreiften Pullover, Flanellhosen und mit Ledersandalen über roten Socken, vor sich stehen sah.

»Ich freue mich, dich wiederzusehen«, sagte er. Und da er über seine Gefühle nicht hinwegtäuschen wollte, ergänzte er: »Schon ein bißchen merkwürdig, dich jetzt mit weißen Haaren zu sehen.«

Aber die Begegnung bewegte ihn.

Aus diesem Zufall, dem Engländer wiederbegegnet zu sein, ergab sich für Enea bald die Gelegenheit, Nanda auch weiterhin zu helfen.

6

»Hast du gehört?« fragte Matilde ihren Sohn, während sie sich aus der Terrine mit Suppe bediente. »Sie haben eine Sonderkommission für die Bestie gebildet.«

»Ja, ja, ich habe es gehört«, erwiderte Enea, setzte sich an den Tisch, entfaltete seine Serviette und breitete sie sich über die Knie. Er war gerade aus seinem Schlafzimmer am Ende des Flurs gekommen, wo er sich jeden Abend vor dem Essen Insulin spritzte. Danach mußte er immer schnell etwas essen.

Matilde suchte nach Worten, um das Gespräch fortzusetzen. Sie wußte, daß sie es sehr behutsam anstellen mußte, wenn sie vermeiden wollte, daß ihr Sohn wie gewöhnlich in langes Schweigen verfiel, aber ihr fiel nichts Besseres ein, als ihr Entsetzen über die Verstümmelung der Leichen auszudrücken. »Er muß ein sehr scharfes Messer benutzen«, murmelte sie. Und setzte kurz darauf hinzu: »Oder ein Skalpell.«

Enea starrte auf seinen Teller und hielt dabei die Hand halb ausgestreckt, weil er darauf wartete, daß seine Mutter ihm endlich die Suppenschüssel reichen würde. »Mama, du weißt doch, daß ich nach dem Insulin gleich essen muß.«

Matilde schob ihm die Schüssel hin und fuhr, nachdem sie mehr aus Gewohnheit als mit Appetit ein paar Löffel gegessen hatte, fort: »Die Stadt soll nachts geradezu in einen Belagerungszustand versetzt sein. Sie halten die Leute an, vor allem aber Männer, die allein herumgehen. Vielleicht wäre es besser, wenn du eine Zeitlang nicht ausgehen würdest.« Sie blickte ihren Sohn von unten an, um zu sehen, wie er reagierte, aber der schien gar nicht zugehört zu haben. »Ich bin immer ganz unruhig, wenn du unterwegs bist«, fuhr sie in einem Jammerton fort, den man nicht an ihr gewöhnt war.

»Das ist falsch«, entgegnete Enea schließlich. »Die eigentliche Ungeheuerlichkeit ist doch die, daß die Leute in Angst und Schrecken versetzt werden.«

»Gib acht, Enea«, sagte Matilde. »Gib acht.«

Er hob den Kopf, um sie anzusehen. »Mama, du wirst langsam alt. Worauf soll ich denn achtgeben?«

»Schon gut«, schloß Matilde, da ihr die Kraft fehlte fortzufahren. »Da ist übrigens ein Brief für dich gekommen. Aus Edinburgh. Von einem gewissen Morris. Professor Robert Morris von einem Institut für Parapsychologie.« Sie wischte sich den Mund mit der Serviette ab und rieb besonders sorgfältig in den Mundwinkeln. »Woher der wohl deine Adresse hat?«

Enea sagte, daß er selber sie ihm mitgeteilt habe, da Morris interessante Experimente mit Fischen mache. »Er gibt drei Fische in ein Aquarium, um dann einen wieder herauszuziehen, und der, der es sein soll, ahnt offenbar die drohende Gefahr und verhält sich plötzlich anders als die anderen beiden. Er zappelt wie wild und dreht sich im Kreis, um seinem Schicksal zu entgehen.«

»Und so etwas glaubst du?« fragte Matilde.

»Ich kenne diese Experimente nicht so genau und möchte gern mehr darüber erfahren. Wenn es stimmt – wie es ja auch stimmt, daß der menschliche Geist nicht sein ganzes Potential freisetzt –, ist es doch nicht ausgeschlossen, daß er sich auch durch parapsychologische Phänomene ausdrückt.«

»Mag ja sein«, sagte Matilde. »Aber wer weiß, was sie dafür von dir verlangen.«

Als ihr Sohn sie fragte, wofür sie eigentlich etwas verlangen sollten, fiel Matilde keine andere Antwort ein, als daß sie vielleicht eine Gebühr oder einen Beitritt, vielleicht sogar die Teilnahme an einer spiritistischen Sitzung verlangen würden. Enea schüttelte lachend den Kopf und ließ sich über Ausgangspunkte und Zielpunkte aus, die, obwohl offenkundig unvereinbar, vom menschlichen Geist in die engen Grenzen derselben Identifikation gezwungen würden. Schließlich sagte er noch, daß beispielsweise jemand wie Arthur Koestler sein Vermögen der Universität von Edinburgh vermacht habe, damit dort ein Lehrstuhl für Parapsychologie eingerichtet würde und die Materie auf jeden Fall eine genauere Untersuchung wert sei.

»Mag ja sein«, wiederholte Matilde. »Aber wer weiß, wieviel Geld sie von dir verlangen werden.«

»Du solltest nicht immer so mißtrauisch sein. Es ist sehr anstrengend, hinter allen Dingen, die vom Gewohnten abweichen, immer gleich obskure Bedeutungen zu suchen.«

»Ich weiß nur, daß mich mein Mißtrauen oft vor dem Schlimmsten bewahrt hat«, erwiderte Matilde gereizt.

Enea hätte das Leben niemals als schicksalhaft begriffen, tatsächlich aber erfüllte sich in gewisser Weise gerade jetzt, während er angestrengt durch die dunklen Straßen hinter der Piazza della Signoria irrte und seine Mutter im Fernsehen einen Bericht über den mehrfachen Mörder verfolgte, beider Schicksal.

Enea war auf der Suche nach George Lockridge, mit dem er in einem höhlenartigen Gelaß in der Via Vacchereccia verabredet war, das der Engländer »meinen Laden« nannte. Seit ihrer ersten Wiederbegegnung hatten sich Enea und Lockridge noch zweimal getroffen, das erste Mal auf Wunsch Georges und das zweite Mal rein zufällig (das wenigstens dachte Enea) in der Via de' Calzaiuoli, die Enea auf dem Hin- und Rückweg zur Kanzlei des Notars Colamele täglich zweimal durchquerte.

George Lockridge hatte nicht lange gebraucht, um zu erfassen, daß Enea von etwas gequält wurde, das leicht als »Geldnot« zu erkennen war. Er hatte nicht weiter nach den Gründen gefragt. Seine eigenen Schwierigkeiten waren so groß, daß er sich mit denen der anderen nicht auch noch aufhalten konnte. Und da er außerdem überzeugt war, daß nur wirklich frei sein konnte, wer sich den verabscheuungswürdigen Regeln der Normalität nicht unterwarf, sah er ökonomische Schwierigkeiten als ein vorübergehendes kleines Übel an, das sich von Fall zu Fall mit improvisierten Mitteln beheben ließ.

Als sie sich zum ersten Mal begegneten, hatte der Engländer Enea gefragt, wie er seine Tage verlebe und wie es seiner Mutter gehe, einer der schönsten Frauen, die er je kennengelernt habe. Und nachdem er erfahren hatte, daß sie nur selten ihr Haus in Impruneta aufsuchten, die Gemäldesammlung Nannis aber unangetastet im großen Saal des ersten Stockwerks hing, wurde er ganz aufgeregt.

»Bilder sind wie Menschen«, sagte er. »Sie fühlen sich einsam und haben Angst vor der Dunkelheit. Würdest du eine schöne Frau vielleicht hinter verschlossenen Fenstern in einen feuchten Raum einsperren? Das würdest du natürlich nicht tun, weil sie unweigerlich verblühen würde. Und das gleiche gilt auch für Bilder.«

»Diese Schwierigkeiten haben wir nicht«, sagte Enea lächelnd. »Die Frau des Verwalters macht regelmäßig die Fenster auf, um das Haus zu lüften, außerdem gehen Mama und ich mindestens zweimal im Jahr nach Impruneta, um nachzusehen, ob alles in Ordnung ist.«

Aber der Engländer gab sich nicht zufrieden. »Ich mag mir einfach nicht vorstellen, wie die Landschaftsbilder Palizzis und die herrlichen Porträts Piccios einsam und allein in einem verschlossenen Landhaus hängen. Schenkt sie doch lieber einem Museum. Man hat kein Recht, solche Schönheit einzusperren.«

Dann fügte er hinzu, daß sie ja schließlich auch ein Vermögen wert seien. In heutiger Zeit dürfe man doch einen solchen nicht nur künstlerischen, sondern auch ökonomischen Schatz nicht einfach brachliegen lassen. Ob denn das eine oder andere Bild schon aus der Sammlung entfernt worden sei? »Keine Sorge«, versicherte Enea. »Die Bilder hängen noch alle an ihrem Platz.«

»Und die zwei Schmuckstücke, diese französischen Blockflöten?« wollte der Engländer weiter wissen. »Wenn ich mich nicht irre, stammen sie aus dem siebzehnten Jahrhundert, und dein Vater bewahrte sie in der Veranda auf, in dieser kleinen antiken Kredenz, wo sie leicht Schaden nehmen könnten.«

»Die sind auch noch da«, erwiderte Enea.

George Lockridge erinnerte sich Stück für Stück an alle wertvollen Gegenstände aus dem Haus der Monterispolis, einschließlich des schönen Davenport-

Services und des feinen Tafelsilbers von Georg Jensen. »Wenn man bedenkt«, sagte er, »daß nur ein einziges dieser seltenen Stücke die Probleme nicht nur einer, sondern Dutzender Familien lösen könnte.« Er sah Enea von unten her an und drückte seinen Arm. »Du brauchst natürlich kein Geld, aber falls du einmal welches brauchen solltest...«

Enea ließ sich zu der Bemerkung hinreißen, daß früher oder später jeder mal was nötig hätte, und Lockridge meinte, daß er ja nur eines der Gemälde aus der Sammlung zu holen brauche, damit könne man schon etwas anfangen.

»Ich kann mich noch an einen kleinen Rosai erinnern, eine Straße mit hohen Häusern und in der Mitte zwei Männer, die die ganze Landschaft zu beherrschen scheinen. Weißt du, daß ich deinen Vater dazu überredet habe, das Bild zu kaufen, als damals ein Mann aus Compiobbi starb und seine Erben gar nicht ahnten, was sie da für einen Schatz besaßen?«

Im ersten Augenblick überlegte Lockridge, das Gemälde mit der Ausrede an sich zu bringen, es eine Weile in Ruhe betrachten zu wollen, in Wirklichkeit aber einen Käufer zu suchen und Enea eine Kopie zurückzugeben. Doch dann erkannte er schnell, daß eine solche Operation nur ein einziges Mal gelingen konnte, sofern Enea überhaupt darauf hereinfiel. Schließlich war Enea inmitten all dieser Gemälde aufgewachsen und würde auch eine geschickt ausgeführte Fälschung vom Original unterscheiden können. Da war es schon besser, auf Eneas Geldnot zu setzen und ihm klarzumachen, daß die Gemäldesammlung für sie beide eine unerschöpfliche Geldquelle darstellen könnte.

Schließlich hatten sie sich geeinigt, und jetzt war

Enea auf dem Weg zu Lockridge, um den Verkaufserlös sowie die Fälschung abzuholen, die er am folgenden Tag in das Haus in Impruneta bringen und dort zwischen Fattoris Karren und De Tivolis Arno an die Wand hängen wollte, wo noch bis vor kurzem der echte Rosai gehangen hatte.

Als er die Höhle betrat, stand der Engländer mit der in eine Zeitung gerollten Rosaikopie und einem Bündel Banknoten in der anderen Hand schon bereit.

»Hier, nimm«, sagte Lockridge. »Und bedanke dich nicht dafür. Ich habe es getan, weil ich es getan habe, aber verlange nicht von mir, daß ich es noch einmal mache. Und paß auf. Die Farben müßten zwar längst trocken sein, drück aber trotzdem nicht zu stark darauf.«

Die Summe, die der Engländer Enea aushändigte, war ansehnlich, auch wenn sie noch nicht einmal ein Zwanzigstel des wahren Wertes des Gemäldes ausmachte. Lockridge hatte versucht, sich alles genau auszurechnen. Zuwenig konnte er Enea nicht geben, wenn er nicht Gefahr laufen wollte, daß dieser schnell genug davon haben und keine neue Operation wagen würde. Zuviel wiederum durfte er ihm auch nicht geben, damit er sich, was die Preise betraf, keine Flausen in den Kopf setzte. So hatte er denn beschlossen, ihm genau ein Viertel des Erlöses auszuhändigen. Schließlich hatte er ja auch genug Mühe mit der Anfertigung der Kopie gehabt, an der er sehr sorgfältig bis in die Nächte gearbeitet hatte.

Nachdem er das Geld abgeholt hatte, war Enea überzeugt, daß er George Lockridge nicht wiedersehen würde. Mit diesem Betrag konnte er ein Vierteljahr lang die Miete für die Einzimmerwohnung bezahlen und Nanda so viel geben, daß sie für eine Weile genug hatte. Und dann wollte er weitersehen. Er hatte immer noch Hoffnung, daß sich das Mädchen zu einer Entziehungskur bereit erklären würde.

Als er keuchend und mit einem vom Laufen geröteten Gesicht in der Via de' Renai anlangte, war Nanda nicht zu Hause. Er suchte sie in allen Gassen und auf allen Plätzen, wo sie seiner Vorstellung nach sein konnte, gelangte auf die Weise bis zum Borgo Pinti, dann hinauf bis zum Piazzale Donatello und auf dem Rückweg schließlich zur Porta della Croce. Er holte weit aus, ließ die Arme baumeln und hielt den durchdringenden Blick unablässig auf dunkle Höfe und die Umrisse der auf den Gehsteigen kauernden Gestalten gerichtet, den ovalen Kopf weit vorgereckt.

Der Morgen graute schon, als er Nanda entdeckte. Sie hockte an einer Mauer unter dem Säulengang der Loggia del Grano, eine blutstillende Binde schnitt tief in das weiße Fleisch ihres Armes. Ein aufgeregter magerer Mann in schwarzem Staubmantel und mit hektisch gerötetem Gesicht traktierte sie mit Fußtritten in den ganzen Leib, schüttelte sie, daß ihr Kopf gegen die Mauer schlug, und schrie auf sie ein, daß sie sich bloß nicht taub stellen solle, er werde sie auf keinen Fall laufenlassen, bevor sie das Geld nicht herausgerückt habe, und wenn er schon so dumm gewesen sei, ihr das Zeug zu geben, bevor sie gezahlt hätte, dann werde er sie jetzt bestimmt nicht loslassen, ohne wenigstens ihren Schädel zu spalten wie einen Kürbis.

Enea reagierte ganz spontan. Er griff den Mann von hinten an, packte ihn am Nacken, hob ihn hoch und schüttelte ihn, daß er wie eine Puppe herumhampelte. Je mehr er ihn schüttelte, desto größer wurde Eneas

Wut. Der Kopf des Mannes schlug vor und zurück, und Enea war drauf und dran, ihm das Genick zu brechen. Als hätte sie gespürt, daß etwas Furchtbares geschehen könnte, schlug Nanda die Augen auf und begann zu stöhnen.

»Enea, hilf mir«, sagte sie. »Hilf mir, bring mich nach Hause.«

Hätte sie ihn angefleht, sich zu beruhigen und dem Dealer nichts anzutun, hätte er nicht aufgehört, aber diese leise Bitte traf ihn unvorbereitet. Er ließ den Mann los, der wie ein leerer Sack zu Boden fiel, beugte sich über Nanda, zog sie hoch, schob seine Hand unter ihre Achsel, um sie besser stützen zu können, und begleitete sie so in die Via de' Renai.

Als sie drinnen waren, legte er sie aufs Bett, nahm ihr die Binde ab, rollte ihren Ärmel herunter und zog eine Ecke der Bettdecke hoch, um sie damit zuzudecken. In dem Augenblick sah er die Spritze, die sich in ihrem Hemd verfangen hatte. Er zog sie vorsichtig heraus und hielt sie sich vor die Augen. Sie kam ihm sehr vertraut vor. Es war eine Insulinspritze von der gleichen Sorte, wie er sie benutzte. Das rührte ihn so sehr, daß er ein Würgen in der Kehle spürte.

7

Matilde lebte seit vielen Jahren mit dem Gedanken an den Tod. Seit wann genau, wußte sie nicht mehr, jedenfalls hatte sie eines Tages aufgehört, irgendwelche Pläne zu machen, da sie sich sagte, daß ihr doch keine Zeit mehr bleibe, sie zu verwirklichen oder ihre Verwirklichung zu genießen.

Zum ersten Mal alt gefühlt hatte sie sich an jenem Tag, an dem eine Frau, die bei einem Verkehrsunfall umgekommen und ein paar Jahre jünger war als sie, in der Zeitung als »alte Dame« bezeichnet wurde. Von da an hatte sie sich mit anderen Augen gesehen und war plötzlich zu der Erkenntnis gekommen, daß ihre Zeit abgelaufen war.

Als dann die ersten ihrer Altersgenossen starben, wurde sie davon nicht sonderlich überrascht, da sie nun schon wußte, daß sie sich in der Gefahrenzone befand, wie Nanni es genannt hatte, wenn er von einem Patienten in höherem Lebensalter sprach. Aber daß der Tod gewaltsam und gar von fremder Hand herbeigeführt werden könnte, war ein Gedanke, der sie erschreckte. Sie hatte sich immer vorgestellt, daß sie in ihrem Bett sterben würde, mit einem Priester neben sich, der ihr an der Todesschwelle helfen würde. Und wenn sie an ihren Sohn Enea dachte, so stellte sie sich ihn ein paar Schritte hinter dem Priester, mit dem Gesicht im Dunkeln vor, traurig, aber auch im Bewußtsein, daß Mütter eben sterben und Söhne sie beweinen müssen, zumindest während der kurzen Trauerzeit, die der Anstand fordert.

Als sie dann aber die Skalpelle neben ihrem angestammten Platz vorfand, trat ihr schlagartig die Möglichkeit vor Augen, daß man auch anders sterben konnte als friedlich im eigenen Bett und mit den Tröstungen eines Gebetes versehen. Der Tod konnte auch hinterrücks und mit viel Blutvergießen zuschlagen und selbst junge Menschenleben dahinraffen, und die Zeitungen verbreiteten sich ohne das geringste Schamgefühl darüber.

Mit dieser Vorstellung trat sie vor den Kamin und starrte auf das Futteral. Sie schubste es mit dem Zeigefinger ein paar Zentimeter nach links, dann rückte sie es wieder so weit nach rechts, daß der Dorn der Schnalle ganz genau senkrecht auf den schwarzen Fleck im Marmor ausgerichtet war. Schließlich nahm sie das Futteral in die Hand, drehte sich um, entfernte sich ein paar Schritte, kehrte zurück, legte es wieder auf den Kaminsims und beobachtete, daß die Schnalle links von dem Fleck liegenblieb, genau wie an dem Tag, an dem es verschoben gewesen war. Dabei stellte sie sich genau vor, wie ihr Sohn diese Bewegungen ausgeführt hatte.

Als Junge hatte Enea sehr gern mit jeder Art von Schneidewerkzeugen hantiert. Er besaß eine erstaunliche Geschicklichkeit im Schneiden und Schnitzen. Wenn bei Tisch ein Braten oder ein Huhn aufgetragen wurde, teilte stets er die Portionen auf, schnitt regelmäßige dünne Scheiben ab und zerlegte die Hühner so, als folgte er in genauester Kenntnis ihrer Anatomie den von der Natur dafür vorgezeichneten Linien. Nanni hatte großen Spaß an dieser Geschicklichkeit seines

Sohnes und stellte ihn sogar zur Schau, wenn Gäste zum Abendessen kamen. Er sagte immer, daß Eneas Beruf längst ausgemacht sei und er ihn bald einmal mit in den Operationssaal nehmen werde, damit er ihm auch beim Tranchieren seiner Patienten zur Hand gehen könne.

Enea hatte ihn eines Tages selbstvergessen und ganz rot vor Aufregung angeblickt und gesagt, daß er gern einmal eine Probe ablegen würde. Nanni war in Lachen ausgebrochen: Zuerst solle er groß werden und das Chirurgenhandwerk erlernen, er werde ihm schon so lange einen Platz im Krankenhaus freihalten.

Der Liebespaarmörder ging mit scharfen Klingen ebenso geschickt um wie Enea. Vielleicht handelte es sich um einen Gerber, schrieben die Zeitungen, oder um einen Kunstschnitzer, vielleicht sogar um einen Arzt, da er den Frauenleichen äußerst sachkundig mit raschen und präzisen Schnitten ganze Hautlappen von der Brust und der Schamgegend abtrennte. Und außerdem besaß er eine Fähigkeit, die auch Enea auszeichnete: Er traf mit dem Revolver stets beim ersten Schuß mitten ins Ziel.

Matilde trat vom Kamin zurück und zwang sich, mit diesen krankhaften Phantastereien aufzuhören. Sie zog ihren Mantel an und verließ das Haus, ein paar Schritte würden sie wieder ernüchtern und von diesen bedrückenden Todesgefühlen befreien.

Sie ging in Richtung Piazza San Domenico und wollte bis zum Camerata-Hospital hinauf, merkte aber bald, daß sie unfähig war, den Gedanken an den Mörder abzuschütteln. Die Stadt konnte ihn ebensowenig vergessen, sondern schien sich von Tag zu Tag mehr von der Geschichte beeindrucken zu lassen. Vor dem

Zeitungskiosk stand eine Gruppe von Leuten beisammen, die mit lauter Stimme derbe Witze über die Bestie machten, und Matilde war empört, daß man über eine so furchtbare Geschichte lachen konnte. Sie verstand nicht, wieviel Unbehagen und wohl auch Angst sich hinter dem allzu lauten Gelächter und dem bissigen Humor verbarg.

Sie ging rascher, winkte dem grüßenden Zeitungshändler nur kurz zu und fand sich unversehens Mariano Pizzoccheri gegenüber, der mitten auf dem Gehsteig stand und sie anstarrte, bis ihr Blick auch auf ihn fiel. Matilde deutete ein Lächeln an und wich ihm aus, aber Mariano Pizzoccheri breitete die Arme aus, um sie am Weitergehen zu hindern.

»Wir wohnen nur zwei Schritte voneinander entfernt«, sagte er, »und sehen uns nie. Da war wohl erst die Bestie nötig, damit Sie mal aus Ihrer Höhle rauskommen, wie?«

Matilde erwiderte, daß sie regelmäßig Spaziergänge mache und daß wohl eher er untätig geworden sei.

Mariano Pizzoccheri hatte früher eine Versicherungsagentur betrieben, sich eines Tages aber zurückgezogen und alles seinem Sohn überlassen. Seit er nun in Rente war, verbrachte er seine Tage im Sessel und schrieb mit Bleistift Verse und Geschichten, die bis jetzt noch bei niemandem großen Anklang gefunden hatten, auf große weiße Bögen. Er versuchte sie jedem vorzulesen, dem er begegnete, und ein paarmal war es ihm auch schon gelungen, Matilde zum Zuhören zu zwingen, wenn er sie auf dem Mäuerchen unter den Roßkastanien an der Abtei von Fiesole überrascht hatte oder ihr sogar bis ins Haus gefolgt war.

Aber an jenem Morgen hatte er keine Verse zum Vorlesen dabei. Er hielt sich nicht nur für einen Dichter und Schriftsteller, sondern auch für einen scharfen Denker, und in letzter Zeit hatte er seine geistigen Fähigkeiten genutzt, um eine Theorie über den Liebespaarmörder aufzustellen. Er ging neben Matilde her, hakte sie unter, um seinen Gang dem ihren anzupassen, und begann, ihr diese Theorie darzulegen.

»Die können mir doch nicht erzählen, daß es so schwierig sein kann, ihn zu finden«, sagte er. »Von wegen Nadel im Heuhaufen. Wenn die nur ein wenig ihren Kopf gebrauchen würden, könnten sie ihn sehr schnell in die Enge treiben, das sage ich Ihnen.«

Pizzoccheri hatte eine Vorliebe für Zeitungsjargon und ahmte ihn oft nach, ohne es zu bemerken. »In die Enge treiben« zum Beispiel war eine seiner Lieblingsfloskeln.

»Erstens einmal lebt dieser Mann allein«, fuhr er fort. »Da kann es gar keinen Zweifel geben. Das hat ja sogar die Polizei begriffen.«

»Allein?« fragte Matilde, wobei sie ihn zwang, einen Augenblick stehenzubleiben. »Allein, sagen Sie?«

»Genau.« Pizzoccheri war sehr zufrieden. Er hätte kaum zu hoffen gewagt, Matilde Monterispolis Aufmerksamkeit wirklich zu gewinnen, und ergänzte schnell, um sie nicht wieder einzubüßen: »Mit wem soll denn ein solcher Mensch zusammenleben? Nur bei einer völligen Absonderung – Ab-son-de-rung – von der Welt kann ein Mensch in einen solchen Zustand geraten. Glauben Sie das nicht auch?« Da er ihr Schweigen als Zustimmung deutete, drückte er ihren Arm nur noch fester und zwang sie, ihren Gang dem seinen anzupassen, der zackig wurde wie ein Marsch.

Sie hatten das Camerata-Hospital erreicht und

schlugen die Via della Piazzola ein. Die Straße führte nach den bemoosten hohen Mauern der Villenparks steil abwärts, dichtbelaubte Eichenäste schirmten sie gegen die Sonne ab. Matilde schauderte und bereute, ihm diese Richtung vorgegeben zu haben. Es war kühl geworden, der Geruch der feuchten Erde stach ihr in die Nase.

»Und nun sagen Sie mir«, fuhr Pizzoccheri fort, »wie viele alleinlebende Männer mag es in dieser Stadt geben? Tausend? Zweitausend?« Eifrig marschierte er weiter, während Matilde mit angespannter Miene mit ihm Schritt zu halten versuchte.

»Wenn er tatsächlich allein lebt«, meinte sie, »dann könnte es schon sein, daß sie ihn schnappen.«

»Nur noch ein paar Tage, und er sitzt in der Falle, das sage ich ja. Ich habe sowohl der Polizei als auch der Justizbehörde ein Schreiben mit meinen Überlegungen geschickt. Aber meine Untersuchung hat ja nicht nur das ergeben, von wegen. Dieser Mann schießt wie ein Professioneller, wie einer, der mit der Pistole aufgewachsen ist. Ja…«, sagte er, hielt plötzlich inne und sah Matilde mit ernster Miene in die Augen, um die Bedeutung der Offenbarung, die er ihr jetzt machen wollte, gebührend zu unterstreichen. »Ich würde mich gar nicht wundern, wenn es ein Polizist wäre«, raunte er. »Er benützt ja auch dieses Kaliber, wußten Sie das? Das Kaliber einer Dienstwaffe.«

Er nickte heftig und nahm seinen Marsch wieder auf, wobei er Matilde hinter sich herzog. »Eine andere Hypothese wäre, daß es sich um einen Angehörigen eines militärischen Sonderkorps handelt«, fuhr er beharrlich fort. »Dafür würde sprechen, daß er sehr groß ist und ausgesprochen gute Reflexe hat.«

Matilde hatte eine Weile den Atem angehalten. Jetzt atmete sie langsam aus und sagte sich, daß sie schon allzuviel Zeit mit Mariano Pizzoccheri verloren habe. Sie verlangsamte ihren Schritt.

»Man bräuchte also nur sämtliche Revolver vom Kaliber .22 zu kontrollieren, die es in der Stadt gibt«, fuhr er fort.

»Und wenn diese Pistole gar nicht von hier käme?« fragte Matilde. »Warum gehen Sie so selbstverständlich davon aus, daß es jemand aus der Stadt ist? Im übrigen kann ich mir kaum vorstellen, daß ein Mörder eine regulär registrierte Pistole benutzt.«

»Aber hören Sie...« Pizzoccheri sah Matilde an, als habe er sie bei einem schweren Fehler ertappt. »Hier geht es schließlich um einen Verrückten und nicht um einen normalen Menschen. Ein Verrückter nimmt die Gefahr in Kauf. Er fordert sie sogar heraus. Und außerdem bin ich überzeugt, daß dieser Mann seelenruhig irgendeinen Schießplatz aufsucht. So gut kann man nicht schießen, wenn man nicht ständig übt.«

Endlich blieb Matilde ruckartig stehen und befreite ihren Arm. Wenn es ihr in den Sinn kam, konnte sie äußerst bestimmt auftreten. »Ich danke Ihnen für die Begleitung, aber jetzt muß ich wirklich zurück«, sagte sie entschlossen. »Auf Wiedersehen.«

Sie ließ Pizzoccheri einfach stehen, während er ihr nachsah, wie sie in Richtung San Domenico entschwand.

Sowie Matilde wieder zu Hause war, setzte sie sich in Nannis Arbeitszimmer in den alten Polstersessel am Fenster. Seit einiger Zeit mochte sie den kleinen Sessel im Salon vor ihrem Schlafzimmer nicht mehr, in dem sie früher immer gesessen hatte, um die Ausgaben zu notieren oder Kostenaufstellungen für notwendige Instandsetzungsarbeiten an einem ihrer Häuser zu machen, die Abrechnungen ihres Verwalters von Impruneta zu überprüfen oder auch einfach die Zeitung zu lesen.

In früherer Zeit, die ihr inzwischen unendlich fern erschien, war das Arbeitszimmer ihres Mannes Eneas Lieblingsort gewesen. Er verbrachte dort Stunden, um Bücher aus den Regalen zu nehmen, sie in der Hand zu wiegen, als könnte er so auch ihren Inhalt abschätzen, um sie dann nach eigenen Gesichtspunkten, über die er offenbar genau nachdachte, neu zu ordnen, denn er brauchte für jeden Band lange Zeit. Eines Tages hatte er sie dann gefragt, ob er die Bücher seines Vaters als sein Eigentum betrachten könne. Matilde war sicher, daß er sie alle gelesen (»verschlungen« war der Ausdruck, der ihr in den Sinn kam, wenn sie ihren Sohn über die Seiten gebeugt antraf) und einige davon besonders genau studiert hatte, und wunderte sich über seine Frage.

Sie bejahte, und Enea hatte die Bücher noch einmal neu sortiert und in viele Bände ein Exlibris geklebt. Die Etiketten lagen in einer grauen Pappschachtel, kleine, elfenbeingetönte Rechtecke mit einer sepiafarbenen Zeichnung, die er ein paar Wochen zuvor nach Hause gebracht hatte. Die Zeichnung stellte einen Mann mit zum Schrei aufgerissenem Mund dar (Munch, dachte Matilde), eine lange, spitze Klinge bedrohte ihn am Hals (das hinzuzufügen war sicher eine Laune Eneas gewesen). Die Bücher mit Etiketten wurden ins obere Stockwerk transportiert, und so gab es in Nannis altem Arbeitszimmer freie Stellen in den Regalen, die an Zahnlücken erinnerten.

Matilde saß mit erhobenem Kopf steif da, wobei sie die Rückenlehne des Sessels kaum berührte, und hielt die Augen geschlossen.

Von der lästigen Unterhaltung mit Mariano Pizzoccheri war ihr nur noch ein Gesprächsfetzen in Erinnerung geblieben. Pizzoccheri hatte gesagt, daß der Mörder vielleicht beim Militär schießen gelernt habe, aber Enea hatte keinen Militärdienst geleistet, er war für dienstuntauglich erklärt worden. Doch hatte der ehemalige Versicherungsagent auch gesagt, daß der Mann womöglich einen Schießplatz aufsuche.

Enea war immer ein guter Schütze gewesen. Er hatte schon als Junge zuerst bei Nanni, später beim Verwalter, dem Vater des heutigen Verwalters, schießen gelernt. Er schoß besser als alle anderen, traf immer mitten in die Zielscheiben, die an den Eichenstämmen befestigt waren. Matilde konnte sich noch gut daran erinnern, wie er tiefernst mit ausgestrecktem Arm zielte, schoß, sich dann zurückzog und mit gerunzelter Stirn abwartete, bis man ihm sagte, wie gut er getroffen hatte.

Nanni hatte nicht viel Freude an diesem Sohn gehabt, der ihm zwar geistig nachschlug, physisch aber so plump und unbeholfen war. Er als Arzt hätte die Beschwerden früher erkennen sollen, die Eneas Entwicklung behinderten, und als er schließlich etwas dagegen unternahm, blieb ihm nur die Möglichkeit, einer Verschlimmerung entgegenzuwirken. Da er sich also mit dem zufriedengeben mußte, was sein Sohn ihm zu bieten hatte, prahlte er sehr mit dessen Schießkünsten herum und veranlaßte Enea sogar, auf einem Schießplatz zu üben. Wie immer hörte Enea auf ihn, aber eines Tages gestand er seinem Vater, daß es ihm überhaupt keinen Spaß mache und er sich durch die Tatsache, daß er so gut schieße, den andern eher unterlegen fühle. Kein Mensch, der zu Gefühlen und Reaktionen fähig sei, sagte er, könne doch einfach mit ausgestrecktem Arm und ausgerichtetem Blick wie ein Bleisoldat herumstehen. Außerdem sei es eine ganz unfruchtbare Befriedigung, auf eine Zielscheibe zu schießen, etwas ganz anderes wäre es gewesen, sich einem Menschen aus Fleisch und Blut gegenüberzusehen.

Daß Enea immer ein sehr guter Schüler gewesen war, galt als etwas Selbstverständliches in dieser Familie, in der man seine Studien grundsätzlich schneller beendete als andere Leute; einige Familienmitglieder hatten sogar Lehrstühle besetzt oder historische Veröffentlichungen gemacht, für die sie großes Ansehen genossen.

8

»Los, nun sag schon ja«, flehte Nanda am Telefon. »Was macht es dir denn aus? Ich habe das Geld und komme zu dir.«

»Der Laden ist zur Zeit geschlossen«, erwiderte der Dealer.

»Ich komme zu dir nach Hause, du brauchst keinen Schritt zu tun. Nur einen Schuß. Was zählt für dich schon ein einziger Schuß? Danach schlage ich mich alleine durch, bis ich den Rest beschafft habe. Du wirst schon sehen.«

»Du brauchst gar nicht erst herzukommen, hier gibt's nichts. Ciao.«

»Warte doch, häng nicht ein. Ich mach dir alles. Ich mach dir, was du willst.«

»Was willst du mir denn machen! Du glaubst doch nicht im Ernst, daß ich mich mit einer wie dir einlasse!«

»Arschloch.«

»Selber Arschloch. Und da wir schon bei den Arschlöchern sind, warum läßt du dir das Zeug nicht von diesem Trottel besorgen, der immer hinter dir herhechelt? Wenn du ihn triffst, kannst du ihm gleich auch ausrichten, daß ich ihm schon noch heimzahlen werde, wie er mich neulich zugerichtet hat.«

Aus dem Hörer in Nandas Hand kam kein Laut mehr.

Zum ersten Mal dachte sie ernsthaft über Enea nach. Bisher hatte sie noch nicht wirklich überlegt, welches

Gefühl sie mit diesem Mann verband. Dafür war sie weder der Typ, noch hielt sie es für wichtig. Als sie ihn kennenlernte, hatte sie einfach nur erfaßt, daß er ihr aus ihren Schwierigkeiten helfen konnte, indem er ihr ein paar ruhige Tage verschaffte. Sie hatte ihm die Geschichte mit der Vergewaltigung durch den Vater erzählt, weil die schon bei anderen gut angekommen war. Leute, die einem helfen wollen, verlangen immer Rechtfertigungen, die über die alltägliche Norm hinausgehen und möglichst auch noch etwas Zwielichtiges haben. Sie hatte zwei oder drei solcher Geschichten auf Lager, die sie je nach Gesprächspartner auswählte, und meist hatte ihr das ein wenig Geld eingebracht oder etwas Verständnis und zweimal auch, als sie besonderes Glück hatte, einen Aufenthalt im Krankenhaus, bei dem sie sich so weit erholte, daß sie gleich nach der Entlassung wieder von vorn anfangen konnte. Bei Frauen kam die Geschichte von dem wenige Monate alten Mädchen gut an, das allein in dem alten Bauernhaus lag, nachdem ihre Mutter, eine Bäuerin, von einem Traktor zermalmt worden war. Männer ließen sich am meisten von der Geschichte des vergewaltigenden Vaters beeindrucken.

Die hätte auch Enea geschluckt, wenn Aldo ihn nicht über ihr Lügenmärchen aufgeklärt hätte.

Anfangs hatte Nanda Enea auf eine Stufe mit ihren übrigen Zufallsbekanntschaften gestellt und damit gerechnet, daß sie früher oder später unweigerlich zur Kasse gebeten würde. Sie hatte schon mit den widerlichsten Männern geschlafen, und der Gedanke, schließlich auch mit diesem alten Tölpel im Bett zu landen, schreckte sie nicht übermäßig. Aber Enea hatte nie etwas von ihr verlangt, ja, es sah fast so aus, als erweise sie ihm einen Gefallen, wenn sie sich von ihm helfen ließ.

Als sie sich dann, entschlossen, ihm doch einen Gegendienst zu erweisen, auf seine Knie gesetzt und dabei seine Verlegenheit erlebt hatte, rief dies ganz neue Gefühle in ihr wach, einesteils Verwirrung, andernteils aber auch Zärtlichkeit. Enea war impotent, aber sein seliger Gesichtsausdruck, als er sie anfassen und ihr irgendwie Lust bereiten durfte, hatte sie sehr berührt. Und auch bei späteren Gelegenheiten probierte sie vor allem ihre unerwartete Macht über ihn aus, die er ihr bewußt gemacht hatte und die ihr mehr bedeutete als jedes Gefühl.

Von diesem Zeitpunkt an versuchte Nanda aus einer plötzlich erwachten Achtung heraus, ihm die unangenehmsten Wahrheiten zu ersparen, nachdem sie ihm früher voller Mißtrauen alle möglichen Geschichten erzählt hatte, nur um ihn loszuwerden.

Kam er mit Geld, gut, wenn nicht, trieb die blanke Not sie aus dem Haus und sie beschaffte sich selber, was sie brauchte. Zumindest in dem Punkt herrschten klare Verhältnisse, auch wenn sie nie darüber gesprochen hatten. Dennoch hatte Nanda manchmal das Gefühl, daß die Sache nur für sie klar war, denn Enea redete immer wieder davon, daß er sie da herausholen und sie vor sich selbst und ihren Ausbeutern, wie er sie nannte, retten wollte. Dabei stellte sich Enea nie die Frage, ob ihr sein Heilskonzept überhaupt paßte, und das war wohl auch das einzige, was Nanda an ihm ärgerte, ihn nämlich nicht davon überzeugen zu können, daß sie dieses Leben selber gewählt hatte und auch gedachte, es so weiterzuführen. Solange sie ihre Dosis Heroin hatte, brauchte sie nichts anderes, selbst wenn sie dafür die ganze Nacht in der Stadt herumflattern mußte wie ein verrückt gewordener Nachtvogel.

Da sie aber doch ein gewisses Feingefühl besaß, war sich Nanda darüber im klaren, daß sie Enea schon etwas mehr bieten mußte als ein paar Zärtlichkeiten, vor allem dann, wenn er dafür sorgte, daß jederzeit ein Tütchen in ihrer Schublade bereitlag und sie ruhig zu Hause bleiben konnte, wenn die Straßen draußen vor dem Fenster im Dunkeln versanken. In solchen Zeiten spritzte sie sich rechtzeitig, damit er sie nicht mit wakkelndem Kopf und erloschenen Augen antraf, und nahm sogar eine Dusche, um den sauren Geruch loszuwerden, der immer an ihr hing.

Sie wußte nicht, ob Enea von Haus aus reich war oder ob auch er sich querlegen mußte, um Geld für sie aufzutreiben. Sie hatte ihn gewiß nie zu etwas gezwungen, und im Grunde war er groß, dick und auch erwachsen genug, um zu wissen, was er tat.

Enea hatte ihr von seiner Arbeit bei Colamele erzählt, aber nicht genauer erklärt, ob er dort Sozius war oder was er machte. Nanda neigte mehr der ersten Hypothese zu, da er einen ganz offenbar vornehmen Eindruck machte, dann aber sagte sie sich, daß der Sozius einer solchen Kanzlei wohl nicht in Geldschwierigkeiten geraten könne, wie sie Enea zeitweilig immer wieder hatte.

Sie hatte sich Enea nie in der Gegend genähert, in der er arbeitete, nur ein paarmal an der Ecke der Via Arte della Lana auf ihn gewartet, aber so, daß er sie nicht bemerkte, und war ihm dann, während er gedankenverloren weiterging, gefolgt, wobei sie für jeden seiner langen Schritte mindestens drei machen mußte. Erst wenn sie glaubte, daß sie weit genug aus der Innenstadt heraus waren und sie ihn nicht mehr in Verlegenheit bringen konnte, holte sie ihn ein und ergriff seinen Arm. Dann brach er in Lachen aus, was sie alles in allem viermal erlebt hatte, seit sie ihn kannte.

An jenem Morgen aber beschloß Nanda, ihn aufzusuchen, und zwar schnell. Sie litt unter Entzugserscheinungen und wußte nicht mehr ein noch aus. Geld hatte sie, sie hatte sich rechtzeitig darangemacht, welches aufzutreiben, aber sie konnte einfach keinen Stoff bekommen. Er mußte ihr unbedingt helfen.

Enea stand hinter Andreino Colamele, der mit den Blättern der Notariatsurkunde über eine komplizierte Eigentumsübertragung mehrerer Gebäude und Grundstücke raschelte. Eneas Mutter hatte immer erzählt, daß der Notar als junger Mann für seine schönen Hände berühmt gewesen sei, mit denen er ständig in der Luft herumfuchtelte, damit auch alle sie bewundern konnten, sowie für seinen aufrechten, geradezu athletischen Körper. Jetzt aber waren Colameles Hände knochig und von Arthritis entstellt, sein Rücken war gebeugt, und das Haar, das einst dicht und glänzend gewesen war, klebte in mehr gelblich als weiß schimmernden einzelnen Strähnen an seinem Schädel. Enea konnte sich einfach nicht vorstellen, daß Andreino Colamele einmal schön und athletisch gewesen sein sollte, und dachte, daß es, sofern seine Mutter nicht übertrieben hatte, wirklich besser war, nie schön gewesen zu sein, damit man im Alter nicht so zugrunde gerichtet wurde.

Während der Notar die hellblaue Akte schloß und sie Enea mit einem Nicken zurückreichte, ging die Tür halb auf, die Sekretärin streckte den Kopf herein und bat eintreten zu dürfen. Auf das »Kommen Sie herein« Colameles hin kam sie geradewegs auf den langen schwarzen Schreibtisch mit den Löwenfüßen zu und starrte den Notar mit einer Miene an, als habe sie ihm etwas Ungebührliches zu sagen, traue sich aber nicht.

»Ein Anruf für Dr. Monterispoli«, sagte sie mit einem gequälten Zug um den Mund. »Ich habe schon gesagt, daß der Herr Doktor beim Herrn Notar ist, aber die Dame sagt, es sei wichtig.«

»Das wird Matilde sein«, meinte Colamele und sah Enea dabei fragend an.

Obwohl sie ihn noch nie in der Kanzlei angerufen hatte, wußte Enea sofort, daß es Nanda war. »Ich weiß nicht... Ja, vielleicht ist es meine Mutter«, erwiderte er hastig, entschuldigte sich und lief in sein Zimmer. Als er den Hörer abnahm, hörte er Nandas keuchende Stimme, die sagte, daß sie ihn sofort sehen müsse, sie sei in der Bar unten, könne es nicht mehr aushalten und wolle sich die Pulsadern aufschneiden.

»Sei ruhig, ich komme gleich«, sagte Enea voller Angst. »Mach keine Dummheiten, ich muß nur meinen Schreibtisch abschließen, dann bin ich bei dir.« Er sprach mit lauter Stimme, ohne die Sekretärin zu bemerken, die an der Tür stand und ihn ungeniert beobachtete.

»Hoffentlich nichts Schlimmes«, sagte sie honigsüß, während er den Regenmantel vom Haken nahm und zur Tür ging.

Enea blieb einen Augenblick wie gelähmt stehen und suchte nach irgendeiner Ausrede, um die Situation zu retten. »Nein, nein, danke. Da ist nur ein Rohr gebrochen, und meine Mutter weiß nicht, was sie tun soll.«

»Ach, ja«, sagte die Sekretärin. »Ich hatte sie gar nicht erkannt. Grüßen Sie sie bitte herzlich von mir.«

Nanda erwartete ihn am Hauseingang. Sie war in einem Zustand, in dem Enea sie noch nie erlebt hatte. Ihr Gesicht war ganz spitz, der Blick bohrend.

»Keiner ist mehr da, sie sind alle verschwunden«, überfiel sie ihn gleich und klammerte sich an den Kragen seines Regenmantels. »Nur einen einzigen dieser verfluchten Typen habe ich aufgetrieben, aber er rückt nichts heraus.« Sie redete immer weiter, jetzt an Eneas Arm geklammert, während er sie Richtung Mercato Nuovo fortzerrte. Trotz der Kälte hatte die Touristensaison schon begonnen, die Straßen wimmelten nur so von Leuten, und ein rasches Vorankommen war unmöglich.

»Überall ist Polizei«, schrie Nanda, »wegen diesem Arschloch, das die Leute umbringt. Als ob wir mit dem etwas zu tun hätten. Jedenfalls läßt sich nirgends mehr Stoff auftreiben.«

»Psst«, machte Enea, als er bemerkte, wie sich einige Passanten umdrehten, weil sie so schrie.

Das Mädchen ließ sich von ihm weiterziehen, sie zitterte am ganzen Leib, doch mehr vor Angst, kein Heroin zu bekommen, als bereits wegen ernsthafter Entzugserscheinungen. Sie wußte das auch, konnte aber nichts dagegen tun. Enea ging mit finsterer Miene immer weiter, ohne einen Ausweg zu wissen. Schließlich machte Nanda einen Vorschlag.

»Wir müssen raus aus der Stadt«, sagte sie. »Nach Prato zum Beispiel, oder nach Pistoia. Hast du ein Auto? Mit dem Auto dauert das nicht lang. Wir fahren hin und kommen gleich wieder zurück.«

Enea erkannte plötzlich ganz klar, daß er Nanda

künftig nie mehr etwas würde abschlagen können, wenn er ihr jetzt half. Er überlegte einen Augenblick, einen Schaden an seinem Auto vorzutäuschen, aber Nanda schien seine Weigerung zu erahnen, und drohte wieder damit, sich die Pulsadern aufzuschneiden, da es ja doch besser sei, dem allen ein Ende zu machen, und die Bestie solle lieber sie umbringen, statt unschuldige junge Menschen zu ermorden.

»Sei ruhig«, raunte Enea ihr zu. »Wir finden ja was, du wirst schon sehen. Aber dann mußt du mir auch versprechen, daß wir anschließend gemeinsam nach einer endgültigen Lösung suchen.«

Nanda nickte so lange, bis er schließlich zustimmte, sein Auto zu holen und dann in die Via de' Renai zu kommen, wo sie hingehen und auf ihn warten sollte.

»Und wer garantiert mir dafür, daß du nicht verschwindest? Ich komme mit.« Sie wurde immer panischer, redete mit gellender Stimme. »Ich komme mit, sage ich dir. Ich werde ganz brav sein und mich niemandem zeigen, aber ich komme mit.«

Enea fehlte der Mut, nach Hause zu gehen und seiner Mutter allerhand Erklärungen geben zu müssen, daher beschloß er, zu sehen, ob George Lockridge in seinem Laden war, vor dem er immer die gelbe Ente parkte, mit der er abends zu dem Bauernhaus fuhr, in dem er wohnte. Wenn George da war, wollte er sich sein Auto leihen.

George war da und lieh es ihm.

9

Der Winter war gekommen, und nachdem die ganze Stadt vor Kälte erstarrt und etliche Olivenbäume auf den Hügeln erfroren waren, auch wieder vergangen. Matilde hatte diese Jahreszeit genauso verbracht wie früher, gegen zehn Uhr morgens verließ sie das Haus, in ihren alten Lammfellmantel gehüllt und mit einem Wollschal um den Kopf, und unternahm lange Spaziergänge, die sie meist bis zur Musikschule oder noch weiter führten. Sie konnte sich an der Schönheit des Hügels, der vom Norden der Stadt sanft nach Fiesole aufstieg, nie satt sehen. Immer wieder blieb sie stehen, wenn sie über die Piazza San Domenico kam, um den eleganten Portikus der Kirche und den kleinen Campanile zu betrachten, oder ging, wenn sie in die Nähe der Via dei Roccettini gelangte, weiter bis zur strengen Fassade der Abtei von Fiesole, die sie nicht genug bewundern konnte.

Oft machten ihr die Leute Komplimente wegen ihres jugendlichen Aussehens, und Matilde erwiderte dann, daß es jedem gutgetan hätte, soviel zu Fuß zu gehen wie sie. Sie fragte sich nie, ob die Komplimente aufrichtig gemeint waren, wußte sie doch, daß ihr Gesicht noch glatt und ihre Haut noch durchscheinend war, auch wenn sie beim Blick in den Spiegel seit ein paar Monaten sah, daß ihre Wangen schlaffer geworden waren und ein gewisser Zug um den Mund ihre innere Unruhe verriet.

Das Frühjahr brachte mildere Tage, und es wurde langsam Zeit, einen Sprung nach Impruneta zu machen, um das Haus zu lüften und die Abrechnungen des Verwalters zu überprüfen. Matilde teilte also eines Morgens Enea ihre Absicht mit, zur Villa hinaufzufahren.

»Ich werde versuchen, Zeit zu finden, damit ich dich begleiten kann«, erwiderte Enea.

Matilde konnte sich gerade noch zurückhalten, ihm ins Gesicht zu sagen, bei der Halbtagsarbeit, auf die er sich ja nun beschränke, könne er doch wohl sofort mitkommen.

»Du solltest dich darum bemühen«, sagte sie nur. »Nach dieser Kälte wird alles feucht sein, die Möbel, die Bilder und das übrige. Ich möchte wetten, daß Angiolina den ganzen Winter über nicht ein einziges Mal die Fenster aufgemacht hat.«

Sie hatte vor, ihren Besuch in Impruneta auch dazu zu nutzen, ein Inventar aller Gegenstände aufzustellen, die sie im Haus und auf dem Lande hatten. Eines Abends hatte sie nämlich Andreino Colamele und ein paar frühere Kollegen ihres Mannes zum Essen eingeladen und wollte aus der Kredenz im Speisezimmer eine bestimmte Gemüseschüssel holen, die sie aber nicht fand. Sie hatte Saveria gerufen und einen Schwall von Worten über sie ergossen, denen dem Sinn nach nichts anderes zu entnehmen war, als daß sie ihre Hausangestellte für den Verlust verantwortlich machte.

»Ein sehr wertvolles Stück«, sagte sie aufgebracht. »Antiquitätenhändler stellen so etwas auf einer Samtunterlage aus.«

Saveria erwiderte, daß sie keine Ahnung habe, von

welcher Gemüseschüssel die Rede sei, und Matilde erklärte ihr alle Einzelheiten. »Sie stammt aus dem achtzehnten Jahrhundert, und zwar handelt es sich dabei um einen in Faenza ausgeführten französischen Entwurf mit ganz prachtvollen blauen Dekorationen.«

Zwischen den beiden Frauen bestand eine über zwanzigjährige Beziehung mit strengen Verhaltensregeln, die klar bestimmten, daß Matilde die Herrin und Saveria die Dienerin war, also hatte Matilde das Recht, ihrem Temperament freien Lauf zu lassen und auch eine gewisse Strenge zu üben. Saveria war eine Witwe, die von ihren beiden mit ihrer Familie in Florenz lebenden Söhnen aus der Basilicata, wo sie allein gelebt hatte, hierher verpflanzt worden war. Da sie sich damals noch zu jung fühlte, um nicht mehr zu arbeiten, und andererseits auch zu viel Stolz besaß, um sich aushalten zu lassen, hatte sie sich, einfach so, ohne jede Referenz, da sie ja nie im Dienst gewesen war, im Haus in San Domenico vorgestellt, nachdem ihr zu Ohren gekommen war, daß eine Dame eine ganztägige Hausangestellte suchte. Matilde hatte sich von ihr Namen und Anschrift geben lassen und dann, obwohl sie auf Anhieb erkannte, daß sie da eine Perle gefunden hatte, mit Hilfe von Freunden bei der Polizei Erkundigungen über die Frau und ihre Söhne eingeholt und sie daraufhin eingestellt.

Matilde und Saveria sprachen einander mit Ihr und Euch an, wie das in früheren Zeiten üblich gewesen war, und dies schuf eine ganz besondere Beziehung zwischen ihnen, die gelegentlich sogar etwas Komplizenhaftes bekam. An jenem Tag mit der Suppenschüssel allerdings nicht.

»Jetzt tut doch nicht so, als ob Ihr Euch nicht erinnern könntet«, beharrte Matilde. »Ihr wißt ganz genau, wovon ich rede.« Und da sie es nicht wagte, ihren Verdacht, den sie doch für so berechtigt hielt, deutlich auszusprechen, fügte sie hinzu: »Ihr habt sie wohl zerschlagen und jetzt nicht den Mut, es zuzugeben.«

Enea, der die Stimmen aus der Küche hörte, fühlte sich genötigt, die beiden Frauen zu beschwichtigen. Er versuchte es, indem er sagte, mit Heftigkeit sei rein gar nichts zu lösen, und außerdem befinde sich die Gemüseschüssel wahrscheinlich zusammen mit anderem Geschirr in Impruneta. Matilde gab nach, vor allem aus Angst, Saveria zu verlieren, war aber nach wie vor überzeugt, daß sie das wertvolle Stück zumindest zerschlagen hatte.

»Wir werden ja sehen«, schloß sie.

Die Gemüseschüssel war von Enea an einem eiskalten Tag verkauft worden, als er vermeiden wollte, daß Nanda, die unter einem schlimmen Husten litt, das Haus verließ. Das Mädchen hatte sich wieder einmal in einer depressiven Phase befunden und gedroht, sich die Pulsadern aufzuschneiden. Enea war zu dem Engländer gegangen, um ihn zu fragen, wo er ein wenig Geld auftreiben könne, und George hatte geantwortet, daß er bei all den Schätzen, die er zu Hause habe, doch nur zuzugreifen brauche.

»So eilig, wie du es aber offenbar hast, bleibt uns natürlich keine Zeit, Kopien zu machen«, setzte er hinzu. »Nimm doch einfach eines der schönen Porzellanstücke, die deine Mutter im Speisezimmer in der Kredenz aufbewahrt...«

So brachte Enea George Lockridge also die Gemüseschüssel und bekam dafür gerade so viel, daß er Nanda für zwei Tage ruhigstellen und sich selber auch eine Atempause gönnen konnte.

An jenem Morgen sah Matilde in ihren Kalender, der in der Küche neben dem Herd hing, um nachzuprüfen, ob vielleicht ein Gedenktag anstand oder irgendeine besondere Geldausgabe vorgesehen war. Sie bereitete den Kalender fürs neue Jahr immer schon lange vor dem 31. Dezember vor und hängte ihn unter den alten, so daß sie ihn rechtzeitig zur Verfügung hatte. Dabei übertrug sie Geburtstage und Gedenktage, um sicherzugehen, daß sie auch im neuen Jahr niemanden vergaß. Sie hatte bereits Colameles Sekretärin zu ihrem Geburtstag am 20. März Blumen und ihrer Schwägerin zu ihrem Hochzeitstag ein handbesticktes Deckchen geschickt. Bald nun stand Eneas Geburtstag an (sein letzter vor der Schwelle des fünfzigsten), und Matilde hatte vor, für ihn in Paris jene Pléiade-Bände zu bestellen, die er sich hatte besorgen wollen, wozu er aber bis jetzt noch nicht gekommen war.

Wie sie so die einzelnen Tage des Monats überschlug, bemerkte sie, daß in dieser Nacht wieder Neumond war. Es hatte in den vergangenen acht Monaten seit dem letzten Doppelmord natürlich noch andere Neumondnächte gegeben, doch diese kam Matilde irgendwie bedeutsam vor. Sie starrte auf den Kalender, als könnte sie ihm eine Vorhersage entlokken, dann riß sie sich zusammen. Sie sagte Saveria, daß sie aus dem Haus gehen wolle, und setzte ihren Plan in die Tat um, bis zum Blumenmarkt zu gehen und neue Pflanzen für den Garten zu kaufen.

Matilde blieb bis spät in der Nacht auf und setzte sich, was sie schon lange nicht mehr getan hatte, vor das Fernsehgerät im kleinen Salon neben ihrem Schlafzimmer. Sie hatte Enea mit dem Moped wegfahren hören und war in Sorge. Wenn er mit dem Moped losfuhr, hieß das, daß ihr Sohn nicht wußte, wann er nach Hause kommen und ob er dann noch den letzten Bus bekommen würde. Sie malte sich aus, wie er über den Lenker gebeugt in der Stadt herumfuhr (wohin?), bis er so müde war, daß er sich wieder auf den Heimweg machte. Da sie sich einfach nicht vorstellen konnte, daß jemand stundenlang ziellos mit dem Moped durch die Straßen der Innenstadt fuhr, überlegte sie, daß Enea sich vielleicht irgendwo auswärts herumtrieb. Nachdem sie nun einmal das von seiner Stelle gerückte Futteral mit den Skalpellen entdeckt und die Polizei im Hause gehabt hatte, war Matilde entschlossen, vor keiner Vermutung, auch nicht der schmerzlichsten, zurückzuschrecken, und so mußte sie sich eingestehen, daß sie sich durchaus vorstellen konnte, wie Enea durch die Wäldchen und Lichtungen rings um die Stadt streifte. »Um das Gebiet zu erkunden«, wie die Zeitungen geschrieben hatten.

Als sie zu Bett ging, war es schon nach eins. Sie lag wach und starrte auf das matte Licht, das sie in dem kleinen Salon hatte brennen lassen, bis sie ihren Sohn schließlich kommen hörte. Sie erkannte den Motor, der sich näherte und dann ausging, das Knirschen der Räder und Schritte auf dem Kies im Garten. Wenn er besonders spät heimkam, stieg Enea immer an der Hausecke ab und schob sein Moped in die Garage.

Die große Tür quietschte, während er sie zuerst hob und dann wieder senkte. Enea folgte dem schmalen

Gehsteig vor der Küche, trat ein und ging in Richtung seines Schlafzimmers und des Badezimmers. Nach wenigen Minuten kehrte er in den Flur zurück und stieg in sein Arbeitszimmer hinauf. Matilde erwartete, daß er die Schuhe ausziehen und sie vorsichtig auf dem Parkett abstellen würde, um in seine Pantoffeln zu schlüpfen, aber es war nichts zu hören. Enea rührte sich nicht da oben. Was machte er?

Sie hob den Kopf vom Kissen und horchte zur Decke hinauf, um sich zu vergewissern, daß wirklich Stille herrschte. Die Stille war so groß, daß sie einen Augenblick lang den Eindruck hatte, ihren Sohn keuchen zu hören, als ob er weinte.

10

In dem VW-Campingbus brennt Licht, und das voll aufgedrehte Radio beschallt die dunkle Neumondnacht mit aufdringlicher Rockmusik.

Die hohe Umfassungsmauer um den Park der Villa ist moosbewachsen, dicke Baumäste ragen über sie hinweg und reichen fast bis zum Verdeck des Campingbusses herab, der wenige Meter von der Straße entfernt in einer Parkbucht steht.

In seinem Innern befinden sich zwei Personen. Die eine hat langes blondes Haar und liegt mit dem Gesicht nach unten da, die Stirn auf den gebeugten Arm gestützt, und döst vor sich hin. Der Körper ist halb vom Schlafsack bedeckt, die Beine sind heckwärts, der Kopf zum Armaturenbrett gerichtet. Neben dieser auf dem Bauch liegenden Gestalt sitzt ein Junge, nur mit einem Slip bekleidet, an ein Einbauschränkchen gelehnt auf dem Boden: Er hat seine nackten Beine quer über den Schlafsack gestreckt, liest eine Zeitschrift und bewegt seine Zehen im Rhythmus der Musik.

Der Mann draußen lehnt an der Mauer und betrachtet die erleuchteten Autofenster, die wie in der Dunkelheit hängende Bilder aussehen. Die geballte Rockmusik sagt ihm, daß sich in dem Bus junge Leute befinden.

Vorsichtig, mit baumelnden Armen nähert er sich, preßt sich an die Wagenflanke und späht hinein. Er sieht den lesenden Jungen und sieht die Gestalt mit den langen blonden Haaren. Er zieht die Pistole heraus, weicht einen Schritt zurück und schießt durch das Wagenfenster. Die Kugeln treffen die liegende Person am Kopf, in den Rücken und in die Leber.

Der Mann beobachtet, wie der Junge im Slip entsetzt aufspringt und sich auf seiner Seite hinten in der Ecke zusammenkauert, so daß er ihn nicht mehr sehen kann. Mit wenigen Sätzen ist er um die Kühlerhaube herum, erreicht das Wagenfenster auf der anderen Seite, legt die Pistolenmündung an die Scheibe und schießt. Die Kugel trifft den Jungen am Kiefer.

Der Mann reißt die Wagentür auf, ist mit einem Satz im Innern, nähert sich dem Jungen, der schreit und versucht, sein blutendes Gesicht mit den Händen zu schützen. Der Mann schießt aufs neue: genau in den Mund, durch die Hand hindurch, dann in den Schenkel. Er scheint nichts intakt lassen zu wollen.

Er steckt die Pistole in die Tasche, zieht die scharfe Klinge heraus, beugt sich langsam über den Kopf mit den langen blonden Haaren, um ihn zu packen und umzudrehen. Noch ein Junge.

Der Mann lockert den Griff, verharrt einen Augenblick unschlüssig und blickt sich dann mit ruckartigen Kopfbewegungen um. Er entdeckt die Zeitschrift auf dem Boden und bückt sich, um sie aufzuheben. Es ist ein deutsches Comic-Heft, das ein homosexuelles Paar in Liebespositionen zeigt.

Der Mann fährt hoch wie ein Rasender, wedelt mit der Zeitschrift in der Luft herum, flieht aus dem Campingbus und zerreißt wütend die Seiten in kleine Fetzen, die er rings um sich verstreut.

Dann läuft er plump, riesengroß und enttäuscht durch die Nacht davon.

Am Morgen nach der Neumondnacht machte Matilde das Radio an, hörte aber nichts von dem, was sie befürchtete. Sie schaltete es auch nachmittags ein, und abends saß sie vor dem Fernsehgerät. Tags darauf genau das gleiche, noch immer wartete sie mit angehaltenem Atem und zusammengepreßten Lippen. Danach atmete sie erleichtert auf. Anscheinend war wirklich nichts passiert.

Am frühen Morgen des dritten Tages beschloß Enea, sie nach Impruneta zu begleiten, und für eine Weile hatte Matilde weder Zeit noch Lust, Radio oder Fernsehen zu verfolgen und Zeitung zu lesen.

Auf diese Weise blieb es ihr erspart, von dem Mord an zwei jungen Deutschen zu erfahren, die auf einem Parkplatz in der Nähe von Galluzzo in ihrem Campingbus überfallen worden waren. Die Leichen waren nach zwei Tagen gefunden worden, die Nachricht wurde am dritten Tag verbreitet.

Matilde wollte in der alten Villa bleiben und verabredete mit ihrem Sohn, sie am folgenden Samstag wieder abzuholen.

Es war ein sehr großes Haus, von der gleichen blaßgelben Farbe wie das Haus in San Domenico, mit einer Veranda an der einen Seite und einem mit vier farbigen Terrakottamedaillons geschmückten Säulenportikus an der Vorderfront. Von der Terrasse im zweiten Stock aus sah man auf die Greve, die in einer Entfernung von weniger als dreihundert Metern vorüberfloß, sowie auf den hohen Campanile von Santa Maria Impruneta. Sonst gab es keine Unterbrechungen im weiten Grün der Eichen und Steineichen.

Als erstes rief Matilde Angiolina zu sich, die Frau des Verwalters, damit sie ihr beim Öffnen der Fenster und beim Staubsaugen half. Sie ließ alle Fenster weit offenstehen, um die Sonne hereinzulassen und den Modergeruch, der überall herrschte, zu vertreiben. Dank der soliden Einfassungen und undurchdringlichen dicken Mauern hatte der Winter keine Schäden angerichtet, aber die Luft war eisig und erwärmte sich auch trotz der milden Temperatur draußen nicht, die Polstersessel fühlten sich klamm an. Die Küche nahm Matilde außer zum Kaffeekochen nicht in Betrieb. Zu den Mahlzeiten ging sie ins Gasthaus eines Patensohnes, das nur wenige hundert Meter vom Hoftor entfernt auf der Straße nach Grassina lag, abends ließ sie den Kamin in ihrem Schlafzimmer anzünden.

Am zweiten Morgen in Impruneta erwachte sie mit dem Vorsatz, doch endlich nachzuprüfen, ob sich die Gemüseschüssel tatsächlich im Haus befand, wie Enea gemeint hatte. Aber als sie gerade den Morgenrock übergezogen hatte, hörte sie vor ihrem Fenster Angiolina im Gespräch mit Jacopo, dem Enkel der Bäckersfrau, der auf dem Weg in das amerikanische Internat oben auf dem Hügel, das er mit Ware belieferte, jeden Tag vor dem Haus haltmachte, um Brot zu bringen.

»Den müßten sie umbringen wie einen Hund«, sagte Angiolina gerade. »Ein Kerl wie der hat kein Mitleid verdient. Was haben denn diese beiden armen Jungen Böses getan?«

»Böses weiß ich nicht«, erwiderte Jacopo, ein kräftiger Kerl, der etwas langsam im Kopf, aber sehr zungenfertig war. »Ich weiß nur, daß sie nicht gerade normal waren. Hast du das nicht im Fernsehen gehört? Das waren zwei Homos.« Und lachte. »Die haben nicht mal der Bestie gefallen, die hat sie gar nicht erst aufgeschlitzt.«

Matilde trat ans Fenster und fragte mit lauter Stimme: »Was ist denn los da unten? Ich möchte doch wissen, was ihr so groß zu bereden habt!«

Aber noch bevor sie von Angiolina hörte, daß zwei junge Männer umgebracht worden waren, ahnte Matilde schon, um was es ging. Und sie vergaß, nach der Gemüseschüssel zu sehen.

Am Samstag früh ging Matilde durchs ganze Haus, um alle Läden und Fenster wieder zu schließen, zuletzt in ihrem Zimmer. Sie hatte ihre Sachen bereits in die Reisetasche gepackt und wartete auf Enea, um nach Florenz zurückzukehren. Bis er kam, wollte sie auf der Steinbank hinten im Garten die letzten Sonnenstrahlen von Impruneta genießen. Aber dann geschahen zwei Dinge, die ihre pünktliche Abreise verhinderten.

Enea rief an und sagte, daß es ihm nicht gutgehe. Seine Stimme klang schwach, er redete mühsam, und Matilde mußte mehrfach nachfragen, um herauszubekommen, was geschehen war. Schließlich gestand ihr Enea, daß er einen Anfall von Hypoglykämie gehabt habe, daß es aber zum Glück in der Kanzlei passiert sei. Sie hätten ihn in die Notaufnahme gebracht und von dort in der Abteilung Onkel Donos angerufen, der zusammen mit Dr. Morigi sofort heruntergekommen sei. Es lasse sich schon etwas dagegen machen. Sie hätten allerdings gesagt, daß sein Diabetes instabil sei und beobachtet werden müsse. Außer dem Insulin könne nur eine entsprechende Diät helfen. Im übrigen müsse er jetzt noch einen anderen Typ Insulin nehmen, das langsam wirkende reiche nicht mehr, er brauche zusätzlich eines mit mittlerer Wirkungsdauer.

»Du hast dich in diesen Tagen bestimmt vollkommen vernachlässigt«, murmelte Matilde, und am liebsten hätte sie noch hinzugefügt, daß man für seine Gesundheit auch etwas tun müsse, aber sie unterdrückte es. Enea wirkte mitgenommen, und sie fühlte ein leichtes Unbehagen bei dem Gedanken, daß sie ihn all diese Tage allein gelassen hatte. »Enea, du solltest…«

»Ich bitte dich, Mama«, fiel er ihr ins Wort. »Soll ich dir jemanden schicken, oder willst du warten, bis ich mich besser fühle und dich selber abholen kann?«

»Mach dir keine Gedanken«, erwiderte Matilde. »Ich komme schon nach Hause, notfalls mit dem Bus.«

Enea versuchte, sie zu überreden, doch einfach ein paar Tage in Impruneta zu bleiben, das könne ihr nur guttun, aber Matilde wollte sich nicht festlegen lassen.

Wenn ihr Gewissen sie nicht angetrieben hätte, zu ihrem Sohn zurückzukehren, wäre Matilde tatsächlich noch dageblieben. Die gute Luft in Impruneta machte sie angenehm müde. Von den Steineichen, die die ganze Flanke des Hügels bedeckten, stieg würzige Luft auf. Die Lage des Hauses, das hoch über dem kleinen Tal stand, vermittelte ihr ein unschätzbares Freiheitsgefühl, das sie in der Stadt nie empfand. Hier oben nahmen ihre Ängste ab, und die Hirngespinste, die sie in Florenz quälten, kamen gar nicht erst zum Vorschein.

Sie nestelte an der Schnalle ihrer Tasche herum, ohne sich entscheiden zu können, ob sie ihre Abreise tatsächlich um ein paar Tage verschieben sollte, als sie vor ihrem Fenster ein großes Hin und Her und Angiolinas Stimme hörte, die immerfort schrie: »Mamma mia, mamma mia!«

Antonella, die Tochter der Tochter Angiolinas, ein sechsjähriges kleines Mädchen, das keinen Augenblick stillsitzen konnte, hatte sich beim Sturz von der Leiter, die an einem Obstbaum lehnte, mit einer Sichel das Bein schlimm aufgeschnitten. Man mußte sie ins Krankenhaus bringen, und aus der Art, wie Angiolina sie ansah, begriff Matilde, daß sie erwartete, sie würde mitkommen, da sie doch alle Ärzte kannte und überall großes Ansehen genoß.

Als sie zurückkehrten, war es schon fast Abendessenszeit, und Matilde beschloß, den Verwalter zu bitten, sie nach Florenz zu fahren. Aber als sie dann die Villa erreichte, stand an der Buchsbaumhecke neben dem Haus ein gelbes Auto mit offener Tür. Am Steuer saß, mit den Füßen auf dem Trittbrett, in Gedanken versunken, ein alter Mann.

Matilde verabschiedete sich von Angiolinas Tochter und dankte ihr dafür, daß sie sie herbegleitet hatte. Dann ging sie auf das Auto zu, um den Mann zu fragen, was er hier wolle, aber der ließ ihr keine Zeit dazu, sondern stand auf und ging mit ausgebreiteten Armen auf sie zu.

»Meine liebe Matilde, endlich sehe ich dich einmal wieder!« sagte er mit einer Stimme, die auch für einen alten Mann wie ihn allzu zittrig war. »Also weißt du, daß du dich überhaupt nicht verändert hast? Ich hoffe nur, du freust dich ebenso wie ich über dieses Wiedersehen nach so vielen Jahren.«

Matilde stand sprachlos da und versuchte, sich zu erinnern, wer der Mann war. Sie sah forschend in das violette Gesicht, auf die dünnen weißen Haare, die ihm bis auf die Schultern fielen, und auf das für den abgemagerten Körper allzu weite rote Hemd. Die Augen konnte sie nicht richtig sehen, da sie hinter dicken Gläsern verborgen waren.

Der Alte schüttelte den Kopf und stöhnte. »Ich wußte ja, daß du mich nicht wiedererkennen würdest. Ich bin wohl tatsächlich das reinste Wrack.« Er bedeckte sein Gesicht mit den Händen, aber dann lächelte er. »Du hingegen, was hast du nur gemacht, um dich so jung zu halten? Ja, ja, ich weiß, daß du viel jünger bist als ich, aber trotzdem bist du ein Phänomen. Leider ist es wohl so, daß die Kunst zwar den Geist erhellt, aber nichts dazu tut, auch den Körper in Form zu halten.«

»George?« fragte Matilde zaghaft. Als sie sich das letzte Mal gesehen hatten, hatte sich der Engländer noch zögernd ausgedrückt, er suchte nach Worten und stolperte über die Aussprache. Der Alte hier hingegen hatte nur mehr einen ganz leichten Akzent und drückte sich mühelos in der Mundart der Gegend aus.

»Der leibhaftige George... Naja, wenn der Leib auch zu wünschen übriglassen mag.« Wieder streckte er die Arme aus, aber Matilde übersah die Aufforderung und lud ihn ein, auf einen Kaffee mit ins Haus zu kommen. Er nahm gern an, und so betraten sie die große Küche mit dem Deckengewölbe, in der außer dem elektrischen Herd und dem Kühlschrank alles so geblieben zu sein schien wie vor über fünfhundert Jahren, als die Villa erbaut worden war.

Matilde breitete ein weißes Deckchen mit roten Blumen über eine Ecke des Marmortisches und entschuldigte sich, ihm nichts anderes als einen Kaffee anbieten zu können.

»Ich wollte gerade nach Florenz zurück«, sagte sie. »Enea hätte mich abholen sollen, aber er fühlt sich nicht gut.«

Da er nicht wußte, ob ihr Sohn von ihrer Begegnung

erzählt hatte, drückte George sich vorsichtig aus. »Und wie geht es dem lieben Enea?«

»Nicht gut, wie gesagt«, wiederholte Matilde ausweichend. Seit dem Augenblick, da sie George wiedererkannt hatte, fragte sie sich, woher er wohl gewußt hatte, daß sie hier war, und was er überhaupt von ihr wollte, und als ihr die Gelegenheit günstig erschien, fragte sie ihn in dem typischen Ton danach, den sie anschlug, wenn ihr eine Sache undurchsichtig war.

George lachte. »Ich bin einfach vorbeigekommen und hab gesehen, daß jemand da war. Ach, Matilde, ich sehe, daß du mißtrauisch bist wie eh und je. Aber daran sind wir schuld, unsere einstige Gruppe, meine ich. Du hast dir immer diese Reden angehört, die wir pausenlos geschwungen haben, und alles aufgesaugt wie ein Schwamm. Wir haben behauptet, die Welt verändern zu wollen, in Wirklichkeit haben wir nur unsere verqueren Rachegelüste und unser mieses kleines Elend herausgelassen. Ich mußte meine Andersartigkeit kompensieren, Nanni für seinen Reichtum Abbitte leisten, und Andreino lauerte nur darauf, sich bei ihm einzunisten, um sich gesellschaftlich emporzuarbeiten. Und dein Schwager Dono berauschte sich an den Reizen deines jungen Körpers und verging vor Eifersucht, weil Nanni ihn nachts genießen durfte.« Er kicherte und schüttelte den Kopf, als habe er das Bild jener Tage tatsächlich vor Augen.

Matilde fühlte sich äußerst unbehaglich. Der Engländer kannte nur einen Teil der Wahrheit und war überdies voreingenommen. Sie selber bewahrte die Zusammenkünfte in ihrem Haus ganz anders im Gedächtnis. Sie erinnerte sich an die Sehnsüchte, die die schmachtenden Blicke ihres Schwagers in ihr weckten, an das gesteigerte Körperbewußtsein, das die Gegenwart all dieser Männer in ihr auslöste, und den tiefen, ironischen Blick Nannis, der alles durchschaute und sich darüber amüsierte. Zu jener Zeit waren ihre Wangen ständig durch irgendeine geheime Erregung gerötet.

Um das Thema zu wechseln, fragte sie George, ob er noch immer jene schönen dunstverhangenen Landschaften male, die ein Zwischending zwischen einem ländlichen toskanischen Traum und Heimweh nach dem englischen Nebel gewesen waren.

»Nein, nein«, erwiderte er. »Wehe, wenn ein Künstler zu lange bei etwas stehenbleibt. Wenn ich weiterhin diese Landschaften gemalt hätte, wäre ich in einer ganz irrealen Weltschau verharrt. Könntest du dir immer noch die gleichen Bilder von mir vorstellen? Nein, nein. Nachdem ich entdeckt hatte, daß ich doch nicht der große Meister bin, für den ich mich gehalten habe, und unfähig, meine Palette zu erneuern, habe ich angefangen, mich mit Restaurierungen zu beschäftigen. Es macht mir Freude, antiken Kunstwerken, die aus Vernachlässigung oder zufällig ihren Glanz verloren haben, Farbe und Gestalt zurückzugeben.«

Mit anderen Worten fristet George sein Leben damit, daß er wertlose alte Schinken auffrischt, dachte Matilde. Sie hatte diejenigen, die sie als »die Armen« bezeichnete, noch nie leiden können, wobei Armut für sie mehr eine geistige als eine ökonomische Kategorie war. Sie kannte nur Arme, denen Bildung und Lebensumstände an sich erlaubt hätten, sich unter die Reichen zu gesellen, die aber unter einem angeborenen Minderwertigkeitsgefühl und der Unfähigkeit litten, ihre Begabung zu nutzen und Reichtum zu entwickeln und ewig irgendwo auf halbem Weg stehenblieben. Sie kokettierten mit den wirklich Armen, indem sie sich den Anschein gaben, ihr Schicksal zu teilen, da sie alle gleich wenig Geld hatten, deshalb aber den anderen an Scharfsinn und Intelligenz gewiß nicht unterlegen waren. Und auf der anderen Seite kokettierten sie mit den Reichen, indem sie ihnen vorführten, daß sie alle Regeln des *savoir faire* kannten und danach lebten und sich daher von den wirklich Armen unterschieden.

Die Bäume draußen wurden langsam von der Dämmerung verschluckt, und Matilde spürte ein Mißbehagen, weil nicht klar war, ob sie in Impruneta bleiben oder nach Hause zurückkehren sollte. Sie räumte die Kaffeetassen ab und stellte sie in den Spülstein. Dann drehte sie sich um und sah den Engländer mit einem freundlich fragenden Blick an. George Lockridge begriff die Aufforderung, wollte sich aber noch nicht geschlagen geben. Er hatte von Enea erfahren, daß Matilde nach Impruneta hinaufgefahren war, und hatte sie hier in der klaren Absicht aufgesucht, sich die Gelegenheit nicht entgehen zu lassen.

Er konnte sich an jedes Bild und jeden schönen Gegenstand in diesem Haus genau erinnern, wollte aber alles noch einmal wiedersehen, denn um Enea künftig anleiten zu können, bestimmte Dinge auszuwählen, war es besser, sein Gedächtnis aufzufrischen.

»Du willst nach Hause zurück, nicht?« fragte er Matilde. »Wenn du mir die Ehre erweist, bringe ich dich gern bis vor die Haustür.« Er zögerte, seufzte auf und ließ seinen Blick durch die Glastür der Küche in den Garten schweifen. »Ich wage dich ja nicht darum zu bitten«, sagte er dann betont zurückhaltend, »aber da ich nun schon mal hier bin – wer weiß, wie lange es dauert, bis ich einmal wiederkomme, wenn überhaupt –, würdest du einen Rundgang mit mir machen, damit ich die Zimmer und die Bilder wiedersehe, die meinen jugendlichen Hunger nach Schönheit gestillt haben, als ich abgerissener Träumer hierherkam, um mich an der Kunst zu laben?«

Obwohl Matilde von der unverfrorenen Phrasendrescherei des Engländers angewidert war, ließ sie sich von seiner Bitte doch bewegen und begleitete ihn auf seiner *recherche* (so nannte er es), wobei es sie nicht besonders wunderte, daß der Maler in die Pinakothek wollte, wie er Nannis Gemäldesammlung bezeichnete.

»Kannst du dich an dieses hier noch erinnern?« fragte George, als er vor dem Rosai stand. Er hatte die Brille abgenommen und klebte mit der Nase fast an dem Bild. »Herrlich. Herrlich. Weißt du noch, wie ich Nanni damals überredet habe, es den Erben dieses Maklers aus Compiobbi abzukaufen? Die wußten nicht einmal andeutungsweise, was sie da in der Hand hatten, und er hat es für ein Butterbrot bekommen.«

Matilde sagte ja, sie erinnere sich, obwohl das nicht stimmte. Und George dachte, nachdem es mit dem Rosai geklappt hatte, würde es auch mit allem übrigen klappen.

11

Als sie bei ihrer Rückkehr nach Florenz feststellte, daß die ganze Stadt noch immer über den letzten Doppelmord sprach, ließ sich Matilde von der allgemeinen Neugier anstecken und las begierig alle Zeitungen, ja sie kaufte sogar gewisse Skandalblätter, von deren bloßer Existenz sie bisher nichts geahnt hatte. Sobald sie nur ein Titelblatt oder eine Schlagzeile mit Bezug auf den Mörder sah, erfaßte sie ein unwiderstehliches Verlangen, zu erfahren, was da geschrieben stand.

Am Ende beruhigte sie sich wieder ein wenig. Vielleicht war der Besuch der Polizei, der so viele schlimme Überlegungen bei ihr ausgelöst hatte, nur auf Übereifer zurückzuführen. Und daß das Futteral mit den Skalpellen von seinem Platz gerückt gewesen war, ließ sich mit größter Wahrscheinlichkeit auf ihre eigene Flüchtigkeit zurückführen.

Während Enea weiterlebte wie zuvor und ständig auf der Suche nach Nanda, dem Engländer oder einem Dealer durch die Stadt lief (das Mädchen schickte ihn inzwischen mit der Ausrede, diese Fieslinge nicht mehr sehen zu wollen, zum Kauf des Stoffs los), kümmerte sich Matilde um ihre Blumen und den Obstgarten.

Auch wenn ihr Sohn das Eingemachte nicht essen konnte und sie selber nur wenig davon kostete, holte Matilde jedes Jahr, wenn der Zeitpunkt gekommen war, ihre Obstbäume hinter dem Haus abzuernten, die im obersten Fach der Kredenz aufgereihten vollen Einmachgläser vom Vorjahr herunter, packte sie vorsichtig in einen großen Korb und sagte Saveria, ihre Söhne könnten sie sich holen, bat sie allerdings, die leeren Gläser fürs nächste Jahr aufzubewahren. Dann machte sie sich erneut daran, Obst zu schälen und einzukochen und Etiketten mit Datum und Inhalt jedes Glases zu schreiben.

Sie hatte auch ihre Gepflogenheit wiederaufgenommen, am ersten Freitag des Monats zum Abendmahl hinauf in die Abtei von Fiesole zu gehen, an dem jedermann teilnehmen konnte. Dazu brachte man etwas zu essen mit, wobei die Damen aus der Nachbarschaft gewöhnlich mit Pasteten und Torten ankamen, die vor der Messe in der Kapelle auf einem Tisch an der Wand zum Refektorium aufgebaut wurden.

Und auch in diesem August hätten Matilde und Enea ein paar Wochen nach Viareggio fahren sollen, wo sie an der Uferpromenade eine kleine Villa besaßen. Genau wie in Impruneta mußten auch hier Zimmer und Einrichtungsgegenstände gelüftet werden, aber Enea sträubte sich schon jetzt und gab vor, während der weniger belebten Sommermonate in der Kanzlei liegengebliebene Akten aufarbeiten zu müssen. Außerdem sei die Bibliothek dieses Jahr den ganzen August geöffnet, was er dazu nutzen wolle, bestimmte Studien voranzutreiben. Es war auch früher schon vorgekommen, daß Enea zuerst gesagt hatte, daß er nicht nach Viareggio gehen wolle, wobei er es sich dann aber immer doch noch anders überlegt hatte. Matilde machte sich daher vorerst keine Gedanken.

Schon ab Juni stand Nanda unter höchster Anspannung. Im Sommer war es schwierig, Stoff zu finden, und das wenige, was sich auftreiben ließ, war von übler Sorte. Alle zogen ans Meer oder in die Berge, und auch sie würde bald gezwungen sein, mit ihren Freunden irgendwo hinzugehen.

Hätte ihm jemand gesagt, daß seine Beziehung zu Nanda nicht anders war als die gewisser Mütter zu ihren Kindern, hätte Enea ungläubig den Kopf geschüttelt, denn er war vollkommen überzeugt davon, daß er das Mädchen entschieden seiner baldigen Auferstehung entgegenführte. Daß es schwierig sein würde, war ihm längst klar, dennoch glaubte er felsenfest an den unausbleiblichen Erfolg. Außerdem war der Umgang mit Nanda so unverzichtbar für ihn geworden, daß er sich ein Leben ohne sie nicht mehr vorstellen konnte.

Als die ersten Florentiner in die Ferien fuhren, brach Nandas Unruhe offen aus, sie verschwand oft für Stunden und beklagte sich darüber, daß sie immer nur im Haus eingesperrt sei. Aber wenn sie dann sah, wie Enea den Kopf hängen ließ, schlug sie einen anderen Ton an, setzte sich auf seinen Schoß und begann mit den Spielchen, die ihn so in Verzückung geraten ließen. Es waren immer die gleichen, denn Nanda hatte weder Lust noch viel Phantasie, sich neue einfallen zu lassen, und Enea schien auch gar nicht mehr zu verlangen.

Eines Nachts wurde Enea so von seinen Ängsten um Nanda überwältigt, daß er sich wie ein Dieb aus dem Haus schlich und in die Via de' Renai hinunterfuhr. Nanda war nicht da. Auf dem Gehsteig sitzend, wartete er bis zum Morgengrauen auf sie, und als er sie endlich mit ihrem schlaffen Gang, an dem man sie schon aus der Ferne erkennen konnte, die Straße heraufkommen sah, fühlte er gleichzeitig Erleichterung und Wut.

»Wo bist du gewesen? Kannst du mir vielleicht sagen, wo du gewesen bist?« fragte er und pflanzte sich vor ihr auf.

Nanda schreckte zurück, aber dann erkannte sie ihn und lachte nervös. »Was treibst du denn hier um diese Uhrzeit?«

»Wo bist du gewesen?« wiederholte Enea.

»Spazieren. Es war ja zum Ersticken zu Hause.« Als sie seinen Gesichtsausdruck sah, fing sie an, immer schneller zu reden. »Ich habe nichts Schlimmes gemacht. Ich bin herumgelaufen, habe ein paar Freunde getroffen und will jetzt wieder nach Hause. Nichts Schlimmes, verstehst du? Selber schuld, wenn du mir nicht glaubst. Entweder du vertraust mir oder eben nicht. Habe ich dich vielleicht je gefragt, wo du gewesen bist?«

Ein anderes Mal hatte Nanda früher als vorgesehen alles Geld ausgegeben, und Enea war verzweifelt, weil er gerade erst eine Skizze von Domenico Morelli verkauft hatte und nicht wußte, wie er so schnell neues Geld beschaffen sollte.

»Was hast du damit gemacht? Kannst du mir vielleicht sagen, was du damit gemacht hast?« fragte er sie und schüttelte dabei den Kopf hin und her, als quälte ihn etwas in seinem Gehirn, von dem er sich befreien wollte.

»Ich habe es für einen guten Zweck verwendet«, sagte Nanda. »Und wenn es dir nicht paßt, will ich dich nicht mehr sehen.«

»Für was für einen guten Zweck denn?« beharrte Enea.

Nanda erhob sich aus dem Sessel, in dem sie zusammengerollt gesessen hatte, und ging im Zimmer herum. »Die Mutter einer Freundin von mir liegt im Sterben, und jetzt ist diese Freundin auch noch von einem Tag auf den anderen entlassen worden. Sie verbringt schlaflose Nächte, um die Ärmste zu pflegen, und ihr Chef hat sie rausgeschmissen, weil sie morgens zu spät gekommen ist. Findest du das vielleicht anständig?«

In Wirklichkeit hatte Nanda ihre Dosis erhöht und außerdem auch noch einen Jungen kennengelernt, der ihr etliches abgeknöpft hatte.

»Deine Sache, wenn du kein Herz hast«, fuhr sie, besorgt über Eneas Schweigen, fort. Sie ging auf ihn zu, faßte ihn am Kinn und zwang ihn, sie anzusehen. »Willst du, daß ich wütend werde? Willst du wirklich, daß ich wütend werde, oder soll ich dich lieber ein bißchen kraulen?«

Und da er nicht antwortete, fuhr sie fort: »Oder nein, heute kraule ich dich nicht. Heute bringe ich dir etwas bei.«

Sie zog sich aus und warf ihre Kleider in eine Ecke.

»Ich weiß, daß es etwas gibt, das dich interessiert, und daß du noch nicht weißt, wie es aussieht.« Damit zog sie einen Stuhl vor Enea, setzte sich darauf, umfaßte ihre Knie mit den Armen, zog die Beine hoch und öffnete sie. »Gefällt sie dir? Gefällt sie dir, Enea?«

Enea war wie versteinert. Er kniff die Augen zu und streckte die Handflächen aus.

»Los, schau her, dann verstehst du, was ich fühle, wenn du mich berührst.«

Da Nanda pausenlos weiterredete, fuhr Enea vom Stuhl hoch, um ihr den Mund zuzuhalten. Dann sah er ihr ins Gesicht, zerrte sie hoch, warf sie aufs Bett und stürzte wie ein Stein auf sie. Er berührte sie wie im

Krampf, tat ihr weh, hob sie hoch und ließ sie wieder auf die Matratze fallen, rieb sein Gesicht an ihrer Brust. Und als Nanda sagte: »Ja, ja, Enea, so ist es gut«, zog er sich plötzlich zurück, stand auf und lief schluchzend aus dem Zimmer.

Zu jener Zeit war Matilde eines Abends bei den Sensinis zum Essen eingeladen, die ihre silberne Hochzeit feierten. Timoteo und Calambrina Sensini waren die einzigen Freunde, die nicht zum Erbe Nannis gehörten.

Sie hatte Calambrina auf einer Keramikausstellung kennengelernt. Die Galerie, die seit wer weiß wie vielen Jahren Matildes Adresse in der Kartei hatte, schickte ihr regelmäßig Einladungen, und entgegen ihrer Abneigung gegen derlei Veranstaltungen hatte sie an jenem Tag die Galerie betreten, da sie gerade in der Gegend war und zudem im Schaufenster Majoliken gesehen hatte, die ihr gefielen. Sie wollte ein Albarello kaufen, das mit seiner klassischen Eiform und mit dem kobaltblauen Hintergrund, der so dick aufgetragen war, daß fast eine Reliefwirkung entstand, sehr elegant wirkte, aber Calambrina, die die Majoliken hergestellt hatte, war so gerührt von Matildes Bewunderung, daß sie darauf bestand, es ihr zu schenken. Danach telefonierten sie ein paarmal miteinander und besuchten sich gegenseitig, bis Calambrina mit ihrem Mann für einige Zeit in die Schweiz zog, wo dieser an der Universität Bern einen Lehrauftrag für italienische Literatur angenommen hatte.

Als die Sensinis nach Florenz zurückkehrten, nahm Matilde wieder Kontakt mit ihnen auf, wenn er auch nicht mehr so eng wurde wie früher. Calambrina hatte eine Lebensart, die sie anfangs anregend gefunden hatte, da sie durch sie an die Zusammenkünfte mit Nannis Freunden erinnert wurde, die sie dann aber doch ermüdete. Fast gleichaltrig mit Matilde, mit einem dikken Zopf aus graumeliertem Haar, das sich stark kräuselte, wenn sie es offen trug, predigte Calambrina ständig, wie wichtig ethische Strenge sei, vor allem sich selber gegenüber.

Matilde nahm die Einladung nur an, um ihrer Einsamkeit zu entrinnen, und war keinesfalls darauf gefaßt, sich bei dieser Gelegenheit nicht nur nicht zu zerstreuen, sondern auch noch neue Nahrung für ihre Qualen zu erhalten.

Die Wohnung der Sensinis, im obersten Stockwerk eines schönen alten Hauses am Arno gelegen, war voller meist bäuerlicher antiker Möbel, und auf allen Stellflächen, zum Teil sogar auf dem Ziegelfußboden, standen Calambrinas Keramiken. Timoteo besaß ein winziges Arbeitszimmer, in dem er sich kaum noch drehen konnte, so vollgestopft war es mit Büchern, aber er schien sich nur dort wohl zu fühlen.

Matilde kam keuchend an, da sie zu Fuß bis in den fünften Stock hatte steigen müssen, und sie erkannte gleich an der Tür, daß es ihr heute gewiß nicht schmecken würde. Es roch stark nach Curry, einem Gewürz, das Calambrina viel benutzte und das Matilde zuwider war.

Am Tisch saßen außer Matilde und den Gastgebern neun weitere Personen, und sie brauchte eine ganze Weile, um zu begreifen, daß das junge Paar in Jeans und Kaschmirjacken aus Zürich stammte und die Dame mit dem sehr blaustichigen weißen Haar und ihr Begleiter Engländer auf der Durchreise waren, die in

Oxford eine Galerie besaßen, in der Calambrina ihre Keramiken ausgestellt hatte. Bei den anderen, denen sie früher schon begegnet war, hatte sie weniger Schwierigkeiten. Da waren der Direktor der Banca del Buon Suffragio mit Frau und Tochter, zwei unscheinbaren Frauchen, die die gleiche Frisur und die gleiche Art Seidenkleid trugen, und zwei Männer, beide Finanzberater, die immer nur paarweise auftraten. Sie waren vollkommen verschieden – der eine hager und nervös, der andere schien auf sein Zentnergewicht auch noch stolz zu sein –, und dennoch ähnelten sie sich auf eine seltsame Weise.

Gesprächsthema war von Anfang an das Monster, gerade so, als hätte man sich nicht zur Feier der silbernen Hochzeit der Gastgeber, sondern zur Diskussion über die Morde versammelt, und jeder hatte dabei mitzureden.

Der Bankdirektor, ein Hüne mit rotem Gesicht und schlohweißem Haar, gab in vertraulichem Ton zu verstehen, er habe aus sicherer Quelle erfahren, daß der Mörder ein bekannter Arzt aus der Stadt sei, der schon bald angeklagt werden würde.

»Ach Quatsch«, fuhr einer der beiden Finanzberater, der magere und aggressivere, dazwischen. »Dieser Mann stammt ganz sicher nicht von hier. Unsere englischen Freunde mögen mir verzeihen…«, sagte er und warf den beiden Galeristen aus Oxford einen Blick zu, »aber sein ganzer *modus operandi* paßt nicht in die italienische Kriminologie, sondern schon viel eher in die englische.«

Die beiden jungen Schweizer wiederum, Journalisten beim deutschsprachigen Fernsehen, behaupteten, sichere Informationen zu besitzen, daß der Mörder von reinstem florentinischen Geblüt sei und überdies aus einer sehr hohen Gesellschaftsschicht stamme.

»Also, ich meine«, mischte sich Calambrina mit dem für sie typischen Befehlston ein, »daß das ein armer Teufel ist, ein Geisteskranker. Habt ihr denn nicht gelesen, daß er wahrscheinlich unter Hypogonadismus leidet? Ich kann ihn mir genau vorstellen, groß und dick, völlig geistesgestört und wahrscheinlich impotent. Er irrt in der Gegend herum, um den Leuten aus dem Weg zu gehen, und wenn er dann ein Liebespaar entdeckt, das Dinge treibt, die ihm ewig versagt sind, rastet er völlig aus und fällt über die Armen her. Nicht daß ich Mitleid mit ihm hätte, aber gewise Verhaltensweisen lassen sich schon deuten. Wenn er krank ist, ist er eben krank.«

In dem Augenblick spürte Matilde ihren ganzen Haß auf Calambrina. »Wer hat denn behauptet, daß er unter Hypogonadismus leidet?« fragte sie und beugte sich über ihren Teller.

»In den Zeitungen hat es gestanden«, erwiderte Calambrina. »Und das haben die sich nicht aus den Fingern gesogen, sondern es geht aus dem Gutachten eines Kriminologen hervor, der sich auf die Meinung eines Psychiaters und eines Psychologen stützt.«

»Das habe ich nirgends gelesen«, beschied sie Matilde.

»Dann ist es dir eben entgangen«, erklärte Calambrina. »Im übrigen hat es sicher keinen Sinn, daß sie Sonderkommissionen bilden und alle Autos überprüfen, die an den Stadtrand fahren. Also ich glaube, daß dieser Kerl zu Fuß herumstreift, oder höchstens mit dem Moped oder dem Fahrrad, denn er kennt sich in ganz unwegsamen Gegenden aus, die man nur auf die Weise erreicht oder eben überhaupt nicht.«

»Aber wenn er wirklich so groß und dick ist, wie es heißt«, mischte sich die Frau des Bankdirektors mit kaum wahrnehmbarer, kläglicher Stimme ein, »wie soll er dann auf einem Moped sitzen?«

»Ja glaubst du denn, nur kleine Leute fahren mit dem Moped rum? Sieh doch Enea an, Matildes Sohn! Die Bestie kann auch nicht größer und dicker sein als er.«

Matilde schäumte vor Wut. »Calambrina, red doch nicht solchen Unsinn!«

Calambrina sah sie überrascht an. »Was ist denn los? Ärgert es dich, daß ich von Enea gesprochen habe?« Sie blickte ihr verständnislos ins Gesicht. »Aber du weißt doch, wie gern ich ihn mag!«

»Das hättest du trotzdem nicht zu sagen brauchen«, erwiderte Matilde, und von da an sprach sie kein Wort mehr.

12

In jenem Jahr reisten sie schließlich doch nicht nach Viareggio. Einesteils, weil Enea sich beharrlich weigerte, Florenz zu verlassen, und anderenteils, weil Matilde nicht allzusehr in ihn dringen wollte, war es doch nach Eneas Anfall, der sich ja, Gott behüte, durchaus wiederholen konnte, vielleicht wirklich besser, in der Stadt zu bleiben.

Es herrschte drückende Hitze. Sogar in San Domenico, wo eigentlich immer ein Lüftchen wehte, konnte man es erst nach Sonnenuntergang einigermaßen aushalten.

Matilde verbrachte die meiste Zeit vor dem Fernsehgerät, denn tagsüber brannte die Sonne so sehr, daß man nicht aus dem Haus konnte, und abends war sie von der großen Hitze ganz erschöpft. Auf die Weise sah sie im Fernsehen einen zusammenfassenden Bericht über die Untaten des Liebespaarmörders und verlor mit einem Schlag das einigermaßen sichere Gefühl, in dem sie sich gewiegt hatte, nachdem es ihr gelungen war, Calambrinas Worte zu verdrängen. Der Verdacht nagte erneut unaufhörlich an ihr, vor allem nachts, und da er keine wirklich neue Nahrung fand, drehten sich ihre Gedanken ständig im Kreis und vergifteten sie durch und durch.

Enea hingegen durchlebte eine relativ unbeschwerte Phase. Nachdem sich Nanda einen falschen Schuß gesetzt und danach einen Kreislaufkollaps erlitten hatte, war sie damit einverstanden gewesen, sich in eine Klinik einweisen zu lassen. Von der großen Hitze und Leberstörungen entkräftet, war es ihr gerade recht, den Ängsten zu entkommen, jetzt während der Ferienzeit keine Dealer auf der Straße zu finden. Und so atmete auch Enea auf.

Die Krankenhausrechnungen waren zwar hoch, aber doch nichts im Vergleich zum Preis mehrerer Schüsse Heroin am Tag, und außerdem schien Nanda wirklich entschlossen, ein für allemal aus dieser furchtbaren Geschichte herauszukommen. Wenn es Enea überhaupt je einmal gelang, sich seine Zukunft auszumalen, stellte er sie sich immer so vor, daß Nanda sich beruhigen würde, oder auch (aber das dachte er nur, wenn er sich alt und müde fühlte), daß sie zu ihrem Mann zurückkehrte, der im Grunde ein anständiger Kerl war.

Wenn er weiterhin Geld für sie beschaffen mußte, würde er nicht mehr wissen, auf welche Weise. George Lockridge war von der Bildfläche verschwunden, gewiß genoß auch er irgendwo seine Sommerferien, und andere Kontakte, um die Bilder von Impruneta zu Geld zu machen, besaß Enea nicht. Er hatte einen ansehnlichen Betrag beiseite gelegt, nachdem er dem Engländer ein Capriccio von Guardi, eines der wertvollsten Stücke der Sammlung, verkauft hatte, aber bei der Miete für die Via de' Renai, den Krankenhauskosten und den Ausgaben Nandas vor der Einlieferung konnte er sich ausrechnen, daß das Geld höchstens sechs Monate reichen würde.

Er besuchte Nanda jeden Nachmittag, brachte ihr frische Wäsche und ein paar Süßigkeiten und wurde nicht müde, seine Begeisterung darüber auszudrükken, wie schnell sie sich erholte. Sie blühte regelrecht auf und bekam gesunde, volle Wangen.

Bis Nanda eines Tages die Geduld verlor und sagte: »Was heißt hier gesund! Ich bin nur aufgedunsen von den Beruhigungsmitteln und weil mir der Stoff fehlt. Wenn ich mich im Spiegel sehe, könnte ich kotzen. Wenn diese Hitze mich nicht so fertig machen würde, wäre ich längst wieder auf der Straße.«

»Dann denkst du also immer noch daran?«

»Ob ich daran denke? Ich denke *immer* nur daran!«

Enea war gewiß zur Diskretion erzogen worden, doch in jenen Tagen entdeckte er eine Welt, die er nur als „geheim" bezeichnen konnte. Wenn die Krankenschwestern über Nandas Fall redeten, drückten sie sich in vagen Begriffen wie „Nervenzusammenbruch" aus, und Aldo Mazzacane lief ihm jeden zweiten Tag wie zufällig über den Weg (zu Hause oder in der Kanzlei hatte er ihn noch nie angerufen), klagte über die Hitze, fragte, wie es ihm gehe und wann er endlich in Urlaub fahre, und erkundigte sich erst dann nach Nanda. Dabei fühlte er sich jedesmal zu einer Rechtfertigung verpflichtet und schob Nandas arme Mutter vor, die keine Ruhe gebe und etwas über ihre Tochter erfahren wolle. Und überhaupt sei sie Enea so dankbar, daß er sich um Nanda kümmere.

Eines Tages brachte Enea Nanda einen Blumenstrauß mit, setzte sich an ihr Bett und fragte sie: »Leidest du sehr hier?«

Nanda antwortete ihm nicht direkt. »Sie stopfen mich mit Beruhigungsmitteln voll«, sagte sie. »Und solange du zahlst, sind sie froh, wenn sie mich immer weiter unter Valium und Haldol setzen können.«

Enea brachte ihr auch ein paar Bücher mit. Er wählte sie unter den noch nicht katalogisierten aus, nicht etwa, weil er seine persönlichen Bände eifersüchtig hüten wollte, sondern weil er aufrichtig überzeugt war, daß die anderen geeigneter für sie waren. Nach langer Überlegung wählte er »Der Herr Präsident« von Miguel Asturias, weil er dachte, die Geschichte von Visodangelo und Camila könnte ihr Spaß machen wie auch »Jane Eyre« von Charlotte Brontë, weil es seiner Mutter gefallen hatte, aber als er dann merkte, daß Nanda sie nicht einmal in die Hand genommen hatte, brachte er ihr keine Bücher mehr mit.

Die heitere Stimmung Eneas entging seiner Mutter nicht, anstatt sich aber nun zu beruhigen, wurde sie nur noch ängstlicher. Matilde wußte genau, daß sich jede heftige Gefühlsaufwallung früher oder später entlud und alles, was geschehen mußte, innerhalb einer bestimmten Frist geschah. Danach trat eine mehr oder weniger lange Periode der Ruhe ein, bis sich allmählich ein neuer Anfall vorbereitete. Das galt für Herz- und Asthmaanfälle ebenso wie für Depressionen und Mordgier. Wenn der Mörder zuschlug, hatte er den Höhepunkt seiner Krise erreicht, danach war er für Monate ruhig, bis es aufs neue losging. Auch wenn sie ihre Gedanken nicht genauso formulierte, hatte sie das Konzept doch unauslöschlich im Kopf.

Enea ging abends nicht mehr aus, sondern zog sich früh in seine Zimmer über dem Zitronengewächshaus zurück, und die Geräusche, die sie durch die Decke hörte, klangen beruhigend. Er ging wieder in seinen Pantoffeln herum und hielt sich stundenlang an seinem Schreibtisch oder an der Werkbank auf (Matilde erkannte am unterschiedlichen Knarren der Stühle und an der Stelle, von der es kam, wo ihr Sohn gerade saß), und wenn er herunterkam, um in die Küche oder ins Bad zu gehen, versuchte er, möglichst leise zu sein. Auch sein Atem schien ruhiger zu gehen, er litt nicht mehr so unter Atemnot wie vorher.

»Du wirst schon sehen«, sagte Enea zu Nanda, »bald geht es dir gut, und alles kommt in Ordnung. Du bist sehr schön.«

»Hör auf damit«, sagte sie dann wieder. »Siehst du denn nicht, daß ich bloß aufgedunsen bin?«

»Du bist eben dicker geworden und willst es nicht zugeben«, sagte Enea lachend. »Jetzt suchst du dir eine Arbeit, und dann bist du aus den Schwierigkeiten heraus.«

Nanda hatte eine Sekretärinnenschule besucht, als sie vor ihrer Sucht noch bei ihrer Familie lebte, und Enea hatte vor, Andreino Colamele zu bitten, sie wenigstens halbtags anzustellen.

Seit ein paar Monaten hatte er es nun bereits nicht mehr nötig gehabt, George Lockridge aufzusuchen, und er hoffte sehr, dazu auch in Zukunft nicht mehr gezwungen zu sein. Er wußte nicht einmal, ob der Engländer aus den Ferien zurückgekehrt war.

Doch dann kam Lockridge zu ihm. Er stand eines Abends gleich nach dem Essen vor der Tür, und da er die Fenster offen und das Licht brennen sah, klingelte er nicht nur, sondern rief laut Matildes und Eneas Namen. Matilde war gezwungen, ihn hereinzulassen, aber sie blieb steif stehen, ohne ein Lächeln, und starrte nur den jungen Kerl an, den der Engländer mit angeschleppt hatte und den er nur mit seinem Vornamen vorstellte.

»Da ist Luca«, sagte Lockridge, und Matilde erwiderte: »Angenehm«, sonst nichts.

Luca war wohl um die zwanzig, hatte lockiges Haar, das ihm bis auf die Schultern herabfiel, und preßte die Lippen zusammen, als könne er nur mit Mühe ein Wort herausbringen. Matilde hätte schwören mögen, daß er Wimperntusche trug, und damit nicht genug, war er in rosa Seide gekleidet, Hemd und Hose eng anliegend.

George nahm den von Matilde angebotenen Kaffee an, aber Luca, nein, der dürfe abends keinen Kaffee trinken, »sonst schläft er nicht und hält mich die ganze Nacht wach«, fügte er mit einem anzüglichen Blick hinzu. Matilde hörte den obszönen Unterton aus den Worten des Engländers heraus, der plötzlich ganz anders auf sie wirkte als noch in Impruneta. Weniger unterwürfig. Geradezu schamlos.

George erzählte Luca, als ginge es den etwas an, von seiner Freundschaft mit Nanni und Matilde und ließ sich über die verlorengegangene künstlerische Sensibilität aus, um dann zu schließen: »Enea nicht, Enea hat sie nicht verloren. Er könnte ein großer Bildhauer sein, wenn er sich nicht mit seinen Holzschnitzereien begnügen würde. Du machst doch noch Schnitzereien, nicht wahr, Enea?«

Enea murmelte ein kaum hörbares »Ja«.

»Ich würde mich freuen, wenn du einmal eine Büste von Luca machen könntest. Findest du nicht auch, daß er etwas von den Engeln des Melozzo da Forlì hat?« Er strich dem Jungen flüchtig über den Nacken und fuhr dann in verändertem Ton fort: »Warum zeigst du uns nicht deine Arbeiten?«

Enea versuchte Widerstand zu leisten, aber als er den durchdringenden Blick sah, mit dem seine Mutter den Engländer musterte, beschloß er, ihn in seine Werkstatt zu führen.

Matilde war froh, die Männer loszuwerden, und kündigte auch gleich an, zu Bett zu gehen, denn sie wollte die beiden keinesfalls noch einmal zu Gesicht bekommen. Dann spitzte sie die Ohren, weil sie hoffte, aus dem Schleifen der Schritte und den gedämpften Stimmen auf den wahren Grund von Georges Besuch schließen zu können. Sie war sicher, daß der Engländer nicht einfach so vorbeigekommen war, sondern irgend etwas im Sinn hatte, nur kam sie nicht dahinter, was das sein sollte. Daß er wieder in ihrem Leben aufgetaucht war, versetzte sie in Unruhe.

Was George unterdessen mit Enea tat, war schlicht Erpressung, wenn es auch nicht mit eindeutigen Worten geschah.

»Schleicht man sich so aus dem Leben seiner Freunde?« fragte er. »Ich hoffe, daß ich mich täusche, Enea, und wenn du mich eines anderen belehrst, kann ich mich nur freuen, aber ich habe langsam einen schlimmen Verdacht. Gehörst du etwa auch zu diesen leider gar nicht so seltenen Zeitgenossen, die einfach verschwinden, wenn sie einen nicht mehr brauchen?«

George saß auf dem Tischrand und schob zerstreut Bücher und Papiere hin und her. Luca lehnte mit über der Brust gekreuzten Armen an der Wand und starrte Enea mit unverhohlener Neugier an.

»Diesmal bin ich es, der Hilfe braucht«, fuhr George fort. »Daß ich mich bis jetzt mit dir eingelassen habe, hast du nur meiner alten Freundschaft zu Nanni zu verdanken, das weißt du genau. Und nun werde ich einmal etwas aus alter Freundschaft zu mir selbst tun müssen.«

»Ich kann nicht«, erwiderte Enea. »Mama würde es früher oder später merken. Diese Dinge sind uns ans Herz gewachsen...«

»Hör mal«, fiel ihm der Engländer ins Wort. »Hast du nicht immer die Theorie vertreten, daß man sich von materiellen Dingen lossagen muß? Hast du nicht immer behauptet, daß ihr Zweck erfüllt ist, sobald sie uns ihre Schönheit vermittelt haben, und daß man sie dann nicht mehr zu besitzen braucht? Und da wir schon bei der Schönheit sind, bei meinem Besuch in Impruneta habe ich dieses kleine Landschaftsbild von Abbati gesehen, du weißt schon, das mit dem Boot auf dem Arno. Für dich hat es ja doch keine große Bedeutung, so manieristisch und altmodisch, wie es ist, aber für mich wäre es leicht, es abzugeben…« Lockridge benutzte nie den Ausdruck verkaufen. »Ich kenne einen Sammler, der sich dafür interessieren könnte.«

»Ich kann in diesen Tagen nicht aus Florenz weg, nicht einmal nach Impruneta. Ich bin zur Zeit voll beschäftigt.«

»Es hat keine Eile«, unterbrach ihn der Engländer. »Es hat überhaupt keine Eile. Wenn du es mir Anfang nächster Woche bringst, reicht das.«

Als Enea am nächsten Morgen aufstand, war Matilde schon seit über zwei Stunden auf den Beinen. Sie verfolgte seinen Weg aus dem Schlafzimmer ins Badezimmer und zurück, und als es längere Zeit still war, schloß sie, daß er sich nun das Insulin spritzte. Sie befahl Saveria, die Kaffeekanne und das Milchkännchen auf den Tisch zu stellen, und sobald sich ihr Sohn gesetzt hatte, begann sie ein vorsichtiges Verhör. Sie holte weit aus und äußerte ihre Verwunderung darüber, daß der Engländer nach so vielen Jahren innerhalb kurzer Zeit plötzlich zweimal bei ihnen aufgetaucht war.

»Ich kann es mir nicht erklären«, sagte sie. »Aber ich

habe das Gefühl, daß dieser Mann etwas im Schilde führt. Was hältst du davon?«

»Vielleicht trauert er der Vergangenheit nach«, antwortete Enea ausweichend. »Oder vielleicht wollte er seinem jungen Freund zeigen, in was für Häusern er verkehrt.«

»Ich glaube, so einfach ist es nicht«, sagte Matilde. »Das glaubst du doch wohl auch nicht.«

Enea wurde langsam nervös. »Du liebe Zeit, woher soll ich denn über Georges Absichten Bescheid wissen? Du kennst ihn schließlich besser als ich, er war doch dein und Papas Freund. Erklär du mir doch, weshalb er uns gleich zweimal besucht hat.«

Matilde erstarrte. »Du brauchst gar nicht zu schreien.«

»Wer schreit denn hier!« brüllte er. »Und wenn du schon so geschickt vorgibst, andere um ihre Meinung zu fragen, dann sag mir doch nur: Sind das vielleicht die Freunde, auf die ihr so stolz wart, als ihr damals die ›Kultur‹ um euch versammeltet?«

Er fuhr noch eine Weile so fort mit seinen seltsamen Reden, in die er auch Haßausbrüche gegen das Haus mischte. Matilde konnte nicht begreifen, weshalb er so in Wut geraten war. Wieder bekam sie Angst.

Enea gab noch einige unzusammenhängende Sätze von sich, warf dann seine Serviette auf den Tisch und lief, ohne sich etwas überzuziehen, in den strömenden Regen hinaus, der schon seit dem frühen Morgen fiel.

Sofort war für Matilde der Streit vergessen, und sie sorgte sich nur noch um die Gesundheit ihres Sohnes. Er hatte seine Milch nicht einmal angerührt und konnte leicht einen neuen Anfall bekommen.

»Ja, was laufen Sie denn bei diesem Wetter ohne Schirm herum?«

Enea war, von den nachdrängenden Leuten geschoben, gerade erst an der Piazza San Marco aus dem Bus gestiegen. Der Geruch von nassen Kleidern stach ihm in die Nase, und der Regen rann ihm unter den Hemdkragen. Aldo Mazzacane neben ihm lächelte scheu und bot ihm seinen Regenschirm an. »Mein Auto steht ganz in der Nähe, soll ich Sie irgendwo hinfahren?«

Enea machte eine abwehrende Geste. Dieser Mann mit seinem honigsüßen Gerede und dem verlegenen Grinsen ging ihm langsam auf die Nerven. Am liebsten hätte er das Angebot abgelehnt, aber er war schon spät dran, und außerdem hätte Mazzacane dann einen anderen Weg gefunden, um mit ihm zu reden. Widerwillig stieg er in das graue Auto und spürte schon im voraus, daß er wieder Unangenehmes zu hören bekommen würde.

Und so geschah es dann auch.

»Ich hoffe, daß Nanda gute Fortschritte macht«, sagte Aldo leise, als er den Motor angelassen hatte.

»Besser könnte es gar nicht gehen«, erwiderte Enea und bemerkte dabei, daß seine Stimme vom Streit mit seiner Mutter noch ganz rauh war. »Sobald ich ein bißchen Zeit habe, suche ich eine Arbeit für sie, dann kommt alles ins Gleis.«

Gerade so, als hätte Enea überhaupt nichts gesagt, fing Aldo Mazzacane plötzlich an, ganz merkwürdig daherzureden, was gar nicht zu den Verhaltensregeln paßte, die er sich sonst immer auferlegt hatte.

»Vielleicht sollte ich ja lieber meinen Mund halten«, sagte er, »aber es ist schon fast eine Gewissensfrage für mich. Also ich an Ihrer Stelle würde nicht so sehr an

Nandas gute Vorsätze glauben. Sie hat auch schon in früheren Jahren versucht, von den Drogen loszukommen. Und hinterher war es nur noch schlimmer.«

»Keine Angst, diesmal ist es anders. Nanda ist fest entschlossen, diese üble Geschichte zu beenden. Im Soll bin höchstens ich, weil ich noch keine Stelle für sie gefunden habe.«

Aldo Mazzacane schüttelte immer nur den Kopf, als bedauere er tatsächlich, solche Dinge sagen zu müssen. »Ich kann nur hoffen, daß ich mich täusche, aber an Ihrer Stelle würde ich etwas besser auf sie achtgeben. Wissen Sie denn so genau, was sie treibt, wenn sie allein ist? In dem Zustand lügen alle das Blaue vom Himmel. Es würde mich nicht wundern, wenn meine Frau sich schon wieder auf der Straße herumtreiben würde, während wir hier noch reden.«

Da verlor Enea den Kopf und fing an, wie verrückt zu schreien. »Wie soll man sich da wundern, daß Nanda so viele Schwierigkeiten hat, wenn sie immer nur von Leuten wie euch umgeben war!« Er war hochrot geworden und zitterte. »Es ist leicht, jemandem das Vertrauen zu entziehen, wenn er einen Fehler gemacht hat. Schwieriger ist es, sich zu fragen, was damit angerichtet wird. Ich werde Nanda sagen, daß sie sich von ihren sogenannten Angehörigen fernhalten soll, wenn Sie wirklich so denken!«

Aldo Mazzacane, der von ehrlichen Absichten geleitet war, bekam Angst, als er Eneas verzerrten Gesichtsausdruck sah. Enea war vor Wut wie aufgeblasen, stieß mit dem Kopf an die Decke und füllte mit den gekreuzten Armen und den abgewinkelten Beinen den engen Raum auf seiner Seite voll aus.

Aber dann drehte Enea Aldo den großen Kopf zu

und schien plötzlich in sich zusammenzusacken. »Es wird besser sein, wenn Sie mich hier rauslassen«, murmelte er mit fast wieder normaler Stimme. »Zu Fuß bin ich schneller.«

Während Enea aus Aldo Mazzacanes Auto stieg, war Matilde in ihrer Küche drauf und dran, die Schlüssel vom Haken an der Kredenz zu nehmen. Bei der Erinnerung an die Zeichnung, die sie beim letzten Mal in Eneas Arbeitszimmer gefunden hatte, war sie davor zurückgeschreckt, aber dann ließ sie sich von der Einsicht leiten, sich kein Leiden ersparen zu dürfen, wenn sie wirklich begreifen wollte, was mit ihrem Sohn los war, und sie sprach sich Mut zu. Sie konnte sich den genauen Grund nicht erklären, aber sie war sicher, daß der Besuch George Lockridges etwas mit dem Wahnsinn zu tun hatte, der neuerdings in San Domenico ausgebrochen war. Anders ließ sich Eneas Reaktion an diesem Morgen nicht deuten.

Matilde hoffte, eine Spur oder einen Hinweis zu finden, der ihr weiterhelfen würde. Aber gerade, als sie die Hand nach dem Schlüssel ausstreckte, klingelte das Telefon. Die Klingel war wie immer sehr schwach eingestellt. Da in ihrem Hause außer ihren eigenen und Saverias Schritten nichts zu hören war und die Außengeräusche durch den Garten und die hohe Buchsbaumhecke gedämpft wurden, brauchte das Telefon nicht laut zu klingeln. Dennoch schreckte sie auch bei diesem leisen Ton zusammen, als hätte jemand geschrien, und blieb eine ganze Weile bewegungslos stehen, wobei sie gegen eine aufsteigende Übelkeit ankämpfte.

Nur mit Mühe ging sie aufrecht ins Wohnzimmer

und hob den Hörer geradezu widerwillig ab. Wer immer da anrief, sie hatte jedenfalls keine Lust, sich mit wem auch immer zu unterhalten.

Es war ihr Schwager Dono, der fragte, wie es ihr gehe und warum sie so lange nicht abgenommen habe.

Matilde gab keine Erklärungen, sondern fragte nur zurück: »Und du? Warum rufst du gerade um diese Zeit an?«

»Man kann sich doch wohl zu jeder Tageszeit nach dem Befinden der Familie erkundigen, vor allem, da sich mein Herr Neffe einfach nicht hier blicken läßt. Hat Enea dir nicht gesagt, daß er schon vor zwei Monaten zu Morigi hätte kommen sollen, um sich Blut abnehmen zu lassen? Er ist hier im Krankenhaus einfach nicht mehr aufgetaucht. Der Blutzucker muß regelmäßig kontrolliert werden, das weißt du doch, und wenn der Sohn nicht in der Lage ist, selbst für sich zu sorgen, muß sich eben seine Mutter um ihn kümmern.«

Dono war Chefarzt für Gynäkologie im Santo-Giovanni-Krankenhaus, wo auch Matildes Mann seine Karriere begonnen hatte und dann während einer Operation einem Infarkt erlegen war.

Matilde war überzeugt, daß ihr Schwager es weitgehend dem Ansehen und auch dem Tod seines Bruders zu verdanken hatte, daß er dort angenommen worden und später Chefarzt geworden war.

»Du hast doch bestimmt noch einen anderen Grund, weshalb du mich anrufst«, sagte sie. »Du willst mir doch nicht erzählen, daß du um diese Tageszeit anrufst, nur um dich nach Enea zu erkundigen. Müßtest du nicht auf Visite oder im Operationssaal sein?«

»Wir waren gerade auf Visite, als sich Morigi bei mir beklagt hat. Deshalb habe ich dich gleich angerufen.

Sag deinem Sohn, daß Morigi ihn morgen früh um acht erwartet. Er soll auf jeden Fall kommen.«

Matilde dankte, wenn auch noch immer wenig überzeugt, und versprach, es Enea auszurichten. Als sie einhängte, ließ sie die Hand noch wie versteift auf dem Hörer liegen, als fürchtete sie, nicht mehr klar nachdenken zu können, wenn sie den Kontakt mit dem Bakelit verlor.

Es endete dann damit, daß sie doch nicht in die Räume über dem Gewächshaus hinaufging. Saveria konnte jeden Augenblick mit den Einkäufen zurückkehren, und Matilde hätte sich von ihrer Hausangestellten niemals in Eneas Abwesenheit in dessen Arbeitszimmer überraschen lassen.

13

In diesen letzten Spätherbsttagen wurde das Wetter noch einmal schön. Enea ließ sich Blut für die Untersuchungen abnehmen und teilte seiner Mutter die Ergebnisse mit, die zwar nicht besonders gut, aber auch nicht besonders schlecht waren. Gleichzeitig spielten sich zwei Episoden ab, die scheinbar nichts miteinander zu tun hatten, das Leben von Mutter und Sohn aber nachhaltig beeinflussen sollten.

Enea hatte noch keine konkreten Schritte unternommen, um für Nanda eine Arbeitsstelle zu finden, sondern nur da und dort ohne besonderen Nachdruck gefragt, ob nicht eine Sekretärin gebraucht würde. Mit Andreino Colamele hatte er noch nicht über das Mädchen gesprochen, sondern war jedesmal im letzten Augenblick davor zurückgescheut, es zu tun. Wenn er um etwas bitten mußte, fühlte sich Enea immer von Schamgefühl wie gelähmt, da es ihm widerstrebte, seine persönlichen Angelegenheiten mit allem übrigen zu vermischen. Die Karte beim Notar wollte er als letzte ausspielen, und im übrigen gab es seiner Meinung nach ja auch keine übergroße Eile.

Nanda hatte sich inzwischen ganz erholt, und er wollte nun mit ihr weiterreichendere Entscheidungen treffen. Schon eine Weile hatte er eine Idee im Kopf, und je länger er darüber nachdachte, desto richtiger erschien sie ihm. Nanda sollte noch irgendeine Schule besuchen, um ihre eher oberflächlichen Sekretärinnenkenntnisse zu vervollkommnen, denn sie besaß ja nicht einmal ein Abschlußzeugnis, und er selber wollte eine etwas größere und weniger teure Wohnung suchen und sie mit den Möbeln einrichten, die seit Jahren in der Garage von Impruneta herumstanden. Die Möbel stammten aus einer alten Erbschaft und waren gewiß nicht besonders wertvoll, für einen jungen Haushalt aber durchaus geeignet.

Als er Nanda eines Tages von seinen Plänen erzählte, erhob sie sich aus ihrem Sessel und ging unruhig im Zimmer hin und her, dann betrat sie die kleine Küche, wärmte ein wenig Milch und setzte die Kaffeemaschine aufs Gas. Währenddessen kratzte sie sich am ganzen Körper, was sie auch sonst oft tat. Enea war schon so daran gewöhnt, daß es ihm nicht besonders auffiel.

»Versuch doch mal, deine Meinung dazu zu sagen«, forderte er sie auf. »Es geht schließlich um dein Leben, du mußt selber entscheiden.«

Er nahm seine große Ledertasche vom Boden, stellte sie auf den Tisch und holte den Prospekt einer Sprachenschule heraus. »Schau mal, das ist doch interessant. Zu den Kursen gehören auch Auslandsaufenthalte. Würdest du nicht gern reisen? Ich bin nur sehr wenig gereist, und heute tut es mir leid. Wir könnten zusammen gehen.«

Nanda nahm den Prospekt und blätterte zerstreut darin. »Es kocht. Gießt du mir die Milch und den Kaffee in eine Tasse?« Und als er ihr brachte, worum sie gebeten hatte, sagte sie: »Ich habe keine Zigaretten mehr.«

»Deshalb also bist du so nervös«, sagte Enea. »Ich geh schnell los und hole dir welche.«

Er lief zum Tabakhändler, der über dreihundert Meter entfernt war, und eilte zurück, um seinen Plan weiter zu besprechen. Er gab ihr die Zigaretten und fing wieder von der Sprachenschule an.

»Hör zu«, unterbrach ihn Nanda aber sofort. »Heute bin ich überhaupt nicht dazu aufgelegt, mir etwas über Schulen anzuhören. Warum läßt du mich nicht eine Weile in Ruhe und kommst heute abend wieder?«

Enea sah ein, daß es besser war, das Ganze aufzuschieben. Er steckte den Prospekt zwischen die übrigen Papiere, nahm seine Tasche und ging mit dem Versprechen, zur Abendessenszeit wiederzukommen. Auf die Weise verfügte er über mehr freie Zeit, als er gedacht hatte, und beschloß, zu dem Buchhändler hinter dem Gericht zu gehen, den er gebeten hatte, für ihn nach der Erstausgabe von Queirós' »Die Korrespondenz des Fradique Mendes« zu suchen. Bisher hatte Enea nicht die Zeit gefunden, nachzufragen, ob es ihm gelungen war.

Der Buchhändler hatte den Band besorgt, den der frühere Besitzer in Leder hatte binden lassen. Er war in bestem Zustand und der Preis sehr annehmbar. Enea machte die Tasche auf, in der sein Gehalt, das er gerade erst abgeholt hatte, steckte, aber er konnte die Banknoten nicht finden. Er leerte die Tasche aus, verstreute Papiere und Bücher, aber von dem Geld keine Spur. Schließlich überlegte er, daß er es in Nandas Wohnung, als er ihr den Prospekt zeigte, mit herausgezogen und dann auf dem Tisch liegengelassen haben mußte.

»Entschuldigen Sie, ich habe irgendwo mein Geld liegenlassen«, murmelte er, rot vor Aufregung. »Ich komme später und hole das Buch ab.«

»Wo denken Sie hin!« rief der Buchhändler aus und steckte das Buch in die offene Tasche. »Sie können das doch später bezahlen.«

Enea machte sich auf zur Via de' Renai. Er schritt wie gewöhnlich ziemlich rasch aus, und die Tasche hing so schwer an seinem Arm, daß er mit schiefer Schulter ging. Als er ankam, war Nanda nicht da. Er stellte sich auf längeres Warten ein und bereute zum ersten Mal, das Schlüsselbund nicht genommen zu haben, das sie ihm gleich zu Anfang, als sie in die Einzimmerwohnung zog, angeboten hatte.

Auf dem Gehsteig zu warten, gefiel ihm nicht, also drehte er mit langen Schritten, die er zum Zeitvertreib zählte, eine Runde um den Block, und erst als es dunkel wurde, fand er sich damit ab, daß Nanda wohl nicht zurückkommen würde. Er war nicht besorgt und dachte sich auch nichts Schlimmes, sondern war einfach überzeugt, daß sie, schlecht gelaunt, an die frische Luft gegangen war und jemanden getroffen hatte.

Aber als er gerade aufgeben wollte, sah er sie inmitten einer Gruppe Jugendlicher aus einer Seitenstraße auftauchen. Damit nicht genug, wackelte sie wieder auf die bestimmte Art mit dem Kopf, die Enea genau zu deuten wußte. Er zog sich in den Hauseingang zurück und wartete, bis Nanda mit den anderen hineingegangen war, dann lief er weg.

»...ein Paar Chirurgenhandschuhe, die am Tatort des letzten Doppelmordes gefunden wurden. Es besteht kein Zweifel, daß sie dem Mörder gehören. Es könnte sich um einen wichtigen Hinweis für die Untersuchungskommission handeln.«

Matilde betrat ihren kleinen Salon in dem Augenblick, als im Fernsehen gerade das Ende der Nachricht kam. Wie immer wurden die Informationen nur in Bruchstücken bekanntgegeben, und sie wunderte sich nicht, als der Nachrichtensprecher noch hinzufügte, daß Polizei und Justiz keine Erklärungen dazu abgegeben hätten.

In jener Nacht wälzte sich Matilde im Bett, und in den kurzen Phasen, in denen sie Schlaf fand, wiederholte sich stets der gleiche Alptraum: Sie war in einer dunklen Sackgasse, und jemand stieß sie von hinten immer weiter vor sich her.

»Holt sofort die Zeitung«, sagte sie am nächsten Morgen zu Saveria, und sobald die Hausangestellte sie gebracht hatte, breitete Matilde sie auf dem Eßtisch aus. Die Handschuhe waren bei den Leichen der beiden Deutschen gefunden worden, aber die Mordkommission hatte die Nachricht bis jetzt geheimgehalten. Sie ließ sich auf zwei verschiedene Weisen deuten: Entweder hatte der Mörder, nachdem er entdeckte, daß er zwei Männer getötet hatte und sich an keinem Frauenleib vergehen konnte, die Handschuhe frustriert weggeworfen, oder er hatte sie als Herausforderung für seine Verfolger liegenlassen. Jedenfalls verstärkte sich durch dieses Detail der Verdacht, daß es sich um einen Arzt handelte. Nach Ansicht der Zeitung ließ die Tatsache, daß jetzt zum ersten Mal Handschuhe am Tatort gefunden worden waren, nicht darauf schließen, daß der Mörder nicht auch schon früher welche benutzt hatte: Es war sogar wahrscheinlicher, daß er seine Hände auch früher bereits geschützt hatte, um einerseits keine Fingerabdrücke zu hinterlassen und sich andererseits nicht mit Blut zu beschmieren.

In einem Artikel derselben Zeitung stand, daß die Handschuhe neu, ja sogar noch in ihrer Plastikverpackung in der Schachtel gewesen seien, in der sie verkauft wurden, während eine andere Zeitung behauptete, daß sie umgestülpt aufgefunden worden seien, so als habe der Mann sie in Eile abgestreift.

Matilde kannte die Sorte Handschuhe. Sie waren schon zu Nannis Lebzeiten im Handel gewesen und wurden in allen Krankenhäusern verwendet.

Als Professor Dono Monterispoli gemeldet wurde, seine Schwägerin wünsche ihn zu sprechen, erschrak er zunächst. Sie hatte ihn noch nie im Santo-Giovanni-Krankenhaus aufgesucht, und jetzt kam sie einfach so und hatte sich noch nicht einmal telefonisch angemeldet. Matilde war nicht der Typ, der sich aufdrängte, Dono war ihr im Gegenteil sogar ein wenig böse, weil sie sich so übertrieben zurückhielt.

Nach dem Tod seines Bruders hatte Dono Monterispoli zunächst erwartet, daß seine Schwägerin um ökonomischen wie ärztlichen Rat bitten würde, aber sie hatte sich diesbezüglich nie an ihn gewandt. Selbst damals, als Dono sich ausgerechnet hatte, daß ihre Menopause eingetreten sein mußte, und er sich erbot, sie zu untersuchen, und dabei »chemische Stützen« sowie die Schwierigkeit erwähnte, gewisse Phasen allein zu bewältigen, schien Matilde nicht verstehen zu wollen. Sie hatte ihn mit ihren vom Alter leicht verblichenen hellblauen Augen angesehen und gesagt, daß sie ihm sehr danke, aber nicht glaube, irgendeine Behandlung zu benötigen.

Hatte Dono in den ersten Monaten ihrer Bekanntschaft in Matilde noch das Mädchen gesehen, das auch er gern gehabt hätte, und seinen Bruder geradezu feindselig beneidet, konnte er im Laufe der Jahre nur noch eine praktisch veranlagte, wenn auch leicht frigide Frau in ihr erkennen, die fähig war, das Vermögen der Familie zusammenzuhalten.

Als er sein Sprechzimmer betrat, traf er sie mit der Brille auf der Nase vor dem Glasschrank an, dessen Inhalt sie in gebeugter Haltung studierte, und zog sofort seine Schlüsse.

Dono Monterispoli, der, wie auch Matilde vermutete, nicht gerade ein Genie war, bildete sich ein, ein scharfsinniger Psychologe zu sein, vor allem, wenn es um die weibliche Psyche ging. So schloß er sofort, daß seine Schwägerin gekommen war, um sich von ihm untersuchen zu lassen, vom Anblick der Instrumente jedoch abgeschreckt wurde.

Matilde bemerkte Donos Anwesenheit nicht gleich, und als er sie am Arm faßte, um sie zu begrüßen, zuckte sie zusammen, als wäre sie beim Stehlen ertappt worden. Sie steckte ihre Brille ins Etui und das in die Handtasche und fühlte sich verpflichtet, eine Erklärung abzugeben. »Ich hätte nicht gedacht, daß diese Sorte Handschuhe noch in Gebrauch ist«, murmelte sie und deutete mit der Hand auf den Glasschrank.

»O doch, und wie«, erwiderte Dono. »Und du darfst mir glauben, daß man sie nicht spürt.«

Er bot ihr einen Platz vor dem weißlackierten Schreibtisch an und setzte sich, entschlossen, ihr die Initiative zu dem Gespräch zu überlassen, selber in den Sessel auf der anderen Seite. Nachdem sie sich nach so vielen Jahren endlich entschlossen hatte, zur Untersuchung zu kommen, war es besser, ihr die Peinlichkeit genauer Fragen zu ersparen. Er lehnte sich bequem in seinem Sessel zurück und blickte sie fest an, sich seiner guten Erscheinung mit dem eleganten weißen Kittel, der goldgeränderten Brille und dem von einem Wald grauer Haare gekrönten, mageren Gesicht voll bewußt.

»Ich bin wegen Enea hier«, sagte Matilde nach einer Weile. »Ich mache mir Sorgen.« Sie zögerte, und Dono deutete dieses Zögern als eine Bestätigung seiner Vermutung, daß sie eben nicht wegen ihres Sohnes, sondern um ihrer selbst willen gekommen war. Er sagte nur, daß sie in diesem Fall mit dem behandelnden Arzt Eneas sprechen sollte, und rief seine Sprechstundenhilfe, um Dr. Morigi bitten zu lassen, etwa in einer halben Stunde heraufzukommen.

Er räumte eine halbe Stunde Zeit ein, denn so lange würde es dauern, meinte er, bis er seine Schwägerin so weit hätte, daß sie über ihre eigenen Beschwerden sprechen und sich untersuchen lassen würde. Da eine halbe Stunde andererseits schnell vorbei war und Matilde sehr weit ausholte, beschloß er, zur Sache zu kommen.

»Ich habe vorhin gesehen, wie mißtrauisch du meine Instrumente betrachtet hast«, sagte er lächelnd, »aber du brauchst dir keine Sorgen zu machen. So ein, zweimal im Jahr sollten sich alle Frauen kurz untersuchen lassen, vor allem in einem gewissen Alter. Davon merkst du nicht einmal was«, sagte er lachend. »Ich bin in der ganzen Stadt bekannt für meine Feinfühligkeit und meine zarten Hände.« Dabei streckte er seine Hände aus und drehte sie nach allen Seiten, damit sie sie betrachten konnte.

Matilde betrachtete ihn stumm, langsam wurde ihr das Mißverständnis klar, das entstanden war, und so erwiderte sie, daß er ja vielleicht recht habe, früher oder später würde sie sich schon untersuchen lassen. Dann aber fuhr sie fort: »Wann ist Enea bei dir gewesen?«

»Das ist schon so lange her, daß ich nicht einmal mehr genau weiß, wie er aussieht.«

»Ist er denn nicht zur Untersuchung gekommen?« beharrte Matilde. »Es ist doch unmöglich, daß er nicht bei dir war, um dich zu begrüßen?«

»Er war unten in der Allgemeinmedizin. Die Ergebnisse habe ich dann von Morigi erfahren.«

»Und bei dir ist er nicht vorbeigekommen?«

Dono Monterispoli schüttelte resigniert den Kopf. Wenn es seiner Schwägerin gefiel, ihm vorzumachen, daß sie nur wegen ihres Sohnes gekommen war, dann mußte er wohl mitspielen. Also konzentrierte er sich, um sich zu erinnern, wann er seinen Neffen zum letzten Mal gesehen hatte. Er fuhr sich mit gespreizten Fingern durchs Haar, eine Geste die er häufig machte und die dazu diente, seine Strähnen aufzulockern.

»Doch, du hast recht«, sagte er. »Er hat auch bei mir hereingeschaut, bevor er zu Morigi hinunterging. Das war wohl so gegen acht. Ich traf ihn genau an derselben Stelle an wie dich vorhin, vor dem Glasschrank da. Ich werde den Schrank noch entfernen oder Vorhänge anbringen lassen müssen. Jeder, der hier hereinkommt, scheint beim Anblick der Instrumente zu erschrecken.«

Matilde beugte sich vor. »Und wie fandest du ihn?« fragte sie.

»Wie immer. Zerstreut und auf dem Sprung, gleich wieder zu gehen. Aber auch ein wenig zu dick. Wenn man einmal über vierzig ist, bedeutet jedes Kilo zuviel, sein Leben um ein Jahr zu verkürzen.«

Matilde verstand dies als Vorwurf und versuchte gleich, sich zu rechtfertigen.

»Wenn er zu Hause ißt, sündigt er ganz gewiß nicht. Einen Teller Suppe, ein Scheibchen angedämpftes oder gekochtes Fleisch, ein paar Blättchen Salat und ein Stück Obst. Aber wie soll ich ihn kontrollieren, wenn er anderswo ißt?«

»Er sollte mehr achtgeben«, verkündete Dono. »Diabetes darf man nicht auf die leichte Schulter nehmen. Solange er überwacht wird, ist er nicht gefährlich, aber wenn man leichtsinnig ist, kann man sich böse Überraschungen bereiten.«

Schließlich endete es so, daß sie, entgegen aller Vermutungen Dono Monterispolis, die ganze Zeit, bis Morigi kam, immer nur über Diabetes sprachen. Dono zufolge war es ganz normal, daß Enea ständig Durst hatte und so häufig zur Toilette lief, doch seien dies bereits Symptome seiner Krankheit und in jedem Fall Alarmzeichen. Auch seine geradezu deliranten Zustände paßten ins Krankheitsbild. Merkwürdig hingegen sei, daß er fast ständig in Bewegung und nie schläfrig sei.

Die halbe Stunde ging noch schneller vorbei, als Dono gedacht hatte. Dann kam Morigi herein, ein spindeldürrer junger Mann, dem der Arztkittel wie der Fetzenrock einer Vogelscheuche herunterhing. Er bestätigte nur, was der Professor bereits gesagt hatte.

»Mama, ich muß dir etwas Schlimmes sagen.« Mit diesen Worten empfing Enea Matilde vor dem Gartentor, wo er schon auf sie gewartet hatte.

Es war noch nicht einmal zwölf Uhr, als Matilde aus dem Krankenhaus zurückkam, aber bevor sie sich darüber wundern konnte, daß Enea schon zu Hause war, fuhr dieser fort: »Angiolina hat angerufen. In Impruneta ist eingebrochen worden. Wir müssen hinfahren, die Carabinieri warten auf uns, damit wir Anzeige erstatten.«

Matilde verlor nicht viel Worte, sie fuhren gleich los, nachdem Enea das Auto aus der Garage geholt hatte. Während der Fahrt redeten sie wenig. Enea fuhr vorsichtig, mit geradem Rücken und ausgestreckten Armen, die Augen auf den Verkehr gerichtet.

Erst als sie die Kreuzung vor Pozzolàtico überquert hatten, murmelte Matilde: »So etwas ist mir doch in meinem ganzen Leben noch nicht passiert.« Und setzte nach einer Pause hinzu: »Aber einmal mußte es ja vielleicht so kommen.«

»Angiolina hat sich Sorgen gemacht, weil sie dich nicht zu Hause erreichen konnte«, sagte Enea. »Sie wollte nicht, daß du es von Saveria erfährst, deshalb hat sie mich in der Kanzlei angerufen. Sie sagt, ihr Mann sei ganz außer sich, weil er glaube, daß wir ihn sicher beschuldigen würden, nicht gut genug aufgepaßt zu haben.«

Als sie über die Piazza Buondelmonti fuhren und an der Basilika von Santa Maria dell'Impruneta vorbeikamen, bekreuzigte sich Matilde rasch. »Wir werden ja sehen«, murmelte sie.

Auf dem freien Platz vor der Villa waren sämtliche Familienangehörige des Verwalters versammelt, auch die kleine Enkelin und zwei Pächter. Die Carabinieri hätten schon alles untersucht, sagte Angiolina, und warteten jetzt auf Signora Matilde und Signor Enea, um aufzunehmen, welche Gegenstände im einzelnen gestohlen worden seien.

»Sie haben uns gefragt, ob uns in letzter Zeit unbekannte Gesichter aufgefallen wären«, ergänzte sie und sah dabei Enea fest in die Augen, als habe sie ihm seine verschiedenen Besuche vorzuhalten. »Aber wir haben niemanden gesehen.«

Mutter und Sohn machten die Runde durch alle Räume, wobei sie zuerst den großen Speisesaal mit der Freskendecke inspizierten. Die Schranktüren waren offen, die Schubladen herausgezogen, zwei lagen umgestülpt auf dem Boden. Vom Tafelsilber war nicht einmal ein Kaffeelöffelchen übriggeblieben. Die Diebe hatten zudem die Salzfässer und die Leuchter im Queen-Anne-Stil, die San-Marco-Bestecke, die Kuchenplatten, Tabletts und Zuckerdosen mitgehen lassen.

Auch ein tragbares Fernsehgerät, ein alter Fotoapparat und die bestickte Tischwäsche waren verschwunden, ebenso die Dinge, die Matilde in der Schmuckkassette auf der Kommode in ihrem Schlafzimmer aufbewahrt hatte, ein paar Goldkettchen mit Anhänger, ein Strang Zuchtperlen, eine Kamee und eine Halskette aus neapolitanischen Korallen.

Nachdem die Diebe durch die Glastür der Küche eingedrungen waren, hatten sie, um in den Flügel mit den Schlafzimmern zu gelangen, durch die Gemäldegalerie gehen müssen, doch die Bilder hingen alle an ihrem Platz. Die Veranda hatten sie links liegen lassen, und die Vitrinen mit den antiken Musikinstrumenten waren unversehrt. Dafür aber war in Eneas Schlafzimmer sein kleiner *bonheur-du-jour*-Schreibtisch aus Thuja-Holz zertrümmert worden, die Porzellantäfelchen lagen zerbrochen auf dem Boden herum, und die Säulchen waren entzweigeschlagen.

Matilde und Enea beschlossen, zu Fuß zur Carabinieri-Wache zu gehen, obwohl Angiolina und ihr Mann ihnen angeboten hatten, sie mit ihrem Auto hinzubegleiten. »Wenn Signor Enea nicht fahren möchte«, sagte die Frau des Verwalters, »bringen wir Sie hin.«

Angiolina war eine Frau, die das Leben nicht gebeugt hatte. Mager wie ein Hering, hielt sie sich stets gerade und sah jedem, mit dem sie sprach, offen in die Augen. Mit ihren fünfzig Jahren hatte sie noch eine glatte Haut und schwarzes Haar, machte aber nicht viel Aufhebens davon. Dagegen, daß man in die Jahre komme, lasse sich eben nichts machen, sagte sie.

Matilde erwiderte, daß sie das Bedürfnis habe, ein wenig zu Fuß zu gehen, und schlug die Abkürzung durch den Zerreichenwald ein. Sie trug Stadtschuhe und versank mit den Absätzen im feuchten Laub. Hinter ihrem Rücken hörte sie Eneas mühsame Schritte, ein dumpfes Trampeln, das von der Feuchtigkeit unter der Laubschicht gedämpft wurde, und sie bereute, ihren Sohn mitgeschleppt zu haben.

»Sollen wir umkehren und das Auto nehmen?« fragte sie und blieb stehen.

Enea schüttelte den Kopf.

Fröstelnd und müde erreichten sie die Wache. Der Polizeimeister war den Tränen nahe.

»So etwas ist in dieser Gegend noch nie vorgekommen. Es ist das erste Mal in all den zwanzig Jahren, das wissen Sie ja selber, Signora Monterispoli«, sagte der Mann. »Ich bin ganz sicher, daß das Leute von außerhalb waren. Allerdings können es kaum Profis gewesen sein, das sieht man schon daran, wie sie die Küchentür aufgebrochen haben, und übrigens haben sie nur Sachen mitgenommen, die ihnen ins Auge gestochen sind, und die eigentlichen Wertgegenstände unberührt gelassen. Bestimmt war das eine Bande von Drogensüchtigen aus der Stadt.«

Matilde hätte am liebsten gesagt, daß schließlich

auch das Tafelsilber, das sie gestohlen hatten, wertvoll war, und zwar nicht nur vom Gewicht her.

Der Polizeimeister nahm ihnen das Versprechen ab, Fenster und Türen vergittern zu lassen, und schrieb dann sorgfältig alle Einzelheiten und die genaue Beschreibung der geraubten Gegenstände auf, wie Matilde sie aufzählte. »Sie werden sehen, daß wir die Sachen früher oder später wiederfinden«, versicherte er, schien aber selber nicht sehr überzeugt davon.

Matilde mußte ihn fast trösten, wie bei ihrer Rückkehr in die Villa auch den Verwalter. Dabei war sie selbst sehr traurig.

Mehr noch als der Verlust der Gegenstände, die sie ein ganzes Leben lang begleitet hatten, schmerzte sie die Vorstellung, daß ihr Haus auf diese Weise entweiht worden war. Das war nun schon das zweite Mal, daß sie so etwas erleben mußte: in San Domenico, als die Polizei gekommen war, und jetzt in Impruneta. Sie hatte das Gefühl, daß ihr Haus nicht mehr dasselbe war, seit sich diese Unbekannten in den Räumen herumgetrieben und gestohlen hatten, was ihnen unter die Augen gekommen war.

Der Verwalter bestand darauf, sie und Enea zum Mittagessen in sein Haus einzuladen. Als sie in dem kaum zweihundert Meter außerhalb des Villengartens gelegenen modernisierten Bauernhaus bei Tisch saßen und Angiolina den Kaninchenbraten und nach Salbei duftende Kartoffeln auftrug, fragte Matilde Cosimo aus, den jüngsten Sohn, der kräftig wie ein junger Stier war und nicht nur seinem Vater auf dem Gut half, sondern offenbar auch mit bestem Erfolg Abendkurse in Buchhaltung besuchte.

»Cosimo, ist dir in der letzten Zeit nichts Ungewöhnliches aufgefallen?« fragte Matilde, die das Essen, das vor ihr stand, kaum anrührte. »Irgendwelche Unbekannte, die sich hier herumgetrieben haben?«

»Wenn mir etwas aufgefallen wäre, hätte ich es schon meinem Vater und dem Maresciallo erzählt«, erwiderte Cosimo.

»Vielleicht hast du ja jemanden eingeladen«, beharrte Matilde. »In deinem Alter schließt man schnell unbesonnene Freundschaften.«

Cosimo hob ruckartig den Kopf und starrte sie wütend an. »Nein, Signora, ich habe niemanden eingeladen, und mit dem Einbruch habe ich nichts zu tun.«

Verärgert über Matildes Ton, mischte sich Angiolina ein. »Jeder sollte auf seine eigenen Freundschaften achten. Leichtfertig kann man auch im Alter noch sein.«

Matilde forderte sie auf, sich deutlicher auszudrükken, aber Angiolina murmelte nur, daß, wer hören wolle, sie schon richtig verstanden habe, und versank dann in düsterem Schweigen.

Auf dem Rückweg nach Florenz beklagte sich Matilde bei Enea. »Hast du gesehen, wie Angiolina und ihr Sohn aufgebraust sind?« Fassungslos über soviel Anmaßung schüttelte sie den Kopf.

»Du hättest Cosimo aber auch nicht verdächtigen dürfen, fremde Leute ins Haus zu schleppen.«

Matilde reagierte gereizt. »Man merkt, daß sie ein schlechtes Gewissen haben, schließlich habe ich niemanden verdächtigt. Ich habe lediglich eine Frage gestellt, die im übrigen vollkommen berechtigt war. Irgend jemand muß doch in unser Haus eingebrochen sein.« Und als ihr Sohn keine Antwort gab, setzte sie noch hinzu: »Hast du gesehen, daß sie zwei Farbfernseher haben? Und die Einrichtung im Wohnzimmer, hast du nicht bemerkt, daß die neu ist? Kannst du mir vielleicht sagen, woher sie soviel Geld haben?«

»Du bist verrückt, wenn du glaubst, daß sie es waren«, sagte Enea. »Sie arbeiten seit vier Generationen für uns, und noch nie hat irgend etwas gefehlt.«

»Du wirst doch wohl nicht auch an das Märchen von den Drogensüchtigen glauben?« versetzte Matilde verärgert. »Immer wenn sie nicht mehr ein noch aus wissen, müssen die Drogensüchtigen herhalten. Woher sollte denn eine Drogenbande aus der Stadt gewußt haben, daß wir soviel Silber hatten?«

Aber Enea hatte beschlossen, nichts mehr zu sagen.

14

Als Saveria ins Haus kam, mit der Zeitung wedelte und schrie, daß darin etwas über sie und Enea stehe, hätte Matilde sie am liebsten geohrfeigt, damit sie still war. Alle Fenster standen offen, und sie hatte den Eindruck, daß Saverias Stimme, die geübt war, durch die offene Landschaft der Basilikata zu tragen, wie eine Trompete schallte.

Matilde brachte Zeitungen seit neuestem immer nur mit dem Liebespaarmörder in Zusammenhang, daher löste die Nachricht, daß etwas über sie und ihren Sohn darin stehen sollte, eine besonders nervöse Reaktion bei ihr aus. Sie riß Saveria das Blatt aus der Hand, verbarg es krampfhaft hinter dem Rücken und sagte: »Geht, geht in die Küche.«

Aber Saveria, der die Blässe ihrer Herrin nicht aufgefallen war, fuhr fort: »Ihr macht einen Fehler, alle Wertgegenstände zu beschreiben, die sich in Eurem Haus befinden. Auf die Weise wissen die Diebe das nächste Mal genau, was sie mitnehmen sollen.«

Erst jetzt begriff Matilde, daß sich ihre Hausangestellte auf den Einbruch in Impruneta bezog. Also setzte sie sich hin und blätterte die Zeitung durch, bis sie die Nachricht fand. In der Überschrift war von einem Wiederaufleben der Kriminalität nach einer relativ ruhigen Periode die Rede, in der die Verbrecherwelt infolge der letzten Taten des Serienmörders zum Stillhalten gezwungen gewesen war. Es gab ein Foto der Villa in Impruneta mit der Beschreibung sämtlicher gestohlener Gegenstände und einem Hinweis auf die »wertvollen Kunstschätze«, die erhalten geblieben seien, sowie ein paar Zeilen über sie, die »Witwe eines früher sehr bekannten Arztes unserer Stadt«. Über Enea hieß es, daß er neunundvierzig Jahre alt und ledig sei, bei seiner Mutter lebe und in einem Notariat arbeite.

Matilde brauchte eine Weile, bis sie in dem am Ende des Artikels abgebildeten jungen Mann ihren Sohn erkannte. Sie fragte sich, woher sie wohl diese Fotografie hatten, die noch aus der Zeit stammte, da Enea an Schießwettbewerben teilgenommen hatte und aufgenommen worden war, als er eine Medaille entgegennahm. Schon wurde sie wieder von Angst übermannt. Die beiden Polizisten würden das Foto sehen, sich an Enea erinnern und ihn aufs Korn nehmen. Matildes Hände verkrampften sich so, daß sie die Zeitung ganz zerknüllte. Saveria starrte sie an, ohne zu verstehen, was in ihrer Herrin vorging.

»Braucht Ihr etwas?« fragte sie. »Geht es Euch nicht gut, Signora?«

Matilde antwortete nicht. Sie drehte sich abrupt um und zog sich in ihr Zimmer zurück.

Saveria hatte ihre Herrin noch nie in einem solchen Zustand gesehen, und wenn sie auch fand, daß es nach dem Einbruch und nach diesem Zeitungsartikel ihr gutes Recht war, sich etwas merkwürdig zu verhalten, beschloß sie doch, Enea zu benachrichtigen.

Enea nahm schnell ein Taxi, nachdem er Andreino Colamele hatte versprechen müssen, ihn gleich anzurufen und ihm mitzuteilen, was mit seiner Mutter war. Er traf Matilde vollkommen angekleidet und in Schuhen auf dem Bett liegend an. Sie hatte ihre kleine seidene Daunendecke um Bauch und Taille gewickelt.

»Mama, was ist denn los?« fragte er und setzte sich auf die Bettkante. »Fühlst du dich nicht wohl?«

Matilde sah ihn wortlos und verwundert an.

»Was ist passiert, Mama?« fragte Enea weiter. »Soll ich Onkel Dono anrufen?«

»Nein, ich habe nichts, du brauchst dich nicht aufzuregen. Es ist wahrscheinlich nur eine kleine Magenverstimmung. Da hat dich wohl diese dumme Saveria angerufen.«

Enea schüttelte etwas ratlos den Kopf. Seine Mutter hatte sich in den letzten Monaten verändert. Seit einiger Zeit war ihr Blick wie erloschen, und sie hatte einen leidenden Ausdruck, den er vorher nie an ihr gesehen hatte. Plötzlich machte er sich Vorwürfe, sich nicht mehr um sie gekümmert zu haben.

»Enea, hast du die Zeitung gelesen?«

»Wie hätte ich sie nicht lesen sollen. In der Kanzlei haben alle davon geredet und über dieses alte Foto von mir gelacht.« Das sagte er traurig, und Matilde konnte sich vorstellen, daß das Gelächter auch ein wenig höhnisch gewesen war.

»Mich hingegen hat es gerührt«, sagte sie und streckte ihre Hand aus, um sie leicht auf die Hand ihres Sohnes zu legen, die auf der Decke neben ihr ruhte. Als sie spürte, daß Enea sich ihr nicht wie gewöhnlich entzog, drückte sie fester. »Damals waren wir glücklich.«

»Glücklich?«

»Ich glaube schon. Damals waren wir eine Familie. Und hatten noch ein Leben vor uns, und dann... war da noch dein Vater.« Matilde hatte nichts Besonderes im Sinn, was es ihrem Sohn zu sagen galt, aber daß er überhaupt hier neben ihr saß und zu einem Gespräch bereit war, schien ihr eine so seltene Gelegenheit, daß sie einfach losredete. »Heute sind wir so wehrlos«, sagte sie. »Und wenn wir einen Fehler begehen, ist da keiner, der uns darauf aufmerksam macht.«

»Aber wir machen doch keine Fehler«, rief Enea im Versuch, einen etwas weniger ernsten Ton anzuschlagen.

»Oft bemerkt man seine eigenen Irrtümer nicht.« Matilde war sich bewußt, daß sie hohle Worte sprach, aber unwillkürlich hatte sich ihr die Frage aufgedrängt, die ihr am meisten auf der Seele lastete. »Ich weiß, du wirst lachen, aber in letzter Zeit erinnere ich mich oft an dich, wie du als Kind warst. Irgendwie so, als bräuchtest du meinen Schutz, den ich dir aber nicht mehr bieten kann.«

»Du hast mir doch immer Schutz geboten, Mama«, sagte Enea lächelnd und fügte dann, um seine Rührung darüber zu verbergen, sie plötzlich so gealtert zu sehen, hinzu: »Sogar viel zuviel.«

»Du lachst, aber wenn man einmal soweit ist wie ich, daß man die Dinge mit Abstand betrachtet, dann erscheinen sie nicht mehr als Einzelheiten, sondern als ein Ganzes mit einem logischen Zusammenhang. Weißt du, als ich das Foto in der Zeitung sah, kamen mir wieder die Sommernachmittage in Impruneta in den Sinn, wenn die Hitze vorbei war und wir um die Wette durch den Garten liefen, um die schönsten Blumen zu pflücken. Wir hatten immer Gäste, und dein Vater lachte vor Zufriedenheit, wenn du den Braten kunstvoll wie ein Chirurg aufgeschnitten oder bei einem Wettschießen eine Medaille gewonnen hattest.«

»Ich war nicht sehr glücklich«, sagte Enea und entzog ihr langsam seine Hand. »Alle diese Leute, die ihr eingeladen habt, bedeuteten mir nichts. Und wenn Papa mich zur Schau stellte, hab ich mich schlecht gefühlt.«

»Seit damals hast du nicht mehr geschossen, oder?« fragte Matilde schließlich. Und als ihr Sohn nicht antwortete, wiederholte sie: »Du hast doch nicht mehr geschossen, oder?« und fügte dann nach einer Weile hinzu: »Wo ist eigentlich Papas Revolver geblieben?«

»Irgendwo«, sagte Enea.

»Hast du ihn denn nicht zur Polizei gebracht?«

»Doch, natürlich.«

»Du müßtest ihn wenigstens schmieren, sonst geht er nicht mehr. Schmierst du ihn noch?« Dann nahm sie allen Mut zusammen und fragte nachdrücklich: »Hast du ihn noch mal benutzt, Enea?«

»Wenn ich ihn noch einmal benutze, dann nur, um mir ein Loch in den Kopf zu schießen.«

Enea rief den Notar an, um ihn, was die Gesundheit seiner Mutter betraf, zu beruhigen und ihm gleichzeitig mitzuteilen, daß er an diesem Tag zu Hause bleiben wolle, um ihr Gesellschaft zu leisten, in Wirklichkeit aber ging er gleich darauf weg, um Nanda zu suchen. Er konnte sich einfach nicht vorstellen, daß sie hinter dem Einbruch in Impruneta stand, und wollte wenigstens mit ihr reden. Nanda war nur ein einziges Mal in der Villa gewesen, damals, als er die Abbati-Kopie hinaufgebracht hatte, und er konnte sich nicht erinnern, daß sie sich dabei besonders umgesehen hätte. Sie hatten sich nur so lange aufgehalten, wie nötig war, um das Gemälde an seinen Platz zu hängen, und dafür hatte er noch nicht einmal den Motor seines Autos abgestellt.

Als er sie neulich nachts mit wackelndem Kopf inmitten der jungen Leuten hatte nach Hause kommen sehen, hatte er sich geschworen, sich nicht mehr um sie zu kümmern. Gewiß hatte sie sein ganzes Gehalt verpulvert, auch wenn die Schuld im Grunde bei ihm selber lag. Wäre er nicht so unachtsam gewesen, das Geld auf dem Tisch liegenzulassen, hätte Nanda auch nicht der Versuchung erliegen können, es an sich zu nehmen. Der Gedanke, daß das Mädchen es ihm womöglich aus der Tasche gestohlen hatte, während er für sie Zigaretten kaufte, kam ihm nicht einmal in den Sinn.

Er war so überzeugt, seine Beziehung zu Nanda abbrechen zu wollen, daß er sogar ein konkretes Problem wie das der Wohnung in der Via de' Renai in Angriff nahm. Er besaß keinen Schlüssel, und Nanda ließ all diese Leute herein, und wenn er die Wohnung kündigte, so würde das nicht viel ändern. Die Vermieter würden sich trotzdem nicht nur wegen der Miete, sondern wegen allem, was sich dort drinnen abspielte, an ihn halten. Also mußte er ernstlich mit Nanda reden und ein für allemal seine Bedingungen stellen. Er mußte eine Lösung finden, und die Gelegenheit schien günstig, da ihm der Einbruch in Impruneta eine Rechtfertigung bot, das Mädchen aufzusuchen.

Um diese Uhrzeit war Nanda sicher nicht mehr im Bett. Enea wollte klar und deutlich mit ihr reden. Sie sollte sich nur keine Illusionen darüber machen, daß er ihr auf ewig zur Verfügung stand. Sie mußte endlich auf eigenen Füßen stehen, und dann, wer weiß, würde man schon weitersehen. Wenn sie sich solche Freunde aussuchte, bitte, das war ihre Sache, aber ihn sollte sie damit in Ruhe lassen, er war von anderem Schlag. Aldo

Mazzacane, der Ärmste, hatte vollkommen recht, ja, eigentlich sollte er sich bei ihm entschuldigen, weil er seine Warnungen in den Wind geschlagen hatte. Aber nein, überlegte er dann, vielleicht besser doch nicht. Nanda war fähig, ihren Exmann aufzusuchen und ihm eine Szene zu machen.

Als er in der Via de' Renai klingelte und keiner aufmachte, dachte er, daß Nanda drinnen sei, ihm aber nicht öffnen wolle. Er klingelte weiter, klopfte auch und rief, sie solle sich doch rühren, er wisse ja, daß sie da sei, und begriff erst nach einer Weile, daß das Mädchen tatsächlich weg war. Gewiß hatte sie einen Schreck bekommen, als ihr bewußt geworden war, was sie da angestellt hatte mit seinem Gehalt, und jetzt hielt sie sich irgendwo versteckt, um seiner Reaktion auszuweichen.

Es war noch vor zwölf. Bis zum Spätnachmittag lief Enea unentwegt in der Stadt umher, ohne zu bemerken, wie die Zeit verging, und die Müdigkeit, die seine Beine und Füße lähmte, und den nagenden Hunger wahrzunehmen.

Er überquerte den Arno über den Ponte delle Grazie und drang in die Gassen hinter Santa Croce ein. Er schritt geradewegs aus, wandte den Blick aber unentwegt nach rechts und links, musterte die Gruppen von Jugendlichen, die an den Ecken herumstanden, und achtete nicht auf die Leute, die ihn anrempelten oder wegen seines beharrlichen Voranschreitens beschimpften.

In der Via della Vigna Vecchia begegnete er einem Klienten Colameles, der mit seinen Miterben wegen eines noch nicht aufgeteilten Hauses in Peretola im Streit lag. Der Mann, ein alteingesessener Antiquitätenhändler, der so reich war, daß er seinen Anteil an dem Streitobjekt gar nicht brauchte, pflanzte sich vor ihm auf und erzählte ihm lang und breit von den Schandtaten seiner Vettern und Basen, und während er auf ihn einredete, zog er Enea dauernd am Ärmel, weil der so zerstreut wirkte. Als sich Enea dann plötzlich losriß und einfach weiterging, sah ihm der Mann sprachlos nach und beschloß, sich beim Notar über das Verhalten seines Assistenten zu beklagen.

Enea setzte seinen Weg fort, blickte in alle Winkel, in denen er hoffte, Nanda zu finden, und als ihm schließlich bewußt wurde, daß er sich in der Via Porta Rossa befand, nur zwei Schritte von Colameles Kanzlei entfernt, schlug er den Weg zum Palazzo Davanzati, Richtung Via Tornabuoni ein.

Er war auf der Suche nach Dealern häufig durch diese Straßen gegangen, und die ersten von ihnen mußten etwa um diese Uhrzeit auftauchen. Irgendeinen würde er schon auftreiben, um ihn nach Nanda zu fragen, aber statt dessen begegnete er seinem früheren Schulfreund Nicolò D'Americo, der ein Immobilienbüro hatte. Nicolò sagte, er habe gute Nachrichten für ihn. Wenn er noch an einer Wohnung interessiert sei, habe er jetzt eine einmalige Gelegenheit zu bieten, eine Vierzimmerwohnung mit Terrasse gleich hinter dem Lungarno Torrigiani. Enea schüttelte den Kopf und sah sich unentwegt um. Nicolò zeigte sich zunächst überrascht, dann erinnerte er sich aber, daß er von dem Einbruch in Impruneta gelesen hatte. Er versuchte, darauf einzugehen, indem er äußerte, nur zufällig und bruchstückhaft davon gehört zu haben, auch bedauere er, daß es gerade sie getroffen habe.

Enea ließ auch ihn grußlos stehen, so daß Nicolò zu

dem Schluß kam, der Einbruch müsse doch schlimmer gewesen sein, als man gehört habe.

Mittlerweile war es fünf, und Enea wanderte nur mehr ziellos umher. Mit baumelnden Armen, gesenktem Kopf und hängenden Schultern schleppte er sich schlurfend voran. Ans Aufgeben jedoch dachte er nicht. Er befand sich gerade an der Längsseite von Santa Maria Novella, von wo er den Bahnhof vor sich sah, und verfolgte nur deshalb diese Richtung weiter, weil er vor kurzem schon einmal dort gewesen war. Dealer und Drogenabhängige flüchteten sich gern in die Wartesäle, ein Recht, das sie sich durch den Erwerb einer Fahrkarte zur nächstgelegenen Station erkauften.

Enea hätte es nicht erklären können, aber irgend etwas zog ihn weiter. An einer Hauswand lehnten zwei Jungen mit den Händen in den Taschen ihrer Baumwollhosen, die Jacken aus Lederimitat bis zum Hals zugeknöpft, und starrten ihn unentwegt an. Als sich ihre Blicke mit dem Eneas kreuzten, strafften sie sich, stießen sich gegenseitig mit den Ellbogen an und liefen davon. Wenn er nicht so müde gewesen wäre, hätte er sie wohl erkannt. Sie gehörten zu jener Gruppe, die Nanda an dem Tag mit nach Hause geschleppt hatte, an dem sein Gehalt verschwunden war.

Er erreichte den Bahnhof und betrat den Wartesaal zweiter Klasse, ohne sich auch nur umzusehen. Er wollte sich einfach ein paar Minuten ausruhen. Da winkte ihm Nanda von einer Bank aus zu. Enea ging zu ihr, sank neben ihr auf den Sitz und ließ die Arme zwischen den Knien herunterbaumeln.

»Ich hab schon gehört, daß du kommst«, sagte Nanda. »Zwei Freunde haben es mir gesagt. Wenn ich gewollt hätte, hätte ich weggehen können.« Sie sah ihn an. »Du bist wütend auf mich.«

Eneas Erleichterung, sie gefunden zu haben, war so groß, daß er kein Wort sagte. Zum Reden würde noch genug Zeit sein. Er wandte sich ihr zu, und ihr Anblick gefiel ihm ganz und gar nicht. Sie war blaß, ihre Haare waren fettig, und sie kratzte sich an der Leiste und der Innenseite ihrer Schenkel. Ihre Knie unter der zerknitterten Hose stachen spitz hervor.

»Wie hast du dich nur wieder zugerichtet«, sagte er mit einer Zärtlichkeit, die Nanda rührte.

»Halt mir nur nicht wieder Predigten!« rief sie aus und zog sich von ihm zurück. »Nur das nicht!«

Da entdeckte Enea das Schmuckstück. Trotz der Kälte trug Nanda nur ein hellblaues T-Shirt, das ihr mageres Brustbein freiließ. Auf der einen Seite hatte sie Matildes Kamee irgendwie so angesteckt, daß sich der Stoff darunter ganz zusammenzog.

»Nein, das nicht«, murmelte Enea und streckte die Hand aus, um ihr die Brosche abzunehmen.

15

Enea wanderte unruhig in George Lockridges engem Laden umher. Er war erst vor wenigen Minuten direkt aus Colameles Kanzlei gekommen, fühlte sich aber bereits wie in einem Käfig. Stillhalten konnte er eigentlich nie, es sei denn, er vertiefte sich in die Lektüre eines Buches oder in das Studium einer Akte.

Der Laden war schmal und lang und so vollgestopft mit Gegenständen, daß Enea klaustrophobische Gefühle befielen: Nippesfiguren und Lampen, vergoldete und schwarze Bilderrahmen in allen Größen und Geschmacksrichtungen lehnten an den Wänden oder waren wie provisorisch auf Möbeln aufgehäuft, damit die Kunden, die glaubten, hier irgendein Kunstwerk zu entdecken und für billigstes Geld mit nach Hause zu nehmen, ihre Eitelkeit befriedigen konnten.

Bei George Lockridge verkehrten reiche Geschäftsleute ebenso wie mittellose junge Leute, die einen auf der Jagd nach irgendwelchen Objekten, die sie vorzugsweise unter dem Ladentisch kauften, die anderen, weil sie hofften, hier ein paar Dinge zu finden, mit denen sich ein Haushalt gründen ließ, und wenn sie dann schließlich eine wurmstichige alte Kommode oder zwei Nachtkästchen ohne Türen abschleppten, versuchten sie damit, in Ermangelung von Besserem, eine *maison de caractère* auszustatten. Tagelang beizten sie alte Farbe ab und kleideten zur Hausbar umfunktionierte Wandschränkchen aus, und das Ergebnis, wenn dann angeschlagene Vasen und abgestoßene Waschschüsseln neben Holzputti und alten Messingleuchtern herumstanden, war unweigerlich schaudererregend.

Lockridge hatte im Laufe der Jahre die Fähigkeit entwickelt, seine Sachen zu verkaufen, ohne dabei jedesmal zu sagen, aus welcher Zeit sie stammten und ob sie tatsächlich das waren, was sie zu sein schienen. Blieb ein Kunde vor einem Schreibschrank stehen, untersuchte ihn mit Kennermiene (irgendwelche oberflächlichen Kenntnisse über Antiquitäten hatten die Stammkunden alle), beugte sich nieder, um die Schubladengriffe zu prüfen, wenn es welche gab, ebenso die Fächer, und fragte den Engländer schließlich, wieviel er für das Möbelstück haben wolle, antwortete George Lockridge, wenn er nicht so alt und müde wäre, würde er es selber restaurieren und auf eine Antiquitätenmesse mitnehmen, aber da er sich nun mal damit zufriedengeben müsse, irgendwie durchzukommen, gebe er es eben zu dem Preis ab, den er selber dafür bezahlt habe. Und dann nannte er einen Betrag, der gewöhnlich mindestens zehnmal über dem eigentlichen Wert des Möbelstücks lag, und davon ging er nicht mehr herunter.

Lockridge wandte sich Enea zu und wollte gerade über Mittag schließen, als ein hagerer, eleganter Mann den Laden betrat, gewiß ein Antiquitätenhändler aus einer anderen Stadt, der der Reihe nach sämtliche Bilderrahmen hochhob, sie draußen am Tageslicht von vorn und hinten prüfte und dann mit Leichenbittermiene, weil er gezwungen war, eine Arbeit zu verrichten, die unter seiner Würde war, wieder an ihren Platz zurückstellte.

Der Engländer sah ihm von seiner Ecke aus etwa zwanzig Minuten lang zu, dann wurde es ihm zu bunt. »Wer schöne Gegenstände nicht zu schätzen weiß«, sagte er scheinbar an Enea gewandt, »sollte lieber die Finger davon lassen, sonst verliert er wertvolle Zeit und hält auch noch andere auf.«

Er hatte erwartet, daß der Mann darauf reagieren würde, statt dessen aber wählte dieser ruhig drei Rahmen aus, es waren nicht einmal die besten, und pflanzte sich mit dem Geldbeutel in der Hand vor Lockridge auf. Er zahlte bis zur letzten Lira, ohne auch nur den Versuch zu machen, den Preis herunterzuhandeln, aber dann wollte er das letzte Wort haben.

»Schönheit läßt sich nicht taxieren«, verkündete er. »Für mich ist auch schön, was ich über Wert kaufe.«

Als der Mann mit seinen Bilderrahmen gegangen war, sagte Lockridge zu Enea, daß er ihn, nachdem der Vormittag so gut gelaufen sei, zum Mittagessen bei Gino einladen wolle. Das war ein vielbesuchtes Lokal mit einer nicht gerade großen Auswahl an Gerichten, doch was es gab, war abwechslungsreich und nahrhaft. Seit Luca ihn verlassen hatte, um mit einem jungen amerikanischen Choreographen auf und davon zu gehen, war Lockridge sichtlich weiter gealtert, und seine Stimme klang so kläglich und dünn wie die eines jungen Mädchens. Er klagte ständig darüber, daß einer, je sensibler er sei, um so mehr zu leiden habe. In seiner Einsamkeit klammerte er sich immer mehr an Enea, den er jetzt auch aufsuchte, wenn es keine Bilder zu fälschen oder zu verkaufen gab. Er hatte intuitiv erfaßt, daß Enea ein ähnliches Problem hatte wie er, und zudem war es ihm gelungen, Enea zu einigen Betrachtungen über das Dasein zu veranlassen, die, schlicht ausgedrückt, besagten, daß auch er, Enea, ziemlich gescheitert war.

Wenn er über Luca sprach, was oft genug vorkam, erging sich Lockridge in rohesten Details und beschrieb ihn entweder als Schmarotzer, der ihn nicht nur seiner Lebenslust, sondern auch seines Geldes beraubt hatte, oder als leichtsinnigen Jungen, der sich vom Wunsch nach dem großen Amerika hatte blenden lassen.

»Wie kommt es denn, daß du seit einiger Zeit kein Geld mehr brauchst?« fragte er, als sie an Ginos Ecktisch neben der Küche saßen.

Die meisten Gäste waren Ladenbesitzer aus der Umgebung, die zum Mittagessen nicht nach Hause fuhren, und das Menü begann unweigerlich mit einer dicken Scheibe Mortadella, die auf einem Stück gelbem Papier, wie es früher die Metzger hatten, auf das karierte Tischtuch geworfen wurde.

»Weil ich jetzt allein bin«, erwiderte Enea und starrte auf seinen Teller.

Der Engländer schnitt sich ein dreieckiges Stück aus der Mortadella, steckte es in den Mund und begann, aus Angst, seine Zähne könnten ihm ihren Dienst versagen, vorsichtig zu kauen. »Allein lebt man schlecht, das kannst du mir glauben. Alles, nur nicht allein. Besser, man macht Kompromisse, läßt sich sogar Gewalt antun. Wer allein ist, wird zu einer jämmerlichen Figur.«

Enea hob den Blick und sah ihn bedrückt an. »Selbst dann, wenn die Person, die du liebst, dich zu Dingen zwingt, die du haßt und dich willenlos macht?«

»Selbst dann, wenn sie dir den Verstand raubt.«

Calambrina klopfte schon minutenlang mit dem Ellbogen an das Küchenfenster und versuchte, Matildes

Aufmerksamkeit zu erregen. Sie war vollbeladen mit Paketen und Päckchen, und die Wollmütze auf ihrem Kopf drohte herunterzurutschen.

»Ich stehe schon eine halbe Stunde da draußen«, rief sie, als sie hereinkam und Matilde auf die Wange küßte. Sie verlor die Zeitschrift, die sie sich unter den Arm geklemmt hatte, bückte sich, um sie aufzuheben, und ließ dabei ein hellblaues Päckchen fallen. Prustend lud sie alles auf dem Tisch ab, während Matilde ihr half, ihre Sachen zu ordnen.

»Ich habe erst gestern früh von dem Einbruch erfahren«, rief Calambrina in ihrem barschen Ton aus. »Wir waren weg, und ich mußte noch verschiedene Einkäufe machen, weil ich rein gar nichts mehr zu Hause hatte. Warum hast du mir denn nichts gesagt?«

»Weil du nicht da warst«, erwiderte Matilde seelenruhig. Calambrinas Besuch kam ihr ungelegen, und sie versuchte, sich ihren Verdruß nicht anmerken zu lassen, obwohl sie sich schon genau vorstellen konnte, welche Erklärungen ihr gleich abverlangt würden und wie Calambrina unweigerlich den Verwalter und seinen Sohn Cosimo in Schutz nehmen würde.

Aber dann sagte Calambrina überraschenderweise: »Wenn gewisse Dinge passieren, sollte man sich die Leute genau ansehen, von denen man umgeben ist. Deine Angiolina da, die hat mir noch nie so recht gefallen. Tag, Saveria.«

Matilde hatte Saveria nicht einmal bemerkt, und als sie sie sah, mußte sie sich einen Augenblick konzentrieren, bis sie sich daran erinnerte, daß sie Saveria in die Reinigung geschickt hatte, um Eneas grauen Anzug abzuholen. Saveria stand mit ausgestreckten Armen da, auf denen sie ein langes in Papier gewickeltes Paket wie einen Säugling im Taufkleid hielt, das ihr bis zu den Handgelenken reichte.

»Was macht Ihr denn da? Bringt den Anzug in Signor Eneas Zimmer«, sagte Matilde ungeduldig. Dann wurde ihr klar, daß ihr Saveria etwas Unangenehmes mitzuteilen hatte. »Los, los«, fuhr sie schnell fort. »Geht hinüber.« Worum immer es sich handelte, sie wollte keinesfalls, daß Saveria vor Calambrina redete.

Die Hausangestellte legte das Paket mit dem Anzug vorsichtig auf der Marmorplatte ab, fuhr mit der Hand in die Tasche, zog sie heraus und streckte Matilde die offene Handfläche entgegen. »Die Frau aus der Reinigung sagt, daß das hier Euch gehört. Sie hat es in der Tasche von Signor Eneas Anzug gefunden.«

Matilde starrte gebannt auf die Kamee in Saverias Hand.

»Das ist mir auch schon passiert«, mischte sich Calambrina ein. »Ich vergesse immer etwas in den Taschen. Ein Glück, daß es noch anständige Leute gibt.«

Ohne den Blick von ihrer Hausangestellten zu wenden, streckte Matilde Saveria die Hand entgegen, nahm aber die Kamee nicht. Saveria hielt ihrem Blick stand und ließ die Brosche in Matildes Hand gleiten.

An jenem Abend zog Matilde eine schwarzwollene Jacke an und steckte sich die Kamee an den Kragen. Als Enea das Eßzimmer betrat, stand sie schon hinter ihrem Stuhl und wartete auf ihn. Den ganzen Tag über hatte sie allerhand Hypothesen über den Fund aufgestellt, doch keine hatte sie befriedigt. Enea blieb an seinem Platz stehen und wartete, daß seine Mutter sich hinsetzen würde, aber sie blieb stehen und starrte ihn an.

»Kommt noch jemand?« fragte er, als er bemerkte, daß sie dunkel gekleidet war. Dann sah er die Brosche.

»Ich glaube, du bist mir eine Erklärung schuldig.« Matilde äußerte nur diesen einen Satz, den sie sich vorher zurechtgelegt hatte, keine Silbe mehr und keine weniger, und wartete ab.

Enea erwiderte ihren Blick, zögerte einen Moment und raffte dann seine ganze Würde zusammen. »Mama, wenn du willst, daß ich dich anlüge, könnte ich dir erzählen, daß ich sie in Impruneta auf dem Boden gefunden habe, als wir nach dem Einbruch dort waren, und sie geistesabwesend in die Tasche gesteckt habe.«

»Ich will nicht, daß du mich anlügst. Ich habe genug Lügen gehört. Ich will, daß du mir die Wahrheit sagst, auch wenn sie unangenehm ist.«

Enea wollte etwas erwidern, aber dann überlegte er es sich anders, schwieg ein paar Sekunden und murmelte schließlich: »Ich sage sie dir nur deshalb nicht, weil du sie nicht verstehen würdest.«

Als Enea Nanda das erste Mal mit in Georges Haus nahm, überraschte ihn die Reaktion des Mädchens.

»Hier gefällt es mir, hier gefällt es mir«, rief sie und lief über den Hof und ins Haus, wo sie sich vor dem brennenden Kamin auf dem Boden niederließ.

George bewohnte einen einzigen großen Raum im Erdgeschoß eines alten Bauernhauses bei Ponte a Ema, einer Gegend, die zu nahe an der Autobahnabfahrt lag, um ländlich genannt werden zu können, gleichzeitig aber auch zu weit von Florenz entfernt, um noch zur Stadt zu gehören. Das übrige Gebäude war teils unbewohnt, teils wurde es als Lager einer nahegelegenen Möbelfabrik genutzt. George hatte seinen Raum für wenig Geld bekommen, mußte sich dafür aber verpflichten, nachts anwesend zu sein.

»Warum gefällt es dir hier denn so?« fragte Enea Nanda.

»Weil es so frei ist.«

George sagte, daß sie ihm jederzeit, wenn sie Lust zu einem Besuch hätten, willkommen seien, und so verbrachten Enea und Nanda von nun an ihre Samstagnachmittage und Sonntage in Ponte a Ema. Der Engländer empfing sie herzlich und bereitete Tee auf seinem stets brennenden Sparherd. Enea ließ sich auf einer zum Sofa umstilisierten Kirchenbank nieder und beobachtete ihn meist schweigend, während er mit Wassertopf und Zucker hantierte. Nanda vertrieb sich bei schönem Wetter die Zeit vor dem Haus, und wenn es schlecht war, hockte sie sich vor den Kamin und starrte gedankenverloren in die Flammen.

»Ich schäme mich«, sagte sie eines Tages zu Enea, als sie nach einem Gewitter im Hof spazierengingen. »Glaube nur nicht, daß ich mich nicht schäme. Du wirst das nicht verstehen, aber wenn man so ist wie ich, leidet man unter sich selbst. Manchmal möchte ich am liebsten Schluß machen.«

Der Engländer entwickelte im Laufe der Wochen eine gewisse Zuneigung zu dem Mädchen und konnte manchmal sogar zuvorkommend sein. Er schimpfte, wenn sie nichts essen wollte, und wenn er fand, daß sie zu dünn angezogen war, legte er ihr einen seiner alten Pullover über die Schultern. »Du bist viel zu mager, viel zu mager«, brummelte er. »Schon schlimm genug, daß man bei mir alle Knochen sehen kann.«

Der Raum war durch einen chinesischen Paravent aufgeteilt, hinter dem sich ein pompöses Messingbett verbarg, sowie durch ein Mäuerchen, das den Atelierteil am Fenster vom übrigen abgrenzte. An den Wänden hingen alte Gemälde ohne Rahmen, aber nicht ein einziges der Landschaftsbilder von George, der behauptete, das letzte vor mindestens zwanzig Jahren verkauft zu haben. Wenn er an irgendciner Kopie arbeitete, verschob er den Paravent so, daß Enea und Nanda ihn nicht sehen konnten.

Das Mädchen stellte keine Fragen und verlangte nichts, eines Tages aber äußerte sie einen Satz, der noch Minuten später in dem großen Raum hing: »Wir sind wirklich ein nettes Trio. Eine Drogenabhängige, ein Schwuler und ein Impotenter. Und außerdem noch Diebe.« Dann wurde sie ernst und fügte hinzu: »Ihr zwei seid wenigstens alt.« Kurz darauf schlief sie zusammengekauert auf Georges Bett ein.

George reichte Enea einen bis zum Rand mit Tee gefüllten Emailbecher und setzte sich neben ihn auf die Kirchenbank. »Du weißt ja auch, daß das nicht ewig so weitergeht, oder?« murmelte er. »Sie ist unser Alibi, um weiterzuleben, aber früher oder später wird sie uns verlassen, und dann haben wir keins mehr.«

Matilde wartete auf ihren Sohn, der nicht nach Hause kam. Bis ein Uhr war sie aufgeblieben, dann ging sie zu Bett und nahm von ihrem Nachttisch ein Buch, das sie vor über einem Monat begonnen hatte, bei dem sie aber nicht über die ersten fünfzig Seiten hinausgekommen war. Sie schlug es auf und starrte auf die Zeilen.

Ungewöhnlich heftiger Wind rüttelte an den Fensterläden und peitschte die Bäume, und Matilde überlegte, daß am nächsten Morgen der ganze Garten voller Blätter liegen würde. Dann wunderte sie sich darüber, an was sie da dachte.

Enea sah sich plötzlich an die Wand gedrängt, das Gesicht zur Mauer gekehrt, die Arme erhoben, die Hände auf die rauhe Oberfläche gepreßt. Er fühlte, wie seine Beine von hinten gespreizt wurden, während die beiden Polizisten rasch mit der flachen Hand über seine Taschen, die Innenseite der Schenkel und rings um seine Fesseln fuhren. Er war nervös, spürte aber keine Angst. Auf der Suche nach Stoff für Nanda hatte er sich in das Viertel hinter San Frediano vorgewagt, und gleich nachdem er mit einem Dealer handelseinig geworden war, flammten in der dunklen Gasse die Scheinwerfer eines Autos auf, die ihn mit ihrem Licht voll trafen und jeden Winkel bis ans andere Ende ausleuchteten, wo der Fluchtweg durch einen querstehenden Gefängniswagen versperrt wurde.

»Rühr dich nicht«, zischte der Dealer, ein kleiner, magerer Kerl, der neben Enea ebenfalls mit dem Gesicht zur Wand und mit erhobenen Armen dastand. »Die sind nicht vom Rauschgiftdezernat. Laß mich das machen. Du halt den Mund.«

Enea ließ sich von den Polizisten herumdrehen und dann zu dem Gefängniswagen stoßen. »Ich bin sauber«, begann der Dealer in dem Augenblick zu schreien und steckte die Hände in die Taschen, um das Futter nach außen zu stülpen. »Ihr habt mich sauber angetroffen!«

»Dann erklär uns mal, woher du all das Geld hast, das wir bei dir gefunden haben«, sagte einer der Polizisten und versetzte ihm einen Stoß.

»Ich war auf dem Strich. Es ist ja wohl nicht verboten, daß mich einer bezahlt, wenn ich ihm gefalle.«

Enea sah sich nach allen Seiten um und versuchte zu erkennen, was sich in der dunklen Straße abspielte. Er merkte, wie ihm der Dealer in die rechte Tasche faßte, während sie in den Gefängniswagen gestoßen wurden.

»Halt einfach den Mund«, sagte der Mann, während er seine Hand wieder herauszog. »Jetzt bist du auch sauber.«

»Danke«, murmelte Enea.

Der Gefängniswagen war voll mit Leuten, die im Viertel aufgegriffen worden waren und sich alle zu kennen schienen.

»Verbringen wir eben mal wieder eine Nacht auf dem Polizeipräsidium und dann ab durch die Mitte«, sagte ein vornehm aussehender Mann, der in einer Ecke saß.

»Occhibelli«, sagte der Dealer zu ihm, »wenn du in Ausübung deiner Tätigkeit als Spanner irgend etwas Merkwürdiges hinter den Büschen entdeckt hast, dann melde das doch bitte den Herrschaften von der Polizei, damit sie das Scheißmonster endlich schnappen und wir hier wieder frei atmen können.«

Enea saß zwischen einem nach Wein riechenden alten Mann und einer Prostituierten, die ihre Felljacke enger um sich zog.

»Mein Gott, bist du dick«, sagte die Frau zu Enea, der mit zusammengepreßten Knien und über der Brust gekreuzten Armen dasaß, um möglichst wenig Platz einzunehmen. »Ich möchte wetten, daß nicht einmal die Bestie so dick ist wie du.«

Enea sah den Dealer fragend an, und der antwortete, daß Schnee den Boden bedecke und bald wieder Blumen wachsen würden.

»Ruhe«, sagte einer der beiden Polizisten, der jetzt ebenfalls den Gefängniswagen bestieg. »Ruhe hier, macht nicht wieder Terror wie gewöhnlich.«

»Hören Sie«, sagte der vornehm wirkende Herr, »glauben Sie denn wirklich, daß einer von uns Ihnen einen brauchbaren Hinweis liefern kann? Wenn wir tatsächlich etwas wüßten, hätten wir es doch längst der Polizei erzählt, damit sie uns endlich in Frieden läßt.«

»Und du halt auch den Mund, Occhibelli«, sagte der Polizist.

Enea dachte an Nanda, die in der Via de' Renai auf ihn wartete. Er war froh, daß er darauf bestanden hatte, selber loszugehen, um ihr den Stoff zu besorgen. Der Wind pfiff durch die Ritzen, alle zogen die Schultern ein und stampften mit den Füßen. Enea hatte keine Angst vor möglichen gerichtlichen Folgen. Er wußte, daß er schlimmstenfalls bis zum nächsten Morgen im Präsidium festgehalten und dann freigelassen würde. Wenn sie den Stoff bei ihm gefunden hätten, wäre es schlimmer ausgegangen: Sie hätten ihm sicher kaum geglaubt, daß das Heroin zu seinem eigenen Gebrauch bestimmt war. Wegen Nanda hingegen machte er sich Sorgen. Schon als er sie vor über einer Stunde verlassen hatte, war sie sehr unruhig gewesen, und jetzt, da er nicht zurückkam, würde sie bestimmt in der ganzen Stadt nach ihm suchen. Und auch sie konnte aufgegriffen werden, die Stadt schien in dieser Nacht wie in einem Belagerungszustand.

Sie wurden vor einem Eingangstor abgeladen und in einen überfüllten großen Raum gestoßen. Einige Leute saßen mit dem Kopf zwischen den Armen auf dem Boden. Alle fünf Minuten kam ein Polizist herein, winkte der Person, die als nächste verhört werden sollte, und führte sie ab. Enea rechnete sich aus, daß es bei dieser Geschwindigkeit rund drei Stunden dauern würde, bis er an die Reihe kam. Aber dann wurde er gleich darauf aufgerufen. Der Polizist, dem er aufgefallen war, weil er alle anderen überragte, forderte ihn auf, ihm zu folgen.

Hinter dem großen Raum lag ein winziges Büro mit erbsengrünen Wänden und einem Schreibtisch, an dem ein etwa fünfzigjähriger Mann saß. Neben ihm hämmerte ein jüngerer Mann an einem kleineren Schreibtisch auf eine Schreibmaschine ein. Der ältere Mann sah Enea an.

»Und der hier, warum habt ihr mir den gebracht?«

»Weil er in der Gegend war.«

»Vorstrafen?«

»Nein, ich bin nicht vorbestraft.«

»Habt ihr etwas bei ihm gefunden?«.

»Nein, nichts.«

»Nehmt seine Personalien auf und schickt ihn nach Hause.«

Matilde saß bei brennender Nachttischlampe aufrecht im Bett. Es war fast drei Uhr, und von Enea noch immer keine Spur. Sie griff wieder nach dem Buch, das sie aufgeschlagen liegengelassen hatte, hielt es sich vor die Augen, starrte eine Weile darauf und ließ es wieder sinken. Zum x-ten Mal sah sie auf den Wecker. Der Wind rüttelte an den Läden, die Äste der Bäume schlugen gegen die Hauswand. Matilde überlegte, ob Enea vielleicht doch nach Hause gekommen war und sie ihn bei all dem Getöse einfach nicht gehört hatte.

Sie spitzte die Ohren und horchte auf Geräusche aus den Räumen über dem Zitronengewächshaus oder sonstwo aus dem Haus, und als das Telefon klingelte, hörte sie es deutlich. Sie hatte fast schon darauf gewartet, daß es klingeln oder an der Tür läuten würde. Sie nahm den Hörer ab, ohne auch nur den Morgenrock überzuziehen.

»Hallo?« sagte sie und fügte dann, was sie sonst nie tat, hinzu: »Hier Monterispoli.«

»Ist Enea da?« fragte eine Frauenstimme.

Es war eine seltsame Stimme, so schwach und gebrochen, daß sie fast künstlich wirkte.

»Hallo? Wer ist da?« fragte Matilde.

»Ist Enea da?« wiederholte die Stimme jetzt vernehmlicher.

»Nein, Enea ist nicht da«, erwiderte Matilde. »Aber wer ist denn am Apparat?«

Am anderen Ende der Leitung wurde aufgelegt.

Ein Junge fing plötzlich zu zittern an, preßte die Arme an den Leib und rutschte an der Wand herunter, bis er auf dem Steinfußboden hockte. Enea sah ihn einen Augenblick an und begriff, daß er unter Entzugserscheinungen litt. Bald würde er sich erbrechen, und dann würde es in diesem Raum unerträglich werden. Enea näherte sich dem Polizisten, der mit dem Rücken zum Raum an der Türschwelle stand, und sagte: »Der junge Mann hier fühlt sich schlecht.«

Der Polizist drehte sich um und sah ihn verständnislos an. Enea deutete mit dem ausgestreckten Zeigefinger auf den am Boden kauernden Jungen. Plötzlich hatten alle zu reden aufgehört und sich ihnen zugewandt. Der Polizist ging auf den Jungen zu, packte ihn vorn am Hemd und zwang ihn aufzustehen. »Geh nach Hause, hau ab«, sagte er. Dann wandte er sich wieder Enea zu. »Was machen Sie eigentlich noch hier? Wir sind fertig mit Ihnen, hat Ihnen das denn keiner gesagt?«

Enea fragte, ob er ein Taxi rufen dürfe, und der Polizist zeigte ihm den öffentlichen Fernsprecher am anderen Ende der Vorhalle.

Als er in der Via de' Renai eintraf, wußte Enea schon im voraus, daß er Nanda nicht antreffen würde. Er ließ den Wagen warten, und als auf sein Klingeln niemand aufmachte, bat er den Taxifahrer, ihn nach San Domenico zu bringen.

16

Das junge Paar sitzt hinten im Wagen. Das Mädchen ist achtzehn, der Junge dreiundzwanzig. Sie lieben sich und haben vor, miteinander zu schlafen. Das Mädchen zieht ihre Bluse und den Büstenhalter aus, der halb an ihrem Arm hängt. Sie hat ihre Blue jeans auf den Vordersitz geworfen, während der Junge die seinen über die Rückenlehne gehängt hat. Sie lachen.

Sie befinden sich im Wäldchen bei Vicchio im Mugello-Gebiet. Von dem Luzernenfeld ganz in ihrer Nähe steigt ein scharfer Geruch auf wie von frisch gemähtem Heu. Das Auto steht inmitten von Büschen und Gestrüpp auf einem steilen Weg. Es scheint von der dunklen Neumondnacht wie verschluckt und steht nur deshalb so unbeweglich da, weil die Handbremse gut funktioniert.

Rechts ist nur so viel Platz, daß man die Tür gerade halb aufmachen kann. Die linke Tür ist ganz von der dichten Vegetation blockiert.

Aber der große dunkle Schatten schafft es, sich Durchgang zwischen den Zweigen zu verschaffen, und erreicht das rechte Wagenfenster. Er legt den Pistolenlauf an die geschlossene Scheibe und drückt ab. Die erste Kugel trifft den Jungen am Ohr, die zweite in den Brustkorb. Der Junge will nicht sterben. Er kauert sich auf dem Sitz zusammen, drückt die Knie gegen die Brust und schreit, schreit blutüberströmt.

Der Mann schießt weiter, versucht den fahrigen Bewegungen des Jungen zu folgen und zu zielen, trifft aber nur die Hose über der Rückenlehne des Vordersitzes. Der Junge wird von Krämpfen geschüttelt und erbricht sich.

Als er sicher ist, ihn erledigt zu haben, verlagert der Mann den Pistolenlauf ein wenig und schießt auf das Mädchen. Der Schuß trifft sie, nachdem er den in einem sinnlosen Abwehrversuch erhobenen Arm gestreift hat, am Kiefer und zerschmettert ihn.

Der Mann reißt die Tür auf und rammt sie in das Gestrüpp. Er beugt sich ins Wageninnere. Der Junge zuckt ein letztes Mal auf. Der Mann, der die Klinge schon gezückt hat, sticht mehrmals in das Fleisch, zuerst heftig, dann immer schwächer, als habe ihn die Gewalt der ersten Hiebe so erschöpft, daß er nur noch zu lahmen Bewegungen fähig ist und nicht einmal mehr in die Muskelschicht einzudringen vermag. Schließlich gelingt es ihm, das Mädchen unter den Achseln zu packen, um sie herauszuziehen. Sie hat nur noch ihren Slip an, und an ihrem Hals und an den Handgelenken hängen zahlreiche Kettchen, die klimpern, während er die Leiche ruckweise aus dem Wagen zerrt.

Der Mann kann sich in dem engen Zwischenraum zwischen Auto und Dickicht nur schwer bewegen. Er zerrt das Mädchen immer weiter, bahnt sich mit den Schultern einen Weg durch das Gestrüpp und erreicht rückwärts das Luzernenfeld. Er legt den leblosen Körper ab, richtet sich zu voller Größe auf, streckt die Hände in die Luft, hebt das Gesicht zum dunklen Himmel empor, beugt sich wieder über den regungslosen Körper und zückt seine Klinge.

Sein Arm fährt herab, hebt sich und fährt im selben

Schwung wieder herab. Die Klinge dringt zweimal in den Kopf des Mädchens, gleitet dann zwischen Haut und Slip und zerfetzt das dünne Gewebe.

Dann fängt der Mann zu schneiden an. Siebenmal schneidet er leicht in die linke Brust. Mittlerweile kennt er die Beschaffenheit der Haut, ihre Elastizität. Er macht sich über die rechte Brust her und trennt sie mit einer einzigen Kreisbewegung ab. Er legt seinen Fetisch ins Gras neben die Leiche und folgt nun den Umrissen der Scham, schneidet ein U hinunter bis nach hinten, so daß er den ganzen Hautlappen mit einer einzigen brüsken Handbewegung abreißen kann.

Er tappt mit der Hand im Dunkeln, um die abgetrennte Brust im Gras zu finden. Zum ersten Mal hat sich der Mann einer Brust bemächtigt. Er stößt ein langes, triumphierendes Glucksen aus und stapft über das Luzernenfeld davon.

In jener Nacht, als der Doppelmord im »Wäldchen« geschah, hatte Matilde nicht daran gedacht, daß Neumond war, und fühlte sich, als sie zu Bett ging, nicht sonderlich beunruhigt. Enea war an jenem Abend nicht ausgegangen. Er hatte sich in seinen Räumen über dem Gewächshaus aufgehalten, und da es still war, nahm sie an, daß er sich mit Lesen beschäftigte.

Die Beziehung zwischen den beiden hatte sich in letzter Zeit seltsam verändert. Enea hatte ihr hin und wieder ein paar Erklärungen abgegeben, die sie zwar nicht wirklich überzeugten, aber doch ein Beweis dafür waren, daß ihr Sohn mehr Rücksicht auf ihre Gefühle nahm. Über die Kamee hatte sie nicht mehr sprechen wollen, aber in jener Nacht, in der er erst gegen vier Uhr nach Hause gekommen war und sie noch wach bei brennendem Licht angetroffen hatte, war er in ihr Zimmer gekommen und hatte, ohne sie auch nur zu fragen, wie es ihr gehe, gesagt: »Mir ist eine Sache passiert, die ich nie für möglich gehalten hätte.« Und da er tatsächlich ganz verstört wirkte, hatte Matilde ihn aufgefordert, sich zu ihr zu setzen. Enea war kopfschüttelnd auf ihre Bettkante gesunken. »Als ich aus dem Kino kam, bin ich in eine Polizeirazzia geraten. Sie haben mich zusammen mit Prostituierten, Zuhältern, Spannern und jungen Kerlen aufgegriffen. Einige von ihnen waren noch blutjung.«

Matilde hatte das Herz bis zum Halse geschlagen, aber da er so betroffen und müde wirkte, hatte sie plötzlich gedacht, daß sie sich seinetwegen doch wohl nicht so zu beunruhigen brauchte. Wenn Enea ihr diese Geschichte so erzählte, konnte das doch nur bedeuten, daß es sich damals tatsächlich um einen Irrtum der Polizei gehandelt hatte. Er war davon überrascht worden.

»Während wir uns hier in diesem Haus aufhalten und eigentlich gar nicht richtig leben, gibt es da draußen eine Stadt, die nur bei Nacht existiert«, fuhr Enea fort. »Und weißt du, was mich am meisten verwundert? Daß sich alle kennen und sogar zu mögen scheinen. Sogar die Polizisten. Zwischen den Polizisten und diesen Leuten gibt es einen geradezu vertrauten Umgang.«

Und Tage später versuchte er, ihr zu erklären, warum er seit einiger Zeit samstags und sonntags immer aufs Land fuhr, in das Haus eines Freundes nicht weit von Florenz, den Namen nannte er aber nicht. »Dort fühlt man sich frei«, sagte er.

Als Matilde ihn fragte, warum er denn dann nicht nach Impruneta gehe, wo es ihm doch immer so gut gefallen habe, schüttelte er den Kopf. »Das ist nicht das gleiche. Dort, wo ich hingehe, gibt es nur einen einzigen Raum und davor eine Tenne.« Er schien zu erwarten, daß sie das verstand.

An jenem Abend, an dem der Mörder aufs neue zuschlug, hatte Matilde im Fernsehen einen recht unterhaltsamen Film gesehen und war dann, nachdem sie das Licht gelöscht hatte, so schnell eingeschlafen, daß sie noch nicht einmal ihr Abendgebet beendete. Aber ihre Ruhe war wohl nur äußerlich, denn als Enea oben seinen Stuhl zurückschob, riß sie gleich die Augen auf und starrte ins Dunkel.

Sie tastete nach ihrem Wecker auf dem Nachttisch und prüfte die phosphoreszierenden Zeiger.

Es war zehn Minuten nach Mitternacht.

Sie wunderte sich, daß erst so wenig Zeit vergangen sein sollte, seit sie zu Bett gegangen war, denn sie hatte das Gefühl, schon eine ganze Nacht geschlafen zu haben. Sie hielt den Wecker ans Ohr, um zu prüfen, ob er vielleicht stehengeblieben war, aber sie hörte deutliches Ticken. Dann überlegte sie, warum sie so aus dem Schlaf geschreckt war, und erinnerte sich.

Enea hatte sich bewegt.

Mit dem Wecker in der Hand reckte sie den Kopf zur Decke. Enea hatte die Tür seines Arbeitszimmers geöffnet und kam die Treppe herunter. Er ging so leise wie möglich und setzte vorsichtig einen Fuß vor den anderen, bevor er sein ganzes Körpergewicht darauf stützte. Er machte auch die untere Tür auf, die kaum wahrnehmbar knarrte, schloß sie geräuschlos (Matilde kannte ihn genau und verfolgte in Gedanken jede seiner Bewegungen, sie brauchte kein Knarren und Türenschlagen zur Orientierung). Enea betrat den Flur vor dem kleinen Salon neben Matildes Schlafzimmer, der Läufer schluckte seine Schritte fast völlig. Dann verließ er das Haus durch den Haupteingang, folgte der schmalen Allee, aber so vorsichtig er auch auftrat, der Kies knirschte unter seinen Schritten.

Matilde umklammerte den Kragen ihres Baumwollnachthemdes, stieg aus dem Bett und spähte durch die Latten des Fensterladens hinaus. Sie sah Enea, oder vielmehr Eneas Beine, innen vor dem Gartentor. Lange standen sie da wie zwei Säulen, und für Matilde schien auch die Zeit stillzustehen. Sie flehte ihren Sohn innerlich an, von seinem Vorhaben abzusehen und umzukehren. Aber gerade, als sie schon glaubte, ihr Flehen sei erhört worden, quietschte das Tor plötzlich, und die Beine entfernten sich nach rechts in Richtung Stadt.

Matilde kehrte ins Bett zurück und blieb, mit den Schultern an das Nußbaumkopfende gelehnt, im Dunkeln sitzen. Sie betete nicht, aber es war so, als hätte sie es getan. Wie lange sie so dasaß, hätte sie nicht zu sagen gewußt. Als sie seine Schritte erneut draußen in der Allee hörte, graute schon der Morgen.

Enea ging nicht in sein Schlafzimmer. Er stieg in das obere Stockwerk hinauf, wo er, ohne im geringsten darauf zu achten, keinen Lärm zu machen, in seinen beiden Räumen umherwanderte. Etwas fiel geräuschvoll zu Boden, als wäre ihm ein nicht schwerer, aber metallischer Gegenstand aus den Händen geglitten.

Als ihr Sohn später herunterkam, war Matilde bereits angekleidet, und der Wecker in ihrem Schlafzimmer zeigte halb acht. Um acht fand sich Enea ausgehbereit im Eßzimmer ein. Seine Augen waren verquollen, die Wangen schlaff, und er starrte auf seine Tasse

Milch. Als er die Haustür öffnete, murmelte er etwas, das wie ein Gruß klang.

Matilde war entschlossen, hinauf in die Räume über dem Gewächshaus zu gehen. Sollte Enea am Abend ausgehen, würde sie ihr Vorhaben noch heute verwirklichen. Oder besser noch, sie würde gleich gehen, nachdem Saveria das Haus verlassen hatte und bevor ihr Sohn zum Abendessen nach Hause kam.

Die Räume über dem Zitronengewächshaus waren für sie seit dem Besuch Lockridges und seines jungen Freundes zu einer fixen Idee geworden. Sie war überzeugt, daß sich dort irgendein Geheimnis verbarg oder daß sie zumindest eine Erklärung für das jüngste Verhalten ihres Sohnes fände. Da sie die Räume genau kannte, stellte sie sich alle Details vor, sah aber doch alles nur in einer verzerrten Perspektive. Der Tisch verwandelte sich vor ihrem geistigen Auge in ein langes, wie durch ein unscharfes Fernglas betrachtetes Schiffsdeck, die auf den Konsolen aufgestapelten Bücher sah sie wie hohe Schießscharten, durch die sich Enea, auf beiden Seiten durch die Masse bedruckten Papiers eingeengt, nur mit Mühe hindurchzwängen konnte. Die Zimmer waren in ihrer Vorstellung eiskalt, der überall dick liegende Staub eine schleimige, ekelerregende Masse.

Sie ließ den Tag tatenlos verstreichen, war gereizt wegen ihres beabsichtigten Vertrauensbruchs, aber dennoch entschlossen, ihn zu begehen, und als Saveria gegen fünf fragte, ob sie noch etwas brauche, und sie dabei mit ihren kleinen schwarzen Augen musterte, erwiderte Matilde, daß sie gern einen Kaffee trinken würde. Doch als der Kaffee schließlich kam, rührte sie ihn nicht einmal an.

Dann war Saveria endlich mit ihrer Arbeit fertig und verabschiedete sich. Draußen herrschte schon Dunkelheit, jene fahle Dunkelheit einer unvermittelt hereingebrochenen Nacht. Matilde erhob sich, schob den Riegel vor die Küchentür, drehte den Schlüssel im Schloß der Haustür herum und ließ ihn quer stecken für den Fall, daß Enea nach Hause kam und versuchte, die Tür von außen zu öffnen.

Anschließend ging sie zur Anrichte in der Küche, nahm die Schlüssel der oberen Zimmer vom Haken und durchquerte den Flur. Sie wählte den größeren Schlüssel, während sie den anderen sowie den dicken Messingring, der sie zusammenhielt, mit der Hand umklammerte, und steckte ihn in die Tür, die zur Treppe führte. Das Schloß sprang leicht auf, da Enea es häufig ölte, und der Flügel ließ sich mühelos aufstoßen.

Die Tür zum oberen Stockwerk wurde immer verschlossen gehalten, damit sich einerseits in den kalten Monaten die Wärme nicht verflüchtigte und andererseits bei Gewittern im Frühjahr und Sommer der Flügel durch den Luftzug nicht ständig auf- und zuschlug. Zumindest war es anfangs so gewesen, bevor Enea langsam, aber sicher wie eine riesige Ameise, die ihr Winterquartier vorbereitete, alle seine Sachen in die Räume über dem Zitronengewächshaus geschleppt hatte.

Seither war die Tür einfach deshalb immer verschlossen, weil ihr Sohn das so wollte.

Die Treppenrampe war breit und mit einem Geländer versehen, dessen abgerundeter Handlauf Matilde schwarz und glänzend ins Auge stach, als sie den großen Kristallüster einschaltete. Rechts oben von der Treppe befand sich eine weitere verschlossene Tür, eine sehr hohe Tür, über der ein dunkles Gemälde mit dichtbelaubten Bäumen und einer Burgruine hing. Um diese Tür zu öffnen, benutzte Matilde den zweiten Schlüssel.

Sie betrat Eneas Arbeitszimmer.

Obwohl sie wußte, daß außer ihr niemand im Haus war, befand sie sich in höchster Alarmbereitschaft, als könnte plötzlich jemand hinter ihr stehen. Sie machte die Stehlampe mit dem fuchsienroten plissierten Seidenschirm neben dem Schreibtisch an, deren Licht direkt auf die Schreibfläche fiel. Matilde gab sehr darauf acht, nichts zu berühren, sie ließ ihren Blick über die Berge von Papieren und Büchern auf Konsolen und Regalen schweifen und konnte die Umrisse der Möbel außerhalb des Lampenscheins nur schwach erkennen.

Enea war bei der Einrichtung seines Arbeitszimmers nach einer Methode verfahren, deren Prinzipien Matilde nie ganz klar geworden waren. Das, was er seinen Schreibtisch nannte, war in Wirklichkeit ein bäuerlicher Arbeitstisch aus einfachem Holz, der auch dadurch nicht geadelt wurde, daß er aus dem fünfzehnten Jahrhundert stammte. Seine ohnehin grobe Form wurde durch eine Reihe quadratischer Schubladen nur noch plumper. Der Sessel, den Enea gewählt hatte, war hingegen ein wertvolles Stück, von Andrea Brustolon im siebzehnten Jahrhundert aus Buchsbaumholz geschnitzt und mit schwarzen Lackverzierungen versehen, die Armlehnen, die von Putten gestützt wurden, glichen knorrigen Ästen. In einer Ecke stand als einziges Möbel, auf dem, außer auf dem Sessel, keine Bücher und Papiere lagen, ein sehr feiner Schreibtisch aus dem späten achtzehnten Jahrhundert, Eiche mit Birkenfurnier, mit sechs sich nach unten verjüngenden

Beinen. Er stammte aus der Werkstatt David Roentgens in Neuwied und war Anfang des vorigen Jahrhunderts in die Toskana und das Haus der Monterispolis gelangt.

Matilde zögerte einen Augenblick, bevor sie ihren Blick dem hohen Schreibpult zuwandte, das sich gleich außerhalb des Lichtscheins wie ein menschlicher Schatten erhob, aber dann faßte sie sich ein Herz. Die Zeichnung des Frauenkörpers, die sie so tief erschüttert hatte, war verschwunden.

Sie ging vorsichtig in den anderen Raum hinüber, wo es nur eine Deckenlampe mit dem weißlichen Halogenlicht gab, das Matilde zuwider war. Hier herrschte eine fast peinliche Ordnung, und wären da nicht der über die Rückenlehne eines Stuhls geworfene, voluminöse beigesamtene Schlafrock und die weit voneinander entfernt stehenden Pantoffeln gewesen, hätte man die Werkstatt mit einem Operationssaal verwechseln können, so reinlich war alles. Die Wasserhähne an dem kleinen Steinbecken waren poliert und tropften nicht, die Werkzeuge ordentlich aufgeräumt. Es gab Klingen in allen Größen und Arten, Ahlen, Federmesser, Schraubenbohrer, und die Werkzeuge, die nicht in Etuis lagen, hingen der Größe nach an Häkchen in einem Regal über der Werkbank, die ihrerseits ebenfalls sorgfältig von jedem Spänchen und Splitterchen gereinigt worden war.

Matilde war, nachdem sie das Licht angemacht hatte, auf der Schwelle stehengeblieben. Auf der Werkbank stand ein aus rötlichem Holz geschnitzter Kopf, der Kopf einer jungen Frau mit bis auf die Schulter herabhängendem Haar, einem mageren Gesicht mit leidendem Ausdruck und tief in den Höhlen liegenden

Augen. Die Gesichtszüge waren nur angedeutet, während die Haare überraschend genau nachgebildet waren, sie wirkten fein und weich wie echtes Haar, als wäre jedes einzelne von ihnen gesondert herausziseliert worden. Vor allem dieses Haar ließ darauf schließen, daß es sich um eine sehr junge Frau handelte.

Matilde fühlte sich durch die Augenhöhlen an einen Frauenkopf von Adolfo Wildt erinnert, den sie auf der Kommode in ihrem Schlafzimmer stehen hatte, aber während der einen lachenden Ausdruck hatte, schien das von Enea gemeißelte Gesicht einen Todesschrei auszustoßen. Matilde war überzeugt, daß das Mädchen nicht mehr lebte.

Alle übrigen Arbeiten Eneas häuften sich in einer offenen Kiste, die eine ganze Ecke seiner Werkstatt einnahm: elegante Amphoren mit Blumendekor, Pferdchen mit wehender Mähne, pflügende Ochsengespanne und Engel mit Heiligenschein, die sich im knorrigen Geweih eines Hirsches verfingen.

Matilde betrachtete noch einmal das hölzerne Mädchen auf der Werkbank und hatte dabei das Gefühl, daß diese hohlen Augen ein Spiegel ihrer eigenen Qualen waren.

Dann erblickte sie die Skalpelle.

Starr und kalt lagen sie auf der Werkbank.

Matilde strich mit der Handfläche über ihren Rock, eine Geste, die sie immer machte, wenn sie meinte, vor Nervosität feuchte Hände bekommen zu haben. Sie wollte schon umkehren, denn sie sagte sich, ohne Brille könne sie vielleicht nicht genau erkennen, ob diese glänzenden Gegenstände tatsächlich Skalpelle, Nannis Skalpelle, waren, aber die Augen der Frau hielten sie in ihrem Bann. Sie flehten sie an, etwas zu unternehmen, damit nicht noch andere junge Mädchen so leiden mußten wie sie.

Matilde trat näher, nahm die Skalpelle einzeln auf, stieg ins Erdgeschoß hinab, brachte die Schlüssel in die Küche und legte die verhaßten Klingen in das Futteral auf dem Kaminsims zurück.

17

Als zwei Tage später die Nachricht von dem Doppelmord an die Öffentlichkeit kam, wurde die ganze Stadt von einer kollektiven Hysterie erfaßt, in der sich gleichzeitig ihre erbitterte, aus Angst geborene Grausamkeit entlud.

Überall versammelten sich die Leute in Treppenhäusern und Hausfluren, an den Eingängen zu kleinen Lebensmittelläden und an den Schreibtischen jener Bürokollegen, die Genaueres zu wissen vorgaben. Unentwegt wurde empört und lautstark wiederholt, was passiert war, wurden Urteile gefällt und Verwünschungen ausgesprochen, wobei jeder instinktiv Selbstverteidigung betrieb und der Schuldige schließlich in einem kranken Abkömmling irgendeiner reichen Familie gesehen wurde (der man frühere Fälle von Syphilis oder andere obskure Leiden nachsagte). Makabre Witze und schauderhafte Wortspiele machten die Runde, und schließlich hieß es sogar, hinter dem Mörder verberge sich ein vornehmer Engländer (vielleicht ein Nachkomme jenes Prinzen Albert, der, wie doch alle wußten, Jack the Ripper gewesen war), der das angenehme Klima genoß und die Dummheit der Bewohner ausnutzte, die ihn womöglich in einer alten Villa auf einem der umliegenden Hügel beherbergten.

Die wohlhabenderen Familien hingegen organisierten gewissermaßen »zu Ehren der Bestie« Abendessen und Zusammenkünfte, bei denen die Gespräche in gemäßigterem Stil und verhaltenerem Ton abliefen, mehr oder weniger aber zu dem gleichen Ergebnis führten. Auch hier wurden phantastische Hypothesen aufgestellt, nur waren die Absichten, die dahinterstanden, boshafter, und das Ziel, das dabei verfolgt wurde, war vor allem, den einen oder anderen Namen in Mißkredit zu bringen. Um einen Mann als mögliches Monster ins Gespräch zu bringen, reichte es schon, daß er allein lebte oder beruflich mit Messern und Klingen zu tun hatte.

Ein bekannter Frauenarzt der Stadt, der vor Jahren wegen Verführung einer jungen Patientin angeklagt worden war, wurde bereits in Handschellen gesehen. So mancher Schöngeist beklagte die allgemeine Männerfeindlichkeit, denn wer wolle denn ausschließen, daß der Massenmörder auch eine Frau sein könne? Wenn dann der Einwand kam, eine Frau verfüge gar nicht über die physische Kraft, ein solches Gemetzel anzurichten, lautete die Antwort gleich, daß es ja wohl keiner besonderen Kraft bedürfe, direkt in ein Auto zu schießen oder an der Haut einer Leiche herumzuschnipseln. Gewiß, aber vor der Verstümmelung sei die Leiche aus dem Wageninnern gezerrt und meterweit weggeschleppt worden, und man wisse ja, wie schwer ein lebloser Körper sei. Aber gebe es denn nicht genügend Frauen, die stärkere Muskeln hätten als mancher Mann? Sportlerinnen, Bergsteigerinnen (an dieser Stelle ließ die betreffende Person dann meist die Bemerkung einfließen, daß sie mindestens eine solche Frau kenne) besäßen so viel Kraft, daß sie nicht eine, sondern gleich zwei Leichen weghieven könnten.

Jeder hatte seine Bestie und wußte auf die Frage,

warum es gerade diese Person sein sollte, nur die eine Antwort, daß seine Argumente doch unwiderlegbar seien, wie könne man das nicht einsehen? Die Diskussionen dauerten bis tief in die Nacht und wurden am folgenden Abend an dem Punkt weitergeführt, an dem man sie zuvor unterbrochen hatte.

Ganz besonders entzündete sich die Phantasie auch daran, daß der Mörder diesmal, und zum ersten Mal, die Brust seines Opfers abgetrennt hatte. Bis zum letzten Mord hatte er sich darauf beschränkt, die Brüste der jungen Frauen in ihren Umrissen mit der Klinge nachzuzeichnen, und eine solche Verstümmelung noch nicht begangen. In früheren Zeitungsberichten war auch die Hypothese aufgestellt worden, der Mörder könne ein »Muttersöhnchen« mit einer so starken Mutterbindung sein, daß er einerseits krankhafte Neugier für das hervorstechendste Symbol der Mütterlichkeit hege, andererseits aber Angst habe, es zu berühren. Durch seinen Entschluß, die Brust abzutrennen, habe er sich nun, sagten die Experten, endlich von seinem alten Ödipuskomplex befreit. Die Zyniker hingegen behaupteten, er habe damit sinnbildlich die Brust seiner Mutter zerstört, die so welk geworden sei, daß er sie habe wegwerfen müssen.

Die Polizei hatte ihre Sonderkommission verstärkt und fast alle Beamten im Einsatz, sie warnte die Bürger, vor allem die jungen Leute, spätabends auszugehen und Wohngebiete und beleuchtete Straßen zu verlassen. Aber trotz der Kälte, die bereits herrschte, und trotz des scharfen Windes gab es Leute genug, die sich im Freien aufhielten, und manch einer zog mit seinen Freunden in die abgelegensten Gegenden, nur um nachher erzählen zu können, daß er dort gewesen war.

Doch die Angst war spürbar und peinigte die Menschen.

Journalisten aus allen Teilen der Welt trafen ein, und wer Gelegenheit hatte, sich mit einem von ihnen zu unterhalten, gab, ohne seine Worte lange auf die Goldwaage zu legen, Hypothesen und Urteile, manchmal sogar Namen zum besten – schließlich war die Bestie eine Angelegenheit der Stadt, und die Fremden, die meinten, hier ankommen und in ein paar Stunden alles begreifen zu können, sollten ruhig lernen, daß Anmaßung und Ignoranz Hand in Hand gingen. Tausende von Plakaten wurden an die Wände geklebt, die sich Stadtverwaltung, Justiz und eine Gruppe von Psychologen gemeinsam ausgedacht hatten. Ein großes Auge und eine viersprachige Aufforderung ermahnten die Jugend, wachsam zu sein, aber es fehlte jeder Hinweis auf den Mörder und die bereits begangenen Morde. Offenbar wurde mit den Plakaten die Absicht verfolgt, zu warnen, aber keinen Schrecken zu verbreiten, doch die Leute meinten, sie böten nur ein mehrsprachiges Verwirrspiel, das schon die Einheimischen nicht verstünden und mit dem Ausländer gewiß nichts anzufangen wüßten.

Prostituierte, Transvestiten und Voyeure meldeten sich freiwillig, um zu erzählen, mit wem sie sich trafen und wem sie begegneten, aber wenn sie auch von dem aufrichtigen Willen geleitet wurden, mit den Ordnungskräften zusammenzuarbeiten, und Mitleid mit den jungen Opfern hatten, weckten sie bei der Mordkommission doch hauptsächlich den Verdacht, sie wollten sich Unterstützung und Toleranz für die Zukunft einhandeln. Und davon abgesehen, beschäftigten sie tagelang Beamte, die anderswo dringlicher gebraucht wurden.

Es wurden besondere Telefonleitungen eingerichtet, um eventuelle Informationen von Leuten einzuholen, die lieber anonym bleiben wollten, und es gingen so viele und so dringliche Anrufe ein, daß einem der Beamten herausrutschte, am liebsten wäre er selber die Bestie, um all diese krankhaften Lügner ins Jenseits zu befördern. Hin und wieder wurde in halb tröstendem, halb drohendem Ton verlautbart, die Behörden in der Hauptstadt ließen sich laufend unterrichten, was von den Leuten mit dem bissigen Kommentar bedacht wurde, daß die in Rom doch nur am Monster interessiert seien und das ruhig mal nach Rom gehen sollte, um dort ein wenig Ordnung zu schaffen.

Während die Beschäftigung mit dem Liebespaarmörder für die meisten Leute aber rein theoretischer Art blieb, wurde sie für Matilde zur handfesten Qual.

Nie zuvor, nicht einmal während des Krieges, hatte Matilde die Zeitungsnachrichten mit solcher Anspannung verfolgt und sich für jede auch noch so kleine Begebenheit in der Stadt interessiert, und als sie wieder und wieder las, daß das Monster mit seiner massigen Gestalt und dem unbekannten Gesicht, den Revolver in der einen Hand und die Klinge in der anderen, durch die dunklen Gassen zog, um unschuldige Menschen zu töten, wurde ihr ganz schwarz vor den Augen.

Genauso stellte sie sich auch Enea vor, wenn er abends ausging, groß und massig, die Gesichtszüge in der Dunkelheit verborgen. Sie war jetzt soweit gekommen, jede kleinste Information mit ihm in Zusammenhang zu bringen, und alles wurde dadurch nur noch schlimmer, jede Handlung, jeder Satz ihres Sohnes bestätigte oder verstärkte ihren Verdacht.

»Man wird noch ganz krank, wenn man das alles liest«, sagte sie eines Morgens beim Frühstück zu ihm. »Die Beschreibungen sind so genau, daß man meint, diesen Mann vor sich zu sehen.«

Enea schüttelte den Kopf. »Um so etwas zu schreiben oder zu beschreiben, bräuchte es schon einen Dostojewski und nicht diese Stümper. Ob aus Unfähigkeit oder aus Berechnung, nähren sie doch immer nur die kranke Phantasie der Leute. Dieser Mann wird ja schließlich auch seine Beweggründe haben.«

Wollte ihr Sohn den Mörder auch noch verteidigen? »Beweggründe?« fragte Matilde und setzte dann kategorisch hinzu: »Für das, was er tut, kann es keine Beweggründe geben.«

»Also Mama, versuch doch einmal zu verstehen. Als kultivierte Person darf man doch einen Menschen nicht so verteufeln, auch wenn er noch so große Schuld auf sich lädt. Nicht umsonst habe ich Dostojewski erwähnt.«

»Das hört sich ja fast so an, als wolltest du diese armen ermordeten jungen Menschen auf eine Ebene mit dem Mann stellen, der sie ermordet hat«, platzte Matilde heraus.

»In einem gewissen Sinne ja«, räumte Enea ein. »Alle sind auf die gleiche Weise Opfer. Kannst du vielleicht ausschließen, daß der Mörder ein Mitglied der Gesellschaft und vielleicht sogar ein sich sorgender Familienvater ist, aber geistig so sehr gestört, daß er sich seines Tuns gar nicht bewußt ist? Möglicherweise ist es doch so, daß er nach seinem Raptus, den er gewiß nicht kontrollieren kann, vergißt, daß er ihn überhaupt gehabt hat.«

»Es heißt, er soll allein leben«, versetzte Matilde,

»daß nur einer, der allein lebt, sich so lange verstecken kann. Keine Mutter, keine Schwester und erst recht kein Vater oder Bruder würden doch mit einem solchen Menschen zusammenleben, ohne wenigstens den Versuch zu machen, ihn davon abzuhalten, weiteren Schaden anzurichten.«

»Allein?« Enea schüttelte den Kopf. »Er lebt bei seiner Mutter. Allein wäre er schon völlig verzweifelt, oder er hätte sich verraten. Er hätte nicht durchgehalten. Umgebracht hätte er sich oder sich umbringen lassen. Ich bin überzeugt, daß er zu Hause bei seiner Mutter lebt.«

»Und die Mutter?« fragte Matilde. »Könnte die Mutter einen solchen Sohn ertragen, ohne etwas zu unternehmen? Sie würde doch vor Kummer sterben.« Und fügte noch hinzu: »Dann wäre er allein.«

»Mütter können mehr ertragen als andere Menschen, und jede versteht die Liebe zu ihrem Kind auf andere Art. Das richtet sich nach keiner abstrakten Vorstellung von Mutterglück, sondern nach den Bedürfnissen des Kindes. Wie oft hast du andere Mütter über die Mutter eines geisteskranken oder sonst kranken Kindes sagen hören, daß sie so etwas nicht ertragen würden? Und wie oft hast du schon erlebt, daß Mütter solcher Kinder ihr Schicksal tatsächlich nicht ertragen hätten?«

Wenn Enea Reden führte, denen sie nicht folgen konnte, wurde Matilde nervös. »Auch eine Mutter ist der Gesellschaft verpflichtet«, erklärte sie. »Sie kann es doch nicht mit ihrem Gewissen vereinbaren, ihren Sohn als Mörder frei herumlaufen zu lassen.«

»Mag sein, aber die Gewissensfrage stellt sich nur rein theoretisch. Keine Mutter wird je ihren Sohn anzeigen. Schon aus Angst vor dem Skandal nicht. Eine Mutter kann vielleicht hoffen, daß er von einer Kugel niedergestreckt wird und ihre Qualen damit ein Ende nehmen. Oder was weiß ich, daß er an einer schlimmen Krankheit stirbt, aber immerhin in einem Krankenhausbett und nicht ohne Würde, nach entsprechender Behandlung seines Körpers, nicht aber seines Geistes, denn bei den geistigen Leiden gibt es keine Würde.«

Enea sprach noch weiter über den Mörder, als habe er viel über ihn nachgedacht, und schloß dann: »Keine Mutter wird je ihren Sohn anzeigen, um die Kinder anderer Mütter zu retten, selbst dann nicht, wenn er ein Mörder ist. Das wäre unnatürlich. Wenn sie ihn fassen, wird die Bestie keine Bestie mehr sein, sondern einen Namen haben und auch ein Gesicht und ein Privatleben. Sie werden sein Leben erforschen, als ob die Tatsache, daß er einen Namen und ein Gesicht hat, ihn plötzlich dechiffrierbar und meßbar machen würde wie jeden anderen Bürger. Als ob man an ihn denselben Maßstab und dasselbe Millimetermaß anlegen könnte. Dabei bräuchte man einen ganz anderen Maßstab, und deshalb geht die Rechnung nicht auf, und dieser Durchschnittsbürger wird, nachdem man ihm das letzte Stück Fleisch vom Skelett gerissen hat, in eine Gefängnisirrenanstalt gesperrt und, zum endgültigen Wahnsinn verdammt, auf eine Pritsche geschnallt.«

Matilde hörte die Worte ihres Sohnes, und jedes einzelne dieser Worte schlug ihr eine neue Wunde. Sie konnte sich der Vorstellung nicht entziehen, daß Enea von sich selbst und von ihr gesprochen hatte.

Es kostete sie große Anstrengung, die Frage zu stellen: »Aber was soll die Mutter denn tun?«

»Ihren Sohn ertragen, wie er ist. Schon deshalb, weil

die Mutter einer Bestie auch selber eine Bestie ist, anders kann es gar nicht sein.«

In jener Nacht träumte Matilde, daß ihr Sohn von einer Horde von Leuten in die Enge getrieben wurde, die auf das Monster schimpften. Der einzige, der das Monster verteidigte, war Enea. Nach einer Weile fing er zu laufen an, und die anderen verfolgten ihn johlend. Sie holten ihn ein, schlugen ihn nieder und ließen ihn blutend am Boden liegen. Aus einer seiner Taschen rutschte ein Skalpell hervor, das klirrend auf den Asphalt fiel.

»Das verstehst du nicht. Das kannst du einfach nicht verstehen«, rief Nanda und sah George Lockridge von der Seite her an.

Sie saßen in der Ente des Engländers und warteten auf dem Parkplatz des Santo-Giovanni-Krankenhauses auf Enea, der seine Untersuchungsergebnisse abholte. Nanda machte tiefe Lungenzüge aus ihrer Zigarette und stieß den beißenden Rauch, mit dem sie das Wageninnere einnebelte, erst nach Sekunden aus. George hielt das Fenster ein paar Zentimeter auf, sah den Rauch durch den Spalt entweichen und machte es wieder zu.

»Da gibt's nicht viel zu verstehen«, sagte er. »Ich habe Enea schon gewarnt, daß das nicht ewig gutgehen kann.«

»Sei doch still.«

Eine Frau mit einem großen Einkaufskorb streifte die Wagentür, drehte sich zu George um und entschuldigte sich mit einer Geste. Der Engländer murmelte eine Verwünschung.

»Du hast deine Schwierigkeiten«, sagte er nach einer

Weile, »aber du bist letztlich noch ein Kind. Früher oder später triffst du einen Gleichaltrigen, und dann haben wir dich gesehen, Nanda.«

»Ich habe doch gesagt, du sollst still sein.«

Hinter ihnen hupte jemand. Lockridge sah in den Rückspiegel, ein Auto mit einer »Arzt«-Plakette an der Windschutzscheibe wollte vorbei. Lockridge ließ den Motor an und fuhr den Wagen etwas weiter vor.

»Wenn du es genau wissen willst«, sagte Nanda, während sie die Wagentür aufmachte, um die Zigarettenkippe hinauszuwerfen, »Enea ist für mich wie ein Bruder. Oder mehr noch: wie ein Vater.«

Der Engländer lachte und bekam einen Hustenanfall. »Jetzt wirst du mir gleich auch noch Inzesttheorien auftischen.« Und nach einer Weile fügte er hinzu: »Wenn Enea dir nicht Geld und Stoff besorgte, würdest du doch wohl nicht bei ihm bleiben.«

Nanda wurde nachdenklich. »Das weiß ich nicht. Es stimmt schon, daß ich mich mit ihm zusammengetan habe, weil es bequem für mich war. Aber das war nur am Anfang so. Jetzt weiß ich nicht, was ich dazu sagen soll.«

»Mach die Tür zu, es kommt kalt herein.«

Nanda schloß die Tür und steckte sich gleich eine neue Zigarette an.

»Enea ist ein wirklicher Herr«, sagte Lockridge nach einer Weile. »Du solltest seine Mutter kennenlernen, dann würdest du viel begreifen.« Er blickte sie an. »Du weißt doch, daß du ihm sehr weh tun kannst? Du bist die einzige, die ihm weh tun kann.«

»Du redest eine Menge Quatsch daher.«

Als Enea das Krankenhaus durch die Glastür verließ und das Auto nicht mehr an derselben Stelle sah, blickte er sich ängstlich um. Schließlich entdeckte er die Ente und strebte mit offenem Mantel und seinem gelben Schal, der auf einer Seite ganz herunterhing, den großen gelben Umschlag mit den Untersuchungsergebnissen in der baumelnden Hand hin- und herschwenkend, darauf zu. Nanda stieg aus und setzte sich auf den Rücksitz.

»Du hättest dich doch nicht nach hinten zu setzen brauchen«, rief Enea aus und blieb unschlüssig vor der offenen Wagentür stehen.

»Du hättest hier gar nicht genug Platz«, erwiderte Nanda. Sie schwieg, bis George losgefahren war und das Eingangstor durchquert hatte, dann sagte sie: »Fahr uns zu mir nach Hause.«

Der Engländer drehte sich überrascht um. »Aber wir hatten doch ausgemacht, daß wir nach Ponte a Ema fahren.«

»Ich habe keine Lust mehr. Also bring uns zu mir nach Hause.«

Als sie in der Via de' Renai angekommen waren, verabschiedete sich Nanda nur kurz von dem Engländer und betrat den Hauseingang. Dort wartete sie auf Enea, sah ihn ernst an und sagte: »Ich will ihn nicht mehr sehen.« Und da Enea sie nur verwundert anstarrte, fügte sie hinzu: »Er zwingt mich zum Nachdenken.«

An diesem Tag war Nanda sehr nett. Zuerst machte sie Kaffee, dann wusch und trocknete sie die Tassen ab. Enea hatte ihr ein paar Wochen zuvor einen Fernsehapparat geschenkt, seither verbrachte sie ihre Tage auf dem Boden sitzend und sah sich sämtliche Programme an. Sie hatte noch nie einen eigenen Fernsehapparat gehabt, und seit Enea ihr erklärt hatte, wie die Fernbedienung funktionierte, saß sie stundenlang da und sprang, aus Angst, daß ihr etwas entgehen könnte, pausenlos zwischen den verschiedenen Programmen hin und her.

An jenem Tag aber stellte sie das Gerät nicht an. Sie zog die Vorhänge zu und entkleidete sich völlig, ging sie auf Enea zu und entkleidete auch ihn. Zuerst zog sie ihm die Jacke aus, dann die Krawatte und das Hemd. Als sie sah, daß er darunter ein wollenes Unterhemd trug, brach sie in Lachen aus. »Nicht mal mein Vater trägt mehr solches Zeug!«

Enea war nicht beleidigt, da er spürte, daß Nanda es nicht böse meinte. Er ließ sie erregt gewähren. Seit langem hatte er großes Verlangen danach, nackt neben ihr zu liegen, bis jetzt aber nie den Mut aufgebracht, sie darum zu bitten. Daß sie von selber darauf kam, verwunderte ihn. Er machte leichte Schlangenbewegungen, um ihr das Abstreifen seiner Kleider zu erleichtern, ließ aber nicht zu, daß sie ihm auch Schuhe und Strümpfe auszog. Das machte er selber.

Nanda hatte sich nach dem einen Mal, da sie sich mit gespreizten Beinen vor ihm auf den Stuhl gesetzt hatte, weil sie dachte, ihm damit einen Gefallen zu tun, er aber vor ihr geflohen war, nie mehr in derartigen Posen dargeboten, denn sie spürte, daß sie ihn damit ernsthaft verwirrte, doch sie war sicher, daß es ihm Freude machen würde, nackt mit ihr unter der Decke zu liegen.

Und genauso war es. Sie streckte sich auf seinem fleischigen weißen Körper aus, kraulte ihn hinter den Ohren, rieb ihre Wange an der seinen und führte seine Hand an ihrem Körper entlang. Enea hielt die Augen geschlossen und gab sich Mühe, nicht zu schwer zu atmen. Nanda preßte sich an ihn, kam aufs neue in Bewegung, und als sie sich einmal kurz von ihm entfernte, riß er die Augen auf und drehte sich ruckartig um, wie um sie zu suchen.

»Du hast Angst, wie? Hast Angst, daß ich weggehe«, sagte Nanda lachend und stürzte sich wieder auf ihn.

Diese Art von Beischlaf dauerte sehr lange, Nanda hatte mehrmals einen Orgasmus, und Enea, der ihre Lust verzückt miterlebte, bewegte ängstlich die Hände, wie sie es ihn gelehrt hatte, um keinen Fehler zu machen und dem wechselnden Rhythmus ihres Körpers zu folgen. Als das Mädchen schließlich erschöpft neben ihn sank, war Enea einen Augenblick lang unsicher. Er bewegte noch einmal die Hand und sah sie fragend an, aber sie war eingeschlafen.

18

»Wenn deine Blutzuckerwerte so niedrig sind, bedeutet das, daß du dich nicht richtig ernährst«, sagte Matilde, als Enea ihr das Untersuchungsergebnis mitteilte. »Du mußt immer gleich nach der Injektion essen, zumindest wenn du zu Hause bist. Wo du morgens gleich nach dem Aufstehen und abends vor dem Essen Insulin spritzt und zum Frühstück wie zum Abendessen eigentlich fast immer hier bist, möchte ich doch wissen, wie es soweit kommen konnte. Hast du mit Onkel Dono darüber gesprochen?«

»Mit Morigi«, erwiderte Enea, während er seiner Mutter dabei half, die Einmachgläser mit dem in Essig eingelegten Gemüse oben auf die Anrichte zu stellen. »Onkel Dono war nicht im Krankenhaus. Es hieß, er habe eine leichte Grippe.«

»Du mußt ihn anrufen«, murmelte Matilde.

Nachdem die Einmachgläser neu geordnet an ihrem Platz standen, wollte Enea gehen, aber Matilde war fest entschlossen, ihn so lange zurückzuhalten, bis er ihr die Frage beantwortet hatte, die sich ihr nun schon seit über einer Stunde auf die Lippen drängte.

»War ein großes Durcheinander im Krankenhaus?« brachte sie schließlich hervor.

»Durcheinander? Wie immer. Warum?«

»Hast du nicht gehört, daß vorgestern früh auf dem Parkplatz eine Kugel gefunden worden ist?«

Enea drehte sich um und sah sie abwartend an.

»Ein .22er Kaliber«, erklärte Matilde. »Genau von der Sorte, wie sie die Bestie benützt.«

»Und die haben sie auf dem Parkplatz des Krankenhauses gefunden?«

»Ja. Das habe ich in den Ein-Uhr-Nachrichten gehört.«

Matilde drehte sich zu Saveria um, die am Spülbekken stand und Salat wusch.

»Setzen wir uns drüben hin«, sagte sie zu Enea. »Bei diesem Lärm versteht man ja sein eigenes Wort nicht.« In Wirklichkeit wollte sie aber nur, daß Saveria nicht zuhörte.

»Ich habe es eilig, Mama.«

»So eilig wirst du es doch nicht haben, daß du deiner Mutter nicht zwei Minuten zuhören könntest.« Matilde betrat das Wohnzimmer, setzte sich auf einen Stuhl an der Wand und bedeutete Enea, den Sessel in der Ecke zu nehmen. Sie war entschlossen, der Sache auf den Grund zu gehen. »Ein Krankenträger ist beim Aussteigen aus dem Auto mit der Fußspitze gegen die Kugel gestoßen, die weggerollt ist und damit seine Aufmerksamkeit erregt hat. Er hat die Polizei gerufen, und die ballistische Untersuchung hat ergeben, daß sie vom gleichen Kaliber ist wie die Kugeln, die der Mörder benutzt.«

Enea deutete ein Lächeln an. »Um das Kaliber einer Kugel zu bestimmen, braucht man doch keine ballistische Untersuchung.«

»So haben sie es im Radio gesagt.«

»Im Radio reden sie Blödsinn.« Enea wurde zusehends nervös, und Matilde bemerkte, daß seine Stimme immer mehr anschwoll.

»Jedenfalls wird jetzt vermutet, daß der, der die Kugel verloren hat, dieser Tage aus irgendeinem Grund im Krankenhaus gewesen ist, zur Untersuchung oder vielleicht, um einen Verwandten zu besuchen.«

»Kugeln verliert man nicht«, warf Enea ein.

»Ja, eben.« Matilde machte eine Pause. »Die andere Hypothese ist nämlich die, daß der Mörder die Untersuchungskommission herausfordern will.«

Enea erhob sich langsam aus dem Sessel und sah auf die Uhr. »Ich muß jetzt wirklich gehen.«

Matilde fand es sehr merkwürdig, daß ihr Sohn so einfach gehen wollte, ohne sie auch nur zu fragen, warum sie sich eigentlich so sehr für diese Sache interessierte. Und noch merkwürdiger fand sie, daß er nicht einmal eine geistreiche Bemerkung oder einen Kommentar zu einer anderen Tatsache abgab, nämlich dazu, daß er selber vor zwei Tagen im Santo-Giovanni-Krankenhaus gewesen war.

Kugeln verliert man nicht, hatte er gesagt.

In der Tat war auch die Polizei keineswegs davon überzeugt, daß jemand die Kugel einfach verloren hatte. Irgend jemand, vielleicht ein Journalist, hatte die Hypothese aufgestellt, aber sie war verworfen worden. Noch nie hatte der Mörder irgendeine unfreiwillige Spur hinterlassen. Nie waren Fußspuren oder Reifenspuren oder sonst etwas entdeckt worden.

Neben dem Campingbus der beiden Deutschen hatte man den Abdruck eines sehr großen Fußes, eines Schuhs Größe 45 entdeckt, und es hatte geheißen, daß der Mörder ungefähr einen Meter neunzig groß sei. Aus der von oben nach unten gerichteten Schußlinie durch die Fenster des VW-Busses war zu schließen, daß er mit Sicherheit überdurchschnittlich groß war. Enea ließ seine Schuhe nach Maß anfertigen, da er

Schwierigkeiten hatte, seine Größe zu finden, und Männer wie ihn gab es nur wenige. Später wurde aber dann erklärt, daß der Fußabdruck wahrscheinlich von einem Carabiniere stamme, der sich dem Wagen genähert habe, ohne auf den weichen Untergrund zu achten.

Aber dann wurde ein Paar Chirurgenhandschuhe gefunden.

Und es wurde die Kugel gefunden.

Zwei Herausforderungen. Der Mörder hielt sich wohl für so unangreifbar, daß er sich mit seinen Verfolgern messen wollte. Oder aber, das war die Meinung eines Psychologen, er fühlte sich langsam am Ende seiner Kraft und gab auf seine Art zu verstehen, daß er festgenommen werden wollte.

Als sie mit Enea ins Wohnzimmer ging, hatte Matilde vorgehabt, wenn das Gespräch ruhig verlief, auch die Frage der Skalpelle in Angriff zu nehmen. Enea schien nicht bemerkt zu haben, daß sie sie aus seiner Werkstatt genommen und in das Futteral auf dem Kaminsims zurückgelegt hatte. Als er an den letzten beiden Abenden nach dem Essen in die Räume über dem Gewächshaus gegangen war, hatte sie sich darauf gefaßt gemacht, daß er in rasendem Zorn wieder herunterkäme wie damals, als er vor Wut, weil sie sein Arbeitszimmer betreten hatte, den Schlüsselbund gegen das Gemälde geschleudert und die Glasscheibe zerschmettert hatte. Aber Enea hatte nichts dergleichen getan und auch nichts gesagt.

Als hätte er keine Erinnerung mehr an die Skalpelle.

Auf die Frage, warum sie zur Beerdigung des vor wenigen Tagen ermordeten Liebespaares ging, hätte Matilde selbst keine Antwort gewußt. Wie gewöhnlich bei offiziellen Anlässen, machte sie sich sehr sorgfältig zurecht und wählte, obwohl bei der herrschenden Witterung noch kein Pelz nötig gewesen wäre, als sie vor dem offenen Schrank stand, ihren Nerz.

Wer sie in der Menschenmenge vor der Kirche bemerkte, hielt sie zweifellos für eine wohlmeinende Dame, die an dem tragischen Ereignis Anteil nahm. Sie stand aufrecht inmitten der anderen Menschen und bedauerte, nicht wenigstens ein paar Blumen mitgebracht zu haben. Sie hielt die Hände ineinander verschränkt und starrte auf das Portal, durch das die beiden Särge herausgetragen werden würden. Ein paar Sonnenstrahlen, die durch die Dunstschicht drangen, beleuchteten ihre scheinbar schmerzlich verzerrten Gesichtszüge. In Wirklichkeit war sie innerlich wie versteinert.

Sie konnte sich ihr völlige Gefühlskälte nicht erklären, denn sie war darauf gefaßt gewesen, vor Mitleid oder Angst zu vergehen oder eine jener heftigen Beklemmungen zu spüren, von denen sie seit ein paar Jahren immer wieder befallen wurde und die sie als eine unliebsame Alterserscheinung deutete. Und nun fühlte sie sich eher wie eine zufällig hergeratene Passantin, denn sie war sich nicht wirklich bewußt, daß sie gekommen war, weil sie ihren Sohn verdächtigte, diesen Trauerfall verschuldet zu haben. Sie wußte nur, daß sie dabeisein wollte, weil sie es in einem gewissen Sinne richtig fand.

Ein paar Tage nach der Beerdigung kam Matilde zu dem Entschluß, daß sie dringend mit jemandem reden mußte. Sie ertrug es nicht mehr, mit diesem Geheimnis zu leben, das ihr langsam den Verstand raubte. Der einzige Ausweg war, in aller Ruhe mit einer verständnisvollen Person zu sprechen. Nur wußte sie nicht recht, wer das sein sollte.

Die erste Person, die ihr einfiel, war Calambrina Sensini. Calambrina besaß die Gabe, den Dingen auf den Grund zu gehen und manchmal mit einem für Matilde überraschenden Scharfsinn verborgene Zusammenhänge zu erkennen. Früher hatte Matilde ihre Freundschaft oft als sehr wertvoll empfunden, schon deshalb, weil Calambrina Personen und Geschehnisse immer umfassend beurteilte, als könnte sie sie gleichzeitig von innen und von außen sehen. Aber dann stellte sie sich vor, wie sie Calambrina im unordentlichen Wohnzimmer der Sensinis im Rohrstuhl gegenübersitzen würde. Calambrina würde pausenlos ihren Zopf lösen und wieder neu flechten, ihr tief in die Augen blicken, als wollte sie ihre Gedanken lesen, sie ausforschen und deutliche Worte und klare Konzepte fordern. Nein, sie wollte sich nicht ausforschen lassen. Sie brauchte jemanden, der ihre Angstzustände verstehen würde, aber auch bereit war, ihr zuzuhören, ohne sie gleich mit vielen Worten auf irgendwas festlegen zu wollen.

Dann wunderte sie sich, daß er ihr nicht schon früher eingefallen war: Andreino Colamele. Sie und Andreino trafen sich nur selten, und wenn, unterhielten sie sich immer auf die gleiche Weise, nämlich so, daß die Hälfte angedeutet und unausgesprochen blieb, was dem beiderseitigen Verständnis allerdings keinen Abbruch tat, da sie den Schlüssel dazu besaßen.

Matilde kündigte Andreino telefonisch ihren Besuch an und fragte, wann es ihm recht sei. Der Notar meinte, wenn sie so gegen sieben käme, wäre es am besten. Dann wären die Sekretärinnen schon weg, er nähme das Telefon nicht mehr ab, und sie könnten in Ruhe reden.

Matilde fühlte sich in ihrer Entscheidung bestätigt. Andreino hatte sofort verstanden, daß ihr Besuch Diskretion verlangte, und eine Uhrzeit vorgeschlagen, zu der es keine Zeugen geben würde, von denen Enea womöglich erfahren könnte, daß seine Mutter den Notar aufgesucht hatte.

19

Andreino Colamele wußte von vornherein, daß Matilde nicht etwa kam, weil sie irgendeinen fachlichen Rat suchte. Wenn sie den einmal brauchte, lud sie ihn gewöhnlich zum Abendessen ein und entschuldigte sich dabei schon im voraus, ihn mit einer dieser »unangenehmen Sachen« belästigen zu müssen, aus der sie ohne seine Hilfe, wie sie behauptete, einfach nicht schlau würde.

Andreino meinte, genau zu wissen, warum Matilde ihn angerufen hatte. Daß Enea sich in letzter Zeit, gelinde gesagt, merkwürdig benahm, war, wenn nicht öffentlich bekannt geworden, so doch zumindest all jenen aufgefallen, die in der Kanzlei verkehrten. Und wenn auch die eigenen Angehörigen gewisse Dinge immer als letzte erfuhren, hatte sich in der Zwischenzeit bestimmt irgendeine gute Seele gefunden, um der Mutter vom seltsamen Verhalten ihres Sohnes zu erzählen.

Als ihm zu Ohren kam, daß Enea mit einem Mädchen von zweifelhaftem Ruf verkehrte, wollte Andreino es zuerst nicht glauben. Nicht, weil er es so unglaubwürdig fand, daß das Mädchen liederlich war, sondern er konnte sich einfach nicht vorstellen, daß Enea mit ihm verkehrte. Nach seiner festen Überzeugung war Matildes Sohn nicht nur in sexuellen Dingen völlig unerfahren, sondern außerdem auch impotent.

Der Notar hatte selber so manche Geschichte mit nicht gerade tugendhaften Frauen hinter sich, und daß

Enea sich mit einer Schlampe eingelassen hatte, störte ihn nicht im mindesten. Er war überzeugt, daß die einzig mögliche Beziehung zu Frauen diejenige war, für die man bezahlte. Falls er je im Laufe seines Lebens in Erwägung gezogen hatte, die Tochter eines reichen Bekannten zu heiraten, war ihm dies heute so fern, daß er sich nicht mal mehr daran erinnerte. Er hatte nie zu denen gehört, die in der Ehe eine Lösung ihrer ökonomischen und existentiellen Probleme sahen. Sein einziges Ziel war gewesen, eine eigene Kanzlei, und zwar möglichst im historischen Stadtkern, zu besitzen, und um das zu erreichen, hatte er über zwanzig Jahre bei Notar Paola gearbeitet, ihm die undankbarsten Arbeiten abgenommen, sich die schwierigsten Fälle aufgeladen und auch noch als Heiratsvermittler gewirkt.

Und von Paola hatte er auch gelernt, daß Frauen nur hinderlich waren, daß man sie zu nehmen hatte wie einen herzstärkenden Likör, ex und hopp, und daß der Mann immer Herr im Haus bleiben mußte. Frauen, sagte Paola, dienen als lebensverlängerndes Elixier, je teurer, um so besser. Man soll sie aufsuchen, wenn man das Bedürfnis nach ihnen hat, anschließend aber wieder vergessen.

Bei all seinen Anpassungsschwierigkeiten (Colamele kam aus Palermo) und dem langen Arbeitstag in der Kanzlei hatte Andreino seine im übrigen nicht unerheblichen Bedürfnisse entsprechend den Ratschlägen Paolas befriedigt und war auf diese Weise immer gut zurechtgekommen. Das hatte zur Folge, daß sich zwischen ihm und Notar Paola ein fast komplizenhaftes Verhältnis entwickelt hatte und er zuerst Sozius der Kanzlei und später, nach Paolas Tod, alleiniger Notariatsinhaber wurde.

Nur eine Erinnerung konnte Andreino noch immer nicht richtig einordnen, nämlich die Abende unmittelbar vor dem Krieg im Hause Nanni Monterispolis. Er war dort in all den Jahren regelmäßig ein und aus gegangen, aber wenn er jetzt zurückblickte, fiel es ihm schwer, zu beurteilen, welchen Einfluß die Begegnungen auf seinen Status gehabt hatten. Eines hatte er dort auf jeden Fall erlangt: die genaue Kenntnis einer gewissen Gesellschaftsschicht der Stadt. All die Reden Nannis und der anderen hatten ihm Paradebeispiele von Haltungen und Heucheleien geliefert, die sein künftiges Verhalten entscheidend prägten.

Da sie alle mehr oder weniger reich waren und keine anderen Probleme kannten, als über Gut und Böse, Gerechte und Ungerechte zu diskutieren (worüber sie dann nach dem Krieg, als es darum ging, mit der Zukunft zurechtzukommen, radikal ihre Meinung änderten), hatten Nannis Freunde Andreino zumindest eine Erkenntnis vermittelt: daß man allen Reden, auch den ernsthaftesten, mit Skepsis begegnen mußte. Es war zwar wichtig, den Rednern in den Salons beizupflichten, doch durfte man dabei nie vergessen, daß sie sich anderntags ganz anders verhielten.

Gelegentlich kam Andreino allerdings der Zweifel an, ob er damals nicht vielleicht von den eigenen Problemen so vereinnahmt gewesen war, daß ihm die Aufrichtigkeit, die in den Reden Nannis und seiner Freunde gewiß auch mitgeschwungen hatte, entging. Vielleicht hatten sie ja doch jenes große Feuer entfacht, mit dem das alte Gestrüpp auf der Wiese abgebrannt wurde, damit neues, kräftiges Gras nachwachsen konnte. Redeten die Alten in der Stadt nicht nach all den Jahren noch immer von jenen Versammlungen?

Die einen mit Bedauern, weil sie nicht dabeigewesen waren, die anderen mit Stolz, weil sie dazugehört hatten?

Als es klingelte, ging Andreino aufmachen und führte Matilde in sein privates Büro und nicht in den großen, auf Orsanmichele hinausgehenden Saal, in dem er seine offiziellen Versammlungen abhielt. Das war ein Zeichen seiner Achtung für sie, denn in den großen Saal führte er die Fremden, während bei ihm selbst nur wenige Freunde Zugang hatten.

Matilde hielt sich angewidert die Nase zu.

»In diesen alten Gebäuden im Zentrum hängt immer noch der Geruch der Überschwemmung«, sagte sie. »Kaum kommt man herein, hat man schon den Schimmelgeruch in der Nase.«

»Du hast recht, es riecht nach Schimmel, aber das kommt von keiner Überschwemmung, sondern vom Alter«, erwiderte Andreino.

Er setzte sich Matilde gegenüber in einen der beiden Sessel vor dem Schreibtisch, um durch die große Tischfläche nichts Trennendes zwischen ihnen entstehen zu lassen, was ihr vielleicht unbehaglich gewesen wäre und außerdem der Unterhaltung einen eher offiziellen Charakter verliehen hätte, den er ja gerade vermeiden wollte.

Er saß schweigend da und wartete in dem Wissen, daß sie nie unnötige Worte verlor. Aber diesmal sagte Matilde gar nichts. Andreino Colamele räusperte sich ein paarmal und sah ihr unter den gerunzelten Brauen hervor ins Gesicht. Und was er da sah, gefiel ihm gar nicht. Fühlte sich Matilde so schlecht, daß sie zu ihm gekommen war, um ihren Nachlaß zu regeln? So blaß und angespannt hatte er sie noch nie gesehen, sogar ihr Haar schien dünner und grauer geworden zu sein.

»Nun, Matilde«, sagte er schließlich. »Wenn ich nicht dein Freund wäre, würde ich dich jetzt fragen, wem oder was verdanke ich die Ehre und so weiter, aber so frage ich dich einfach, was du für Sorgen hast.«

Matilde seufzte und schob schließlich das Kinn vor, was Andreino als Zeichen deutete, daß sie sich aufraffen würde.

»Wenn ich dir wirklich sagen sollte, was mir Sorgen macht«, murmelte Matilde zögernd, »würden mir dafür wahrscheinlich die Worte fehlen. Aber daß ich zur Zeit Sorgen habe, das ist gewiß wahr.« Erst jetzt wurde ihr bewußt, wie schwierig es war, über ihre Ängste zu sprechen.

Andreino respektierte ihr langes Schweigen und sagte schließlich, daß sie doch gewiß »als Mutter« gekommen sei. Einen solchen Zustand der Erschöpfung konnte nur Enea ausgelöst haben. Und da Matilde weiter schwieg, fuhr er fort: »Ich verstehe deine Ängste gut, glaube mir. Ich weiß nichts Genaues, aber wenn sich Enea, wie ich annehme, auf eine Weise verhält, die dir nicht gefällt, so ist daran ganz gewiß nur irgendeine schlechte Gesellschaft schuld. Auch der beste Mensch kann mal auf Abwege geraten. Enea hat sich immer nur um abstrakte Dinge gekümmert, um seine Studien, wie sollte er da gegen die Fallen gewappnet sein, die das Leben einem jeden von uns stellt. Aber du wirst schon sehen, das renkt sich wieder ein. Ich werde mit ihm reden.«

Matilde sah ihn überrascht an, und als sie sich endlich zum Reden entschloß, kam die ängstliche Frage:

»Schlechte Gesellschaft? Enea? Was für schlechte Gesellschaft denn?«

Andreino Colamele hätte sich am liebsten nachträglich auf die Zunge gebissen, weil er so voreilig gewesen war, und er versuchte, die Situation zu retten, indem er sagte: »Das ist immer das erste, woran man denkt, wenn sich eine Mutter Sorgen um ihren Sohn macht. Daß der in schlechte Gesellschaft geraten ist.«

Matilde erstarrte in einer Abwehrhaltung, und da er sie gut kannte, setzte Andreino schnell noch hinzu: »Enea ist wirklich ein braver Junge, auch wenn ich ihn nicht mehr Junge nennen sollte. Aber für mich bleibt er eben immer das Kind, das er einmal war. Irre ich mich, oder wird er jetzt fünfzig? Jedenfalls arbeitet er viel und gut, und als er sagte, daß er nur noch halbtags kommen wolle, war ich ziemlich enttäuscht. Zum Glück habe ich aber nicht allzusehr versucht, ihn von seinem Entschluß abzubringen, denn als er dann seinen schlimmen Anfall bekam, hätte ich mir Vorwürfe machen müssen. Man brauchte ja nur zu sehen, wie schlecht es ihm ging, um zu verstehen, daß er wirklich nicht mehr konnte. Ich hatte schon richtig Angst, aber zum Glück kam dank deines Schwagers Dono der Krankenwagen ganz schnell. Und übrigens, was Dono betrifft, muß ich schon sagen, daß er sich um Enea kümmert. Er hat sogar ein paarmal hier angerufen, um ihn daran zu erinnern, daß er zur Untersuchung kommen sollte. Wer weiß, ob Enea dann auch auf ihn gehört hat…«

Die Anspielung auf Eneas Gesundheit machte Matilde alles leichter. »Es geht ihm tatsächlich nicht gut. Er bleibt immer bis spät nachts auf und trinkt pausenlos Wasser… Und manchmal wirkt er wie vom Teufel besessen. Du weißt doch, wie ruhig und höflich er immer gewesen ist. Und jetzt schreit er wegen jeder Kleinigkeit los und steigert sich in eine Nervenkrise hinein.«

Nun, da sie begonnen hatte, konnte Matilde sich nicht mehr bremsen. Sie erzählte Andreino von dem Wutanfall, bei dem Enea mit dem Schlüsselbund die Glasscheibe des Gemäldes zerschmettert hatte, und auch davon, wie er nach stundenlangem Herumvagabundieren mit dem Moped erst in tiefer Nacht nach Hause kam.

»Bei all dem, was man zur Zeit in der Stadt hört und sieht, bin ich da ganz und gar nicht ruhig. Es passieren Dinge, die es früher nicht gegeben hat. Soviel Blut, so viele Tote. Mein Sohn treibt sich nachts auf den Straßen herum, bei Neumond und bei Vollmond, wo doch dieser Mörder unterwegs ist, und da soll ich ruhig sein?«

Andreino Colamele versuchte nicht, sie mit der Bemerkung zu beruhigen, daß der Mörder nur junge Liebespaare überfiel und bestimmt nicht so wenig begehrenswerte, ältere Männer wie Enea. Er sagte es nicht, weil er glaubte, die Botschaft verstanden zu haben, die Matilde ihm zu vermitteln versucht hatte. Andreino betrachtete seine knotigen Hände, die mit dem Handteller nach oben wie tot auf seinen Knien lagen, und hob dann den Blick, um Matilde fest anzusehen.

»Hör mal, meine Liebe, man muß sich, wenn man älter wird, vor den Phantastereien hüten, die einen vor allem nachts überfallen und einen ganz schön mitnehmen können, wenn man nicht aufpaßt. Du bist noch jung, oder wenigstens relativ jung, und solltest nicht in krankhaftes Sinnieren verfallen. Überlaß das ruhig den bald Achtzigjährigen wie mir, die nachts nur noch zwei Stunden schlafen und sich vom Gedanken an den Tod einlullen lassen, was dazu führt, daß sie ihn schon lange im voraus auf sich zukommen fühlen.«

Er war sich bewußt, daß er nur hohle Phrasen drosch, die Matilde vielleicht enttäuschten, aber er mußte einfach Zeit gewinnen. Ihre versteckte Botschaft war so ungeheuerlich, daß Andreino sich scheute, den Gedanken konkret weiterzuverfolgen. Und außerdem war er ja nicht einmal sicher, sie überhaupt richtig verstanden zu haben. Obwohl ihre Anspielung, daß sich ihr Sohn bei Neumond auf den Straßen herumtrieb, nur allzu deutlich gewesen war und kein Zufall sein konnte. Eine wahnsinnige Vorstellung, die Andreino erschauern ließ. Er wollte nichts mehr davon hören. Matilde würde zwar sowieso bestimmt nicht mehr sagen, als sie schon gesagt hatte, trotzdem wollte er jedes Risiko vermeiden, noch unmißverständlichere Worte hören zu müssen.

Plötzlich wurde ihm bewußt, daß er Matildes Blick nicht mehr ertragen konnte, der wie erloschen und starr auf ihn gerichtet war. Er erhob sich und holte eine Flasche Cognac aus dem Wandschränkchen, hob sie Matilde entgegen, um sie zu fragen, ob sie etwas davon wollte, und goß sich dann, als sie den Kopf schüttelte, selber einen Schluck in ein Gläschen, das er aus dem oberen Fach genommen hatte.

Er setzte sich nicht wieder in denselben Sessel, diesmal ließ er sich hinter seinem Schreibtisch nieder und stellte damit bewußt jenen Abstand her, den er vorher zu vermeiden versucht hatte.

Dennoch, so sagte er sich, konnte er Matilde nicht einfach verabschieden, ohne ihr jenen Rat zu geben, dessentwillen sie zu ihm gekommen war. Andreino Colamele war durch und durch Notar und hätte niemals eine Angelegenheit unerledigt gelassen.

»Hör mal, Matilde«, sagte er und wählte seine Worte mit Bedacht, »es geschehen heute so viele Verbrechen, und jedes einzelne davon wird von einem Menschen begangen, einem Menschen mit sozialen und verwandtschaftlichen Beziehungen, und diese Beziehungen nehmen bei der Entdeckung, daß der Angehörige oder der Freund zu einer solchen Tat fähig gewesen ist, unweigerlich Schaden. Aber hätte das jemand vorhersehen oder verhindern können? Jeder von uns ist für seine eigenen Taten verantwortlich und für nichts anderes. Nimm doch nur den Fall der sogenannten Bestie. Möglich, daß jemand, der mit dem Täter zusammenlebt, Verdacht schöpft, aber er wird nie einen wirklichen Beweis haben. Und das ist das einzige, was in der Jurisprudenz und der Justiz zählt, der wirkliche Beweis. Und außerdem, wenn man einzugreifen versuchte, wozu würde das führen? Doch nur dazu, daß anstatt einer gleich zwei Existenzen vernichtet würden!«

»Aber wenn dadurch junge Menschenleben gerettet werden könnten?« wandte Matilde ein.

»Die jungen Menschen, von denen du redest, könnten sich ganz gut selber retten, wenn sie wollten. Wenn du es genau wissen willst, finde ich, die jungen Mädchen sollten lieber zu Hause bleiben, statt sich nachts an einsamen Orten herumzutreiben, dann würde ihnen so was auch nicht passieren.«

Als er merkte, daß Matilde nichts darauf entgegnen wollte, redete Andreino weiter, um zu bekräftigen, daß er es vorzog, auf ihre Andeutungen nicht einzugehen. »Was Enea betrifft, glaube ich nicht, daß er besonders in Gefahr ist. Er kann sehr gut auf sich selber aufpassen. Hat er das denn nicht immer getan? Er ist ein Poet,

aber ein Poet mit nüchternem Verstand, und solche Leute gibt es nicht viele.«

Und im Widerspruch zu dem, was er kurz zuvor über Eneas Unerfahrenheit gesagt hatte, entwarf er jetzt ein farbiges Porträt von Matildes Sohn, den er plötzlich als kämpferische Natur darstellte, die fähig war, sowohl mit einem Buch als auch mit dem flammenden Schwert umzugehen, die Verständnis zeigte, sich aber auch zu wehren wußte, viel erduldete, aber auch strafte.

Sie verstand, daß Andreino verstanden hatte. Mehr gab es nicht zu sagen. Doch dann fiel dem Notar noch etwas ein. Er erhob sich, wobei er sich auf die Armlehnen seines Sessels stützte, kam hinter seinem Schreibtisch hervor und setzte sich wieder Matilde gegenüber. Diesmal war es wichtig, daß er sich unmißverständlich ausdrückte.

»Hast du dir einmal überlegt, was geschieht, wenn dieser Unselige, ich kann ihn wirklich nur noch so nennen, festgenommen wird? Wenn er tatsächlich, wie allgemein behauptet, aus einer alten Florentiner Familie stammt, dann wird man doch unweigerlich deren vornehmen Namen in den Schmutz ziehen! Stell dir nur einmal vor, wie dann alle diesen Namen im Mund führten! Haß, nichts als Haß käme dabei heraus. Wegen eines schwarzen Schafs, eines Kranken, eines einzigen faulen Apfels im Korb guter Früchte sollen Menschen zerstört werden, die jahrzehntelang ein untadeliges Leben geführt haben?« Andreino neigte sich vor und setzte flüsternd hinzu: »Außerdem könnte es doch auch sein, daß die grausame Mordgier sich erschöpft hat! Wenn man genauer nachrechnet, müßte der Mörder so um die fünfzig sein. Irgendwann kommt in jedem Leben der Zeitpunkt, wo sich das Alter bemerkbar macht.«

»Hoffen wir, daß du recht hast«, murmelte Matilde.

Sie ging gestärkt nach Hause. Andreino hatte sie auch diesmal nicht enttäuscht. Es gab keinen wirklichen Beweis. Und außerdem mochte richtig sein, was er gesagt hatte, und der Mörder bekam langsam sein Alter zu spüren oder wurde von irgendeiner Krankheit aufgezehrt, unter der er schon länger litt.

Andreino Colamele hingegen fühlte sich tief beunruhigt. Matilde hatte ihn mit einem Problem belastet, von dem er lieber nie etwas erfahren hätte. Nach all dem, was er in diesem zermürbenden Gespräch gehört hatte, konnte er sich nur noch damit trösten, daß schließlich nichts Endgültiges ausgesprochen worden war.

Enea war ganz gewiß nicht der Kämpfer, als den ihn Andreino Colamele geschildert hatte, und er gehörte auch nicht jener seltenen Rasse von nüchtern denkenden Poeten an, von der im Notariat die Rede gewesen war. Aber daß sich rings um ihn ungewöhnliche Dinge ereigneten, das bemerkte er sehr wohl.

Als erstes fiel ihm auf, daß Colamele ihm seit einiger Zeit morgens eigenhändig die Akten brachte, die er ihn im Laufe des Tages zu erledigen bat, und daß er ihn dabei aus seinen alterstrüben, aber immer noch scharfen Augen merkwürdig eindringlich ansah.

Außerdem setzte sich Colamele, was er früher nie getan hatte, auf Eneas Schreibtischkante, stützte dabei mit gebeugtem Rücken die Arme auf die Platte und verlor sich in Reden, die für Enea wenig oder gar keinen Sinn ergaben.

»Wenn man das Glück hat, einer bedeutenden Familie anzugehören, die einem gleichzeitig Schutz bietet und ein wahrhaft herrschaftliches Leben erlaubt, dann hat man auch Pflichten, richtiggehende dynastische Pflichten. Man bekommt etwas, muß dafür aber auch etwas geben. Man muß sich so tadellos verhalten, daß man nie auch nur zum kleinsten Skandal Anlaß gibt.«

Obwohl Enea unter Menschen aufgewachsen war, die sich lieber in Andeutungen ausdrückten, anstatt klar und deutlich ihre Meinung zu sagen, hatte er selbst nie gelernt, die Worte anders als in ihrem engen Sinn zu gebrauchen. Seiner Meinung nach gab es so viele und so genaue Worte, daß sich damit jede Überlegung präzise ausdrücken ließ. Also wartete er schweigend, daß Andreino Colamele sich entweder deutlicher ausdrückte oder ihn von seiner Gegenwart befreite, damit er arbeiten konnte.

Ein Thema gab es allerdings, bei dem der Notar deutlich, um nicht zu sagen, brutal wurde. Wenn Andreino Colamele über Frauen sprach, drückte er sich völlig unmißverständlich aus, und auch, als er jetzt mit Enea redete, geriet er in seichte Gewässer.

»Ich war auch einmal jung«, sagte er, »und so alt bin ich selbst heute noch nicht, daß ich mich nicht erinnern könnte, wie sehr das Fleisch leidet, wenn man es nicht befriedigt. Aber es gibt schließlich verschiedene Möglichkeiten, mit dem Sex umzugehen. Auch du bist nicht mehr der Jüngste, und außerdem mußt du zugeben, daß du nicht gerade der anziehende Typ bist, wegen dem die Frauen den Kopf verlieren. Intelligent, ja, das bist du, und auch ein wirklicher Herr, aber hast du je gehört, daß Frauen mit einem Mann ins Bett gehen, weil sie ihn intelligent oder vornehm finden?«

Für den folgenden Morgen hatte er sich wieder etwas ausgedacht.

»Wenn zwischen Mann und Frau ein Altersunterschied von mehr als zehn Jahren besteht...«, hob er an, denn Andreino Colamele hatte immer die Meinung vertreten, daß der Altersunterschied zwischen Mann und Frau höchstens zehn Jahre betragen dürfe, das war für ihn eine bindende Zahl, und wenn ihn jemand fragte, warum gerade zehn, dann antwortete er nur, daß das eben so sei und sich der Mann schon fragen müsse, was eine allzu junge Frau an seiner Seite halte. »...wenn es mehr als zehn Jahre sind, kann es nur am Geld liegen. Solange man sich dessen bewußt ist und den Geldbeutel nur aufmacht, wenn man es selber für richtig hält, ist alles gut. Meist aber gewinnen die allzu jungen Frauen dann die Oberhand, und die Männer verlieren die Kontrolle und nehmen womöglich Verpflichtungen auf sich, die sie kaum mehr erfüllen können.« Und als er sah, daß Enea gar nicht zuzuhören schien und ihn nur anstarrte, fügte er hinzu: »Gewisse Dinge darf man nicht unterschätzen. Die haben Explosivkraft. Da kann es vorkommen, daß man sein seelisches, ja vielleicht sogar sein geistiges Gleichgewicht verliert.«

Enea ahnte, daß Andreino etwas von Nanda erfahren hatte und jetzt versuchte, ihn vor ihr zu warnen. Er meinte es gewiß gut, aber Enea kamen seine Argumente nicht gerade überzeugend vor.

»Verstehe, verstehe«, murmelte er immer wieder und hoffte nur, daß der Notar endlich aufhörte.

20

Das Gefühl der Erleichterung, mit dem Matilde Andreino Colamele nach ihrem Gespräch verlassen hatte, verflog bereits, bevor sie nach Hause kam. Nun striff auch noch die Vorstellung von einem, wie der Notar gesagt hatte, unvermeidlichen Skandal durch ihre Phantasie, in dessen Folge der Name der Familie, deren einzige Schuld es war, die Bestie hervorgebracht zu haben, in den Schmutz gezogen werden würde. Sie sah es schon bildhaft vor sich, wie sie überhaupt alles in dieser Geschichte bildhaft vor sich sah, von den schrecklichen Fotos, die im Fernsehen gezeigt und groß in den Zeitungen abgedruckt würden, angefangen, bis zu den schwarzen Schlagzeilen auf den Aushängen der Zeitungskioske.

Und dann fügte sich in ihre Vorstellung auch noch das Bild des in einer Gefängnisirrenanstalt auf seiner Pritsche festgeschnallten Mörders, denn Enea hatte ja gesagt, daß der Mann so enden würde, wenn sie ihn faßten.

Sie dachte so viel darüber nach, daß sie sich bald schon einbildete, alles in Wirklichkeit bereits durchgemacht zu haben, die Belagerung ihres Hauses durch Journalisten, die ihr das Mikrophon vor den Mund hielten, während die Leute aus der Nachbarschaft mit dem Finger auf sie zeigten, weil sie die Mutter der Bestie war, den langen Prozeß, währenddessen ihr Name und Eneas Name schamlos in sämtlichen Blättern herumgeschmiert wurden. Und am Ende, während sie in Nannis Sessel saß, ihre zwanghaften Gedanken an jenes geifernde Wesen, das Physiognomie und Namen verloren hatte, aber durch engste Bande an sie gebunden war und jetzt in den groben Stoff einer Zwangsjacke gezwängt in einer fensterlosen Zelle mit vier Riemen auf die Pritsche geschnallt dalag.

Als in den Fernsehnachrichten das Phantombild gezeigt wurde, das die Polizei nach Beschreibung eines Zeugen, der behauptete, den Mörder am Abend des letzten Mordes flüchtig gesehen zu haben, hergestellt hatte, starrte Matilde sprachlos darauf. Das Gesicht war viereckig mit kleinen, eng beieinanderliegenden Augen und niederer Stirn, die hinter den kahlen Schläfen schräg weiterverlief. Wenn sie hätte sagen sollen, wem es am meisten ähnelte, hätte sie nicht ihren Sohn, sondern eher Calambrinas Mann genannt.

Genau einen Monat nach dem letzten Verbrechen dann ereignete sich etwas Neues. Unter dem Briefkasten neben einem Postamt nahe beim Santo-Giovanni-Krankenhaus, wo die erste Kugel entdeckt worden war, wurde eine zweite gefunden.

Damit wurde das, was Matilde nur noch als »den Skandal« bezeichnete, neu aufgebauscht. Die zweite Kugel war vom gleichen Kaliber wie die erste und auch von der Marke wie jene Kugel, die auf dem Parkplatz des Krankenhauses gefunden worden war, und wie die, die der Mörder benutzt hatte. Diesmal bestand kein Zweifel. Es war ganz sicher ein Zeichen. Der physisch und psychisch erschöpfte Schuldige, der um die fünfzig und von der langen Anspannung zermürbt war, suchte unbewußt Hilfe im Kampf gegen seine wahnsinnige Mordgier.

Nur in einer Zeitung wurde eine andere Hypothese aufgestellt. Nachdem er die erste Kugel aus Versehen auf dem Parkplatz des Krankenhauses verloren habe, hieß es dort (am Mordabend sei sie ihm vielleicht beim Laden der Pistole unbemerkt im Auto heruntergefallen, und dann habe er sie beim Aussteigen mit dem Fuß versehentlich herausgestoßen), versuche der Mörder jetzt Verwirrung zu stiften, indem er in der gleichen Stadtgegend eine zweite Kugel hinterlassen habe.

Das Postamt war nicht das für San Domenico di Fiesole zuständige, aber einmal, als für Enea ein Päckchen kam und Matilde und Saveria nicht da waren, hatte der Postbote eine Benachrichtigung hinterlassen, daß es ebendort abzuholen sei. Und Enea hatte sich dann selber darum gekümmert, er sagte, es liege sowieso auf seinem Weg zum Krankenhaus, wo er ja nun schon ganz zu Hause sei.

Matilde starrte auf die Beschreibung der Kugeln, Herstellungsjahr und Marke waren genau angegeben. Irgend etwas ging dabei in ihrem Kopf vor, es gelang ihr aber nicht, einen klaren Gedanken zu fassen. Da war etwas und arbeitete in ihr weiter, doch vorerst war Matilde noch nicht klar, worauf es sich bezog. Vermutlich auf eine der Nachrichten, die sie gerade gelesen hatte; etwas daran mußte sie unbemerkt getroffen und innerlich weiterbeschäftigt haben, während sie noch in der Zeitung blätterte.

Sie beschloß, nicht mehr daran zu denken. Aber ihr Verhalten änderte sich von Stund an. Morgens blieb sie bis zum Hals zugedeckt so lange im Bett liegen und stellte sich schlafend, bis Enea gefrühstückt hatte und gegangen war. Die ersten Male hatte ihr Sohn Saveria geschickt, um sich zu erkundigen, ob er auf sie warten solle, aber nach wenigen Tagen schon wurde die Ausnahme zur Gewohnheit. Als Saveria sie fragte, ob sie sich nicht wohl fühle, antwortete Matilde, sie könne nachts nicht mehr gut schlafen und werde immer erst morgens müde, wenn sie eigentlich aufstehen müßte.

Sie hörte keinem Gespräch mehr zu, sondern nahm nur noch den Klang der Worte, nicht aber ihren Sinn wahr. Abends gewöhnte sie sich an, eine halbe Schlaftablette zu nehmen, um nicht mit gespitzten Ohren auf die Geräusche aus den Räumen über dem Gewächshaus horchen zu müssen.

Sie vergaß, was sie zu erledigen hatte und wo sie ihre Sachen ablegte, und als sie sich eines Abends beim Essen darüber beklagte, sagte Enea: »Wenn ich mich nicht irre, nimmst du seit neuestem vor dem Schlafengehen irgendein übles Zeug. Du bist alt genug, um deine eigenen Entscheidungen zu fällen, und außerdem behauptest du immer, daß du etwas von Medizin verstehst, trotzdem möchte ich dich daran erinnern, daß Schlaftabletten langsam aber sicher zu Gedächtnisstörungen führen.«

»Du hast leicht reden«, erwiderte Matilde. »Wenn man nicht schlafen kann, fühlt man sich den ganzen Tag schlecht und ist zu nichts fähig. Lieber eine halbe Schlaftablette als die ganze Nacht mit offenen Augen im Dunkeln liegen.«

»Je älter man wird, desto weniger Schlaf braucht man«, schloß Enea. »Ich schlafe auch nicht gerade viel, aber die paar Stunden müssen mir ausreichen.«

Noch Wochen später widmeten die Zeitungen einen Teil ihrer Titelseiten der aufgefundenen Kugel. Eine weitere Rekonstruktion der Morde hatte zu einer neuen Hypothese geführt: Der Mörder versuchte, Kugeln zu sparen. Um seine sechzehn Opfer zu töten, hatte er in den fast dreißig Jahren nur fünfzig Kugeln verbraucht und mußte nun, da sich die Stadt in einer Art Belagerungszustand befand und die Waffenfabriken und Waffengeschäfte laufend überprüft wurden, befürchten, keinen Nachschub mehr zu bekommen. Das erklärte auch, warum er zum ersten Mal ein Messer gebraucht und den im »Wäldchen« überfallenen Jungen mit zehn Messerstichen getötet hatte.

Kriminologen und Psychiater hatten neue Gutachten fertiggestellt und erklärten, der Mann leide unter einem »entgleisten Ödipus-Komplex«, was durch sein ambivalentes Verhalten gegenüber den weiblichen und seine Feindseligkeit gegenüber den männlichen Opfern bewiesen werde. Und auch die Tatsache, daß er die Liebespaare stets vor dem Liebesakt getötet habe, beweise, daß ihm dessen Vollzug unerträglich sei und er ihn daher verhindern wolle. Andererseits sei es aber ebensogut möglich, daß der Mann die genaue Mechanik des Beischlafs gar nicht kenne und er daher bereits das Vorspiel als den eigentlichen Akt deute.

Vor allem die Fetische erregten die Gemüter. Wo bewahrte er sie auf? Daß der Mann Scham und Brust abtrennte, sich dabei aber auf die Hautschicht beschränkte, konnte nur bedeuten, daß er sich wirklich und wahrhaftig Fetischismuspraktiken hingab, die Überreste präparierte und genau wußte, daß sich die Fettschicht weder in Alkohol noch in Formalin konservieren ließ. Und in der Tat waren am Tatort des letzten Verbrechens einige Fetzchen Fettgewebe gefunden worden, als habe der Mann sie extra abgeschabt, um sein makabres Unternehmen durchführen zu können.

Es gab in der Gegend zahlreiche Gerber sowie Jäger, die ihre Jagdtrophäen konservierten, vielleicht gehörte der Mann der einen oder der anderen Kategorie an? Aber nein, wandten die Psychologen ein, sowohl die Gutachten als auch die Untersuchungen hätten eindeutig ergeben, daß es sich um eine gebildete Person handelte, die nicht etwa Schundhefte las, sondern erotische Literatur. In diesem Zusammenhang wurden auch einige Titel genannt. *Die elftausend Ruten* von Apollinaire und die Werke des Marquis de Sade.

Enea beschloß, von der Bar in der Nähe der Kanzlei anzurufen. Die Vorstellung, daß die Sekretärin des Notars zuhören könnte, war ihm unangenehm, und George hatte in seinem Laden kein Telefon. Die Bar war überfüllt mit lärmenden Gästen, und die Kassiererin, die Enea kannte und wußte, daß er bei Colamele, dem Notar gleich um die Ecke, arbeitete, beobachtete ihn genau, während er mit dem Jeton und dem Hörer hantierte, als sie dann aber merkte, daß Enea ihren Blick erwiderte, wandte sie sich schnell ab.

»Hallo? Hallo? Calambrina?«

»Sag bloß, du bist es, Enea!«

»Doch, hier ist Enea.« Plötzlich bereute er seinen Anruf. Er versuchte ja tatsächlich, der Freundin seiner Mutter etwas aufzuladen, was seine eigene Aufgabe gewesen wäre.

Calambrina spürte sein Zögern und sagte: »Wenn du mich anrufst, bedeutet das ja wohl, daß es dir gutgeht. Was ist los, ist etwas mit Matilde?«

Enea antwortete, daß er ja vielleicht übertreibe, aber seine Mutter befinde sich seiner Meinung nach zur Zeit in einem besorgniserregenden Zustand. Ob Calambrina nicht die Zeit habe, einmal zu ihr zu gehen und sie zu überreden, einen Arzt aufzusuchen? Calambrina versprach es ihm, aber als Enea schließlich einhängte, fühlte er trotzdem keine Erleichterung.

Er betrat den Lift, um in die Kanzlei hinaufzufahren, schloß die Glastüren, überlegte einen Augenblick und machte sie wieder auf. Zum ersten Mal, seit er bei Colamele arbeitete, beschloß er, den Vormittag zu schwänzen. Das Interesse, mit dem er bisher die Fälle bearbeitet hatte, die der Notar ihm anvertraute, hatte in letzter Zeit nachgelassen. Außerdem entnervte ihn das Verhalten seines Arbeitgebers. Das Betriebsklima in der Kanzlei hatte sich eindeutig verändert. Er betrat die Straße, zögerte einen Augenblick, obwohl er genau wußte, wohin er wollte, und ging dann Richtung Via de' Renai.

Als er an der Tür der Einzimmerwohnung klingelte und hörte, wie der Schlüssel im Schloß umgedreht wurde, verzog er die Lippen schon zu einem Lächeln, aber dann stand ein zerzauster Junge vor ihm, der ihm völlig nackt aufgemacht hatte und schnell wieder neben Nanda unter die Decke kroch. Enea blieb in der offenen Tür stehen, während das Mädchen den Kopf vom Kissen hob.

»Was stehst du da wie angewurzelt?« rief sie. »Mach zu, es kommt furchtbar kalt herein.«

Enea trat ein und schloß die Tür hinter sich, ging aber keinen Schritt weiter.

Als Nanda seinen Gesichtsausdruck sah, prustete sie los und sprang schließlich aus dem Bett. Auch sie war völlig nackt. Dann zog sie dem Jungen mit einem Ruck die Decke herunter und sagte: »Hau ab, der Hausherr ist da.«

Der Junge fluchte, stand aber auf. Er nahm sich kaum Zeit, seine schmutzigen Kleidungsstücke anzuziehen, winkte Enea kurz zu und verschwand durch die Tür, die er hinter sich zuschlug.

»Willst du einen Kaffee?« fragte Nanda, während sie den roten Morgenrock überzog, den er ihr damals geschenkt hatte, als sie im Krankenhaus war.

Enea antwortete nicht, da fragte das Mädchen: »Wieso kommst du überhaupt schon am frühen Morgen? Mußt du nicht zur Arbeit?«

Auf dem Tisch lagen eine Spritze, ein Löffel und eine halbe Zitrone. Nanda bemerkte, daß Enea das alles sah. »Schon daran solltest du erkennen, daß nichts passiert ist«, murmelte sie. »Gestern abend haben wir gedrückt, wir sind müde geworden und haben uns ins Bett gelegt. Wir haben geschlafen, bis du gekommen bist. Mario hat gefroren, es war spät, und er wußte nicht, wohin.«

Da Enea noch immer nichts sagte, werkelte Nanda in der Kochnische, wo sie vorgab, Kaffee zu kochen. Mit langsamen Bewegungen machte sie die schmutzige Kaffeemaschine auf, ließ den Kaffeesatz ins Spülbecken fallen und zerdrückte ihn an dem Porzellan. Dabei starrte sie unbewußt auf die kleine Abtropfplatte vor sich. Dann kehrte sie zu Enea zurück und blieb vor ihm stehen.

»Weißt du was«, murmelte sie, »am liebsten wäre ich tot.«

»Ich weiß nicht, ich weiß auch nicht mehr, was ich sagen soll«, meinte George und sah Enea über den Brillenrand an. »Ich habe ja immer behauptet, daß es besser ist zu sterben, als allein zu sein, aber vielleicht hat doch alles seine Grenzen. Wenn es dir nur gelingen würde…«, er sah ihm ins Gesicht und schüttelte dann den Kopf. »Aber das schaffst du nicht.«

Sie saßen in Ginos Trattoria, und der Engländer schob sich, tief über den Teller gebeugt, als hätte er Angst, daß sie ihm entwischen könnten, große Löffel mit dicken Bohnen in den Mund.

»Ja, alles hat seine Grenzen«, fuhr er fort, während er die Bohnen mit der Zunge am Gaumen zerquetschte, um seine Zähne nicht gebrauchen zu müssen. »Aber was willst du machen? Was Nanda für eine ist, hast du von Anfang an gewußt.«

Enea war traurig und fühlte sich hilflos. Er sah den Engländer an, als könnte ihm der Freund dabei helfen, einen klaren Gedanken zu fassen, dabei wußte er doch die ganze Zeit, daß George sich bei all seinen Betrachtungen mehr auf Luca als auf Nanda bezog.

»Aber kann ein Mensch denn auch das akzeptieren, was er nicht versteht?« fragte Enea. »Ich verstehe sie einfach nicht.«

»Natürlich verstehst du sie nicht, weil du wie die meisten Leute den Fehler machst, das Verhalten der anderen auf dich selber, auf deine Bildung und Erziehung zu beziehen, dabei sind sie völlig anders. Wahrscheinlich ist es für Nanda so normal, mit einem Kerl im Bett angetroffen zu werden, wie für mich, diese Bohnen zu essen.«

»Aber sie hat gesagt, daß sie am liebsten tot wäre.«

»Und das hat sie wahrscheinlich auch so gemeint, aber eben nur in dem Augenblick«, erwiderte Lockridge. »Ganz sie selber war sie vorher, als sie diesen Typen mit ins Bett genommen hat, und dann nachher, als du wieder weg warst. Es ist doch klar, daß sie sich in deiner Anwesenheit bemüht, nicht so zu sein, wie sie wirklich ist, sondern so, wie du sie gern hättest.«

»Was soll ich tun?« fragte Enea.

»Nichts. Du sollst gar nichts tun, laß den Zufall entscheiden. Denn keine Angst, der wird schon für eine Entscheidung sorgen.« George hörte auf zu essen, saß eine Weile schweigend da und fügte schließlich hinzu: »Wie oft müht man sich ab, plant und sorgt vor, und dann kommt plötzlich etwas dazwischen, durch das im guten wie im bösen alles über den Haufen geworfen wird.«

21

»Professor, Professor!«

Dono Monterispoli gab vor, den Ruf nicht gehört zu haben, und schloß in aller Eile seine Wagentür auf. Er hatte aus den Augenwinkeln beobachtet, wie Calambrina Sensini aus der Biblioteca Riccardiana kam, und wollte eine Begegnung mit ihr vermeiden. Daß er gerade aus dem Haus seiner Geliebten in der Via de' Ginori kam, einer belebten Straße, auf der man fast immer Bekannte traf, war nicht der einzige Grund – er hatte Calambrina noch nie leiden können. Oder vielmehr, er verabscheute sie geradezu. Seiner Meinung nach zog sie sich für ihr Alter völlig unangemessen an, war ständig mit allerhand Schals und Flitter behängt und trug lächerliche bunte Wollmützen, vor allem aber ärgerte ihn ihre brutale Art, einem die Dinge direkt ins Gesicht zu sagen.

Er setzte sich ins Auto und wollte gerade den Arm ausstrecken, um die Tür zuzumachen, als Calambrina ihn schon eingeholt hatte und ihren Kopf hereinstreckte. »Professor!« sagte sie noch keuchend vom Laufen. »Ich muß Sie unbedingt sprechen.«

Einem automatischen Reflex folgend, stieg Dono Monterispoli aus und verbeugte sich sogar leicht, als er draußen war, blieb dann aber steif und unnahbar wie ein Stockfisch stehen.

»Professor, ich muß Ihnen einfach sagen, daß ich mir wegen Matilde und Enea große Sorgen mache.«

Die beiden, die noch immer neben dem Wagen standen, bildeten ein Verkehrshindernis. Sie wurden von den pausenlos unter Hupen vorbeifahrenden Autos fast gestreift und gingen deshalb zurück auf den Gehsteig. Der Wind rötete Calambrinas Gesicht, so daß ihre Züge noch gröber hervortraten.

»Matilde macht sich Sorgen um Enea«, fuhr die Frau fort, »und Enea macht sich Sorgen um Matilde, aber sie reden nicht mehr miteinander, sondern sehen tatenlos zu, wie die Dinge immer schlimmer werden. Ich weiß nicht, wie das ausgehen soll, gut bestimmt nicht.«

Dono Monterispoli ließ seinen Blick über die Häuserfassaden schweifen, um möglichst große Distanz zu wahren. Wenn er wollte, konnte er äußerst arrogant sein. »Ich fürchte, Sie müssen sich ein wenig klarer ausdrücken«, murmelte er.

»Also Professor, stellen Sie sich doch nicht dumm. Sie wissen doch genau, daß das Zusammenleben von Matilde und Enea nicht normal ist. Ja, ich würde sogar sagen, es ist ausgesprochen ungesund. Mag sein, daß es dafür anfangs wie in jeder besonderen Situation zumindest eine scheinbare Kompensation gegeben hat, aber im Laufe der Jahre sind die Schwachstellen immer deutlicher hervorgetreten. Enea hat mich angerufen, um mir zu sagen, daß es seiner Mutter nicht gutgeht. Also gehe ich zur Mutter, und die erzählt mir von ihrem Sohn und seinem merkwürdigen Verhalten.«

Zum ersten Mal sah Dono Monterispoli Calambrina in die Augen und fragte sie in höflichem Ton: »Was würden Sie denn jetzt vorschlagen?«

Calambrina war am Ende ihrer Geduld und zwirbelte an ihrem Zopf herum. Monterispoli war ihr mindestens ebenso unsympathisch wie sie ihm, und wenn es ihr nicht um Matildes Wohl gegangen wäre, hätte sie ihn längst schon beschimpft. »Wenn ich etwas zu sagen hätte«, erwiderte sie, »würde ich die beiden trennen. Ich würde Enea irgendwo hinschicken, in eine andere Stadt, und Matilde auf eine lange Kreuzfahrt. Aber da ich nichts zu sagen habe, möchte ich Sie bitten, etwas zu unternehmen.«

»Wer? Ich?« Dono Monterispoli schüttelte leicht den Kopf und rang sich ein überraschtes Lächeln ab.

»Ich habe das deutliche Gefühl, daß da bald etwas passiert«, sagte Calambrina. Sie fand es unerträglich, sich auf diese Weise Monterispolis Ironie auszusetzen, aber sie konnte sich nicht mehr bremsen. »Sie werden mir natürlich nicht glauben, aber ich bin nämlich medial veranlagt, und früher oder später passiert da was, da bin ich ganz sicher.« Sie wagte ihm nicht zu erzählen, daß sie am Vorabend die Tarotkarten gelegt hatte und in Matildes Zukunft zweimal der Tod erschienen war.

»Es ist wirklich sehr freundlich, daß Sie sich so um meine Schwägerin und meinen Neffen sorgen«, sagte Dono, »aber ich glaube schon, daß Sie dabei in Ihrer Großzügigkeit ein bißchen übertreiben. Betrachten Sie die Lage doch einmal mit Vernunft. Matilde hat ein erfülltes, angenehmes Leben, als Frau und als Mutter. Enea ist ein gebildeter Mann mit einer Arbeit, die ihm gefällt, und einem schönen Haus, in dem er sich als Herr fühlen kann. Sicher, er leidet unter gewissen organischen Störungen, die ich nicht leichtfertig abtun will, aber er befindet sich unter strenger Kontrolle. Sie können ganz beruhigt sein, Signora Sensini, da wird schon nichts passieren.« Dann verbeugte er sich wieder kurz und stieg in sein Auto.

Auf dem Aushang am Zeitungskiosk stach eine Schlagzeile besonders hervor, auf die Enea nur einen flüchtigen Blick warf. Drogenabhängige stürzt sich vom Ponte Vecchio in den Arno. Er brachte die Schlagzeile nicht mit Nanda in Verbindung, und selbst wenn er die Zeitung gelesen hätte, wäre ihm sicher nicht in den Sinn gekommen, diesen Selbstmord auf Nanda zu beziehen. Daß sich eine gewisse Ferdinanda Colucci lieber im Fluß ertränkt hatte als weiterzuleben, hätte ihn nicht in Verwirrung gestürzt, sondern höchstens Mitleid in ihm ausgelöst. Für Enea war Nanda Nanda. Er konnte sich nicht einmal erinnern, ob das Mädchen ihm je ihren Familiennamen genannt hatte, und mit Sicherheit hätte er bei dem Vornamen Ferdinanda nie an sie gedacht.

Also suchte er sie, ohne zu wissen, daß sie längst tot war.

Er war mit ihr um drei Uhr auf der Piazza della Signoria verabredet gewesen, um sie zum Hepatologen zu begleiten. Nanda litt seit einiger Zeit wieder unter Leberstörungen und konnte keine Speisen bei sich behalten. Enea hatte lange auf sie eingeredet, damit sie sich untersuchen ließ, und sie endlich überzeugt. Er hatte sie seit zwei Tagen nicht gesehen, da er mit Colamele außerhalb von Florenz einen Schwerkranken hatte aufsuchen müssen, um die Vorbedingungen für einen Verkauf zu regeln, aber die Absprache mit Nanda war klar gewesen.

Um vier Uhr war sie immer noch nicht da, und ab halb fünf machte Enea sich Sorgen. Selbst wenn man berücksichtigt, daß Nanda regelmäßig zu spät kam, war nun wirklich ungewöhnlich viel Zeit verstrichen. Wahrscheinlich, so dachte Enea, hatte Nanda, als sie zusagte, sich von ihm zum Arzt bringen zu lassen, es tatsächlich so gemeint, es sich aber nachher, was oft bei ihr vorkam, anders überlegt.

Er ging noch weitere zehn Minuten auf und ab, betrat eine Bar, um ein Glas warme Milch zu trinken, stand dabei die ganze Zeit an der Glastür, um zu beobachten, ob Nanda vielleicht doch noch auftauchte, und ging schließlich wieder hinaus und wanderte erneut auf dem Platz umher. Um fünf Uhr war er völlig durchgefroren und hatte Schmerzen in den Beinen und im Rücken. Der Termin beim Arzt war längst verstrichen, und er wußte auch nicht, wo er Nanda suchen sollte. Er hatte einfach keine Kraft mehr, kreuz und quer durch die Stadt zu laufen, und war doch andererseits sicher, daß er sie nach diesem üblen Scherz auch nicht in der Via de' Renai finden würde.

Nach Hause zu gehen, hatte er keine Lust, weil er sich die Überraschung seiner Mutter vorstellen konnte, wenn er um diese Uhrzeit auftauchte, aber da er auch nicht wußte, wohin sonst, beschloß er endlich doch, sich nach San Domenico zurückzuziehen und dort gleich in sein Arbeitszimmer zu flüchten.

Als er ankam, war Matilde gar nicht zu Hause. Dafür kam ihm Saveria gleich mit einem Zettel entgegen.

»Da hat schon dreimal ein gewisser Herr Mazzacane angerufen«, rief sie vor Erleichterung, die Nachricht endlich loszuwerden. »Er hat gesagt, es sei dringend, und daß Sie ihn sofort unter dieser Nummer anrufen möchten.«

Enea ging ins Wohnzimmer, um zu telefonieren, und als am anderen Ende der Leitung jemand abnahm, hörte er eine Stimme wispern: »Hallo?«

»Mein Name ist Monterispoli«, sagte Enea. »Kann

ich bitte mit Herrn Mazzacane sprechen?« Er war überzeugt, in Aldo Mazzacanes Büro bei der Provinzialverwaltung angerufen zu haben.

Als Aldo an den Apparat kam, murmelte er nur: »Haben Sie von Nanda gehört?«

»Nein, was?«

Das kurze Zögern, das nun folgte, erschien Enea wie eine Ewigkeit.

»Sie ist tot«, sagte Aldo schließlich. »Ich bin hier bei ihren Eltern. Wollen Sie nicht auch herkommen, sie würden sich freuen, Sie kennenzulernen.«

Enea war eine halbe Stunde unterwegs. Die Straßen waren verstopft, und das Taxi kam nur stoßweise voran. Das Haus lag am Stadtrand in der Via Menabrea, ein vierstöckiger Neubau mit einem Vorgärtchen und Blumen auf den Balkonen.

Nandas Mutter machte ihm auf, eine schmächtige, gut gekleidete Frau mit völlig trockenen Augen. »Bitte, kommen Sie herein.« Sie führte ihn in das mit Chippendale-Möbeln eingerichtete Wohnzimmer, wo auf allen verfügbaren Flächen auf Hochglanz polierte silberne Schalen und Kaffeekannen herumstanden. Vor dem großen Fenster hingen durchsichtige Gardinen und darüber eine Schabracke aus schillernd gemustertem rotem Samt, mit dem auch die Sessel und Sofas bezogen waren.

Aldo Mazzacane kam gleich auf Enea zu und drückte ihm die Hand, während ihn der grauhaarige Mann, der auf einer Sofakante saß, nur stumm anstarrte.

»Wir wissen, wieviel Sie für unsere Tochter getan haben«, wisperte Nandas Mutter, »und dafür sind wir Ihnen dankbar.«

Sie setzten sich alle, und nach ein paar Minuten allgemeinen Schweigens erhob sich die Frau und holte aus der innen mit Spiegeln verglasten Hausbar eine Flasche und vier Gläser.

»Haben Sie die Zeitung gelesen?« fragte Mazzacane Enea, und fügte, als dieser den Kopf schüttelte, hinzu: »Dann wissen Sie ja noch nicht einmal, wie es passiert ist.«

Enea schüttelte wieder den Kopf, und Mazzacane erzählte mit leiser Stimme, wobei er immer wieder zu Nandas Vater hinübersah, als fürchtete er, dieser könne jeden Augenblick zusammenbrechen: »Vorgestern ist sie ungefähr um drei Uhr nachts aus dem Haus gegangen. Eine Nachbarin, die aufgestanden war, um ein Glas Wasser zu trinken, hat sie gehört. Wahrscheinlich ist sie gleich zum Ponte Vecchio, denn ihre Leiche ist um sieben Uhr früh mehrere Kilometer flußabwärts gefunden worden. Sie hatte ihren Ausweis und die Telefonnummer ihrer Eltern in einem Plastikbeutel dabei. Deshalb konnte sie auch so schnell identifiziert werden.

»Wo ist sie jetzt?« fragte Enea.

»Im Leichenschauhaus.« Aldo Mazzacane senkte seine Stimme noch mehr. »Sie müssen eine Autopsie machen.«

Enea hielt die drei Tage bis zur Beerdigung durch, indem er viele Stunden in der Wohnung von Nandas Eltern verbrachte und nachts in der Stadt herumlief. Im Morgengrauen kehrte er für zwei Stunden nach Hause zurück und ging dann wieder weg. Er nahm an der Beerdigung teil, hielt sich aber in einiger Entfernung zu den anderen und ließ seine Blicke über die langen Reihen von Grabsteinen wandern. Außer ihm waren nur

Aldo Mazzacane, die Mutter, der Vater sowie ein Mädchen dabei, das mit Nanda zur Schule gegangen war und ein Stockwerk über den Eltern wohnte. Enea hatte einen Strauß Margeriten mitgebracht, den er ursprünglich auf den Sarg legen wollte, doch dann gab er ihn Nandas Mutter.

Als sie den Friedhof verließen, forderte ihn Aldo Mazzacane auf, gemeinsam etwas trinken zu gehen, aber er lehnte ab, hielt ein Taxi an und ließ sich in die Via de' Renai fahren, wo er sich zwei Tage und Nächte einschloß und die ganze Zeit im Sessel neben dem Bett sitzen blieb. Sein Kopf war im Wachzustand ebenso benebelt, als schliefe er, so daß er jedes Zeitgefühl verlor. Als er es am Morgen des dritten Tages an der Tür klopfen hörte, erhob er sich nur mühsam. Sein ganzer Körper schmerzte, und er konnte kaum noch gehen. Mechanisch machte er auf und sah George Lockridge vor sich stehen.

»Ich wußte, daß ich dich hier finden würde«, rief der Engländer aus. Sein Blick war matt, das Gesicht eingefallen. »Warum hast du mir denn nichts gesagt? Ich habe es erst heute früh von einem Jungen erfahren, der in meinen Laden kam. Ich habe sofort bei dir zu Hause angerufen, aber nur deine Mutter erreicht. Sie ist völlig verzweifelt, weil sie nicht weiß, wo du bist. Zum Glück hat sie die Polizei noch nicht alarmiert. Komm, ich bringe dich zu ihr.«

22

Nach Nandas Tod gab Enea seine Arbeit bei Colamele auf. Er verbrachte seine Tage und auch einen großen Teil seiner Nächte in den Räumen über dem Zitronengewächshaus oder schloß sich in sein Schlafzimmer ein und kam erst am späten Vormittag heraus, um gleich wieder nach oben zu gehen.

Matilde hingegen stand jetzt wieder früh auf und deckte den Frühstückstisch für beide. Dann schickte sie Saveria vor die Tür seines Schlafzimmers oder seines Arbeitszimmers, um ihn zu rufen, und wenn Enea nicht erschien, ließ sie ihm ein Tablett mit seiner Milch und etwas Zwieback bringen, sie selber trank ein halbes Täßchen Kaffee und ließ den Rest der Kanne kalt werden, dann rief sie Saveria, damit sie abräumte.

Matilde saß stundenlang im Sessel in Nannis Arbeitszimmer und sah in die graue Winterlandschaft hinaus. Die Bäume waren kahl, und Matilde überraschte sich dabei, wie sie die einzelnen Äste zählte und dabei an menschliche Finger dachte. Eines Morgens zählte sie so viele Äste, wie Finger an zehn Händen sind, große und kleine, an einem anderen Morgen kam sie auf zwölf Hände und nahm sich vor, noch einmal genau zu kontrollieren, welche Zahl stimmte. Wenn jemand anrief, ließ sie ausrichten, daß sie nicht da sei, und auch Saveria gab sie keine Anweisungen mehr, sondern ließ ihre Hausangestellte entscheiden, was zu tun oder einzukaufen war.

Calambrina klopfte an drei Vormittagen hintereinander an die Scheibe in der Küche, und als Saveria immer wieder sagte, die Signora sei nicht da, rief sie schließlich laut aus: »Dann sagen Sie der Signora, wenn sie wieder mal geruht, hierzusein, weiß sie ja, wo sie mich finden kann.«

Lockridge kam seit einiger Zeit wieder ziemlich regelmäßig. Beim ersten Mal hatte er Saveria übersehen und gleich das Wohnzimmer betreten, so daß Matilde ihn, in einen alten, ziegelroten Mantel gehüllt und mit einem groben Wollschal um den mageren Hals, plötzlich vor sich stehen sah.

»Ich bin gekommen, um zu sehen, wie es euch geht«, murmelte er mit gesenktem Blick, als mache es ihn verlegen, ihr ins Gesicht blicken zu müssen.

»Sehr aufmerksam«, erwiderte sie frostig. »Es geht uns bestens.«

»Es würde mich mehr beruhigen, das von Enea zu hören«, versetzte George und wandte sich, ohne weitere Worte zu verlieren, der Tür zu, die zur Treppe ins erste Stockwerk führte.

Als Matilde ihn wieder herunterkommen hörte, war der Vormittag vergangen, und Lockridge sah nicht mehr bei ihr herein, um sich zu verabschieden. Von jenem Tag an schneite der Engländer zu jeder Tageszeit herein, betrat das Haus und ging gleich nach oben, geradeso, als hätte er von Enea einen Schlüssel bekommen.

In manchen Nächten war Enea sehr unruhig, schrie und schluchzte und schleuderte alles zu Boden, was ihm in die Hände kam. Matilde lag starr im Bett und horchte auf die dumpfen Schläge und sagte sich immer wieder, daß sie endlich etwas unternehmen müsse.

Oft waren Eneas und Lockridges Stimmen so leise,

daß sie nur ein Gemurmel wahrnehmen konnte, aber manchmal erhob Enea seine Stimme so laut, daß sie durch alle Wände drang. Und dann hörte sie die Flüche und Verwünschungen, die sich gegen unbekannte Mächte richteten, die die Gewalt besaßen, ungestraft soviel Leid aufzuerlegen.

Saveria bewegte sich im Haus, als hätte es einen Todesfall gegeben. Sie sprach mit ganz leiser Stimme und ging auf Zehenspitzen, und wenn sie Matilde begegnete, wich sie ihr aus und wartete, bis sie vorbeigegangen war.

Zum Abendessen erschien Enea stets frisch rasiert und in einem sauberen Hemd. Stumm und mit leerem Blick aß er lustlos ein paar Löffel Suppe und ein bißchen Gemüse, dann stand er auf, schob geräuschvoll seinen Stuhl zurück, brummte einen Gruß und ging wieder in sein Arbeitszimmer hinauf.

Bis Matilde eines Morgens den Entschluß faßte, mit ihm zu reden. Sie hatte die ganze Nacht nachgedacht und sich die Worte zurechtgelegt, die sie ihm entgegenwerfen wollte. Sie durchquerte den Flur, machte die Tür auf und schlug sie so laut hinter sich zu, daß es bis oben zu hören war, dann stapfte sie die Steintreppe hinauf. Sie wollte, daß er sie kommen hörte. Wenn ihr Sohn ihr nicht aufmachen würde, wollte sie ihm klipp und klar sagen, daß dieses Haus, solange sie noch lebte, ihr Haus sei und keiner sich herausnehmen dürfe, eine Tür vor ihr verschlossen zu halten.

Aber Enea öffnete die Tür einen Spaltbreit, bevor Matilde noch die letzte Stufe erreicht hatte, schlüpfte heraus und schloß sie wieder hinter sich. Er trug seinen samtenen Morgenmantel, und seine Augen waren rot umrändert.

»Ich komme, Mama. Hier möchte ich dich lieber nicht hereinlassen, es ist schrecklich unordentlich.«

So gingen sie zusammen hinunter, er folgte ihr aber nicht ins Wohnzimmer, sondern betrat zuerst sein Schlafzimmer, um sich herzurichten. Als er wieder herauskam, trug er ein schmalgestreiftes weißes Hemd, Krawatte und Jackett.

Sie saßen sich ein paar Minuten stumm gegenüber, die Mutter auf einem Stuhl mit hoher steifer Lehne, der Sohn halb zusammengesunken auf der Kante eines Sessels. Enea sprach zuerst.

»Ich weiß, daß du meinetwegen in den letzten Tagen zu leiden gehabt hast«, murmelte er. Seine Stimme klang ruhig, resigniert und völlig fremd. »Aber glaube mir, ich konnte nicht anders.« Er sah sie an, als wollte er ihr die Anstrengung abverlangen, ihn zu verstehen, und setzte dann hinzu: »Ich bin verzweifelt.«

Matilde mußte die Zähne zusammenbeißen, denn plötzlich spürte sie eine tiefe Gefühlsaufwallung, die sie nicht mehr beherrschen konnte.

Zum ersten Mal nach vielen Jahren musterte sie ihren Sohn aufmerksam. Was sie vor sich sah, war ein Mann mit verquollenen Augen, verrunzelten Augenlidern, mit Falten um den runden Mund und gebeugten Schultern. Enea ließ, wie so oft, wenn er dasaß, die Arme zwischen den Knien durchbaumeln, und in dieser Haltung wirkte er noch plumper als gewöhnlich. Er wirkte verletzlich wie einer, der schon allzuviel erduldet hatte und nicht noch mehr ertragen konnte.

»Es geht mir nicht gut«, fuhr Enea fort und sah seiner Mutter fest in die Augen. »Ich habe mich in letzter Zeit vernachlässigt, oben in meinem Zimmer wird mir oft ganz schwindlig, und ich bekomme Schweißausbrüche.« Er senkte den Blick. »Glaube jetzt nicht, daß ich dir das alles schildere, um dein Mitgefühl zu wecken. Ich bitte dich nur, mich zu verstehen. Wenn ich dir irgendwie weh getan habe, so bestimmt nicht, weil du mir nicht wichtig wärest, sondern einfach, weil ich nicht anders konnte.«

Obwohl da dieser erwachsene Mann vor ihr saß, sah Matilde jetzt nur noch ihr Kind vor sich, das sie vor fünfzig Jahren geboren hatte und das ihre Hilfe brauchte, weil es ohne sie verloren war.

»Du hast deinen Vater immer mehr geliebt als mich, nicht wahr?« war aber dann das einzige, was sie herausbrachte.

Enea beugte sich vor, als habe er nicht richtig verstanden. Er war von dieser Frage so überrascht, daß er dachte, sich verhört zu haben. Aber dann erfaßte er ihre Worte und antwortete: »Das waren zwei verschiedene Empfindungen, da kann man nicht von mehr oder weniger reden.« Und nach einer Pause fügte er murmelnd hinzu: »Man kann auf so viele verschiedene Weisen lieben, Mama.«

»Ich habe nur auf eine einzige Weise geliebt«, versetzte Matilde. »Ich habe dich und deinen Vater mit äußerster Kraft geliebt, und ich weiß nichts von verschiedenen Weisen.«

Sie erhob sich, um Enea über den Kopf zu streichen, und stellte fest, daß sein Haar schweißnaß war. »Jetzt geh und mach dich frisch. Ich erwarte dich im Eßzimmer.«

Während sie sich schon abwandte, ergriff Enea ihre Hand, um sie zurückzuhalten. »Selbst wenn wir es schaffen, wieder so zu leben wie früher, könnte man das denn wirklich Leben nennen?«

Matilde sah ihn ein paar Minuten stumm an und sagte, nachdem sie sich jedes Wort genau überlegt hatte: »Es ist die einzige Art von Leben, die ich kenne. Kannst du mir vielleicht eine andere vorschlagen?«

Saveria fühlte sich erleichtert, als sie die beiden wieder zusammen sah und stellte einen Krug Orangensaft und ein Körbchen mit Äpfeln auf den Tisch, die aber weder von Matilde noch von Enea angerührt wurden. Während Mutter und Sohn ihren Kaffee tranken, hatten beide das Gefühl, sich gegenseitig gesagt zu haben, was es zu sagen gab.

»Gibt es hier etwas Warmes für einen armen Alten?«

Matilde zuckte zusammen und wandte sich ruckartig zur Eßzimmertür um. Sie hatte nichts gehört, und daß George Lockridge gerade in diesem Augenblick auftauchte, da sie das Gefühl gehabt hatte, eine neue Grundlage für ihre gemeinsame Zukunft geschaffen zu haben, störte sie zutiefst. Ihre Antipathie gegen den Engländer hatte sich in letzter Zeit geradezu in Feindseligkeit verwandelt. Daß er so einfach in ihrem Haus ein und aus ging, empfand sie als einen unerträglichen Mangel an Respekt, und als sie ihn jetzt sah, beschloß sie, diese ständigen Überfälle abzustellen.

Enea hingegen schien sich über den Besucher zu freuen. Er lud ihn ein, sich mit an den Tisch zu setzen, und bat Saveria, noch eine Tasse zu bringen.

Sie saßen lange stumm da, während Lockridge langsam seinen Kaffee schlürfte, einen Zwieback nahm und ihn eintunkte.

»Ich freue mich, euch zusammen zu sehen«, sagte er dann schließlich und schielte Enea an, vermied es aber, auch Matilde anzusehen. »Wie fühlst du dich?«

Matilde begriff, daß er nicht den Gesundheitszustand ihres Sohnes meinte, sondern etwas anderes Geheimes, das ihr unbekannt war. »Enea geht es nicht gut«, erklärte sie. »Er muß sich behandeln lassen und auch wieder etwas Vernünftiges tun. Notar Colamele würde sich freuen, wenn er wieder bei ihm anfinge.«

Lockridge seufzte tief auf und wandte sich endlich ihr zu. »Du hast immer versucht, deinem Sohn die Wege zu ebnen, aber manchmal müssen sich Mütter, und natürlich auch Freunde, einfach zurückhalten. Jeder Mensch hat das Recht, seinen Schmerz auszuleben und sich sein Dasein so einzurichten, wie er es ertragen kann.«

»Welchen Schmerz denn«, rief Enea aus, und Matilde begriff, daß dieser Einwurf eine versteckte Botschaft für den Engländer enthielt. Als George das Thema wechselte, bestätigte dies nur ihre Vermutung.

Obwohl es draußen in Strömen regnete und das Wasser auf die rauschenden Blätter der Magnolie im Garten nur so herunterprasselte, beschlossen Enea und Lockridge, einen kleinen Spaziergang zu machen. Matilde sagte nichts, aber als Enea hinausging, um seinen Regenmantel zu holen, streckte sie die mit dem Handteller nach oben gekehrte Hand aus und hielt sie Lockridge direkt vors Gesicht. Er sah auf die Hand, hob den Blick auf Matildes Gesicht und sah wieder auf die Hand.

»Das Fest ist aus, wie?« sagte er schließlich.

»Ich würde es nicht gerade ein Fest nennen«, war Matildes Antwort.

George Lockridge faßte in die Manteltasche, zog die Schlüssel vom Hoftor und der Eingangstür des Hauses heraus und ließ sie in Matildes Hand fallen.

»Du wirst es mir nicht glauben«, sagte er noch, »aber ich habe nur versucht, deinem Sohn zu helfen. Und ich möchte behaupten, daß es ohne mich noch schlimmer geworden wäre.«

Enea und der Engländer gingen eng nebeneinander unter Eneas Schirm, der ihnen nicht genug Schutz bot. Eneas linke Schulter war schon ganz gefühllos von den kalten Schauern, und Lockridge konnte kaum verhindern, daß ihm der Regen ins Gesicht schlug.

»Willst du deine Arbeit bei Colamele wieder aufnehmen?« fragte der Engländer schließlich.

»Ich weiß nicht, ich glaube kaum«, erwiderte Enea. »Ich habe noch nicht einmal darüber nachgedacht.«

Sie gingen den Viale Volta hinab Richtung Stadt, die vorüberfahrenden Autos schleuderten das Wasser bis auf den Gehsteig hoch, und ein paar Jungen in roten und gelben Plastikjacken liefen zur Bushaltestelle.

»Deine Mutter möchte es gern«, sagte Lockridge. »Aber an deiner Stelle würde ich es mir gut überlegen. Du bist nicht der Mensch, der sein Leben hinter einem Schreibtisch verbringen darf. Wenn du meine Meinung wissen willst, solltest du für dich allein leben und dich nur noch mit den Dingen beschäftigen, die dich interessieren. Man hat nur ein Leben, und du hast das deine bereits zu einem guten Teil hinter dir. Von einem gewissen Alter an darf man seine Tage nicht mehr so vergeuden, sondern muß jeden einzelnen genießen, weil man nicht sicher sein kann, daß es den nächsten Tag überhaupt noch geben wird.«

Enea blieb stehen und wandte sich ihm mit jenem Gesichtsausdruck zu, den er immer hatte, wenn er sich mißverstanden fühlte.

»Ich habe nicht ungern bei Colamele gearbeitet«, sagte er. »Darum geht es nicht. Es geht auch nicht darum, ob ich allein oder in Gesellschaft lebe. Solange Nanda noch da war, habe ich oft daran gedacht, mit ihr zusammenzuziehen. Ich hatte mir sogar schon ausgemalt, Saveria zu bitten, zu meiner Mutter zu ziehen. Aber was für eine Rolle spielt es jetzt noch, wo ich lebe und mit wem ich lebe. Das eigentliche Problem ist, wie ich überhaupt weiterleben soll.«

23

Matilde merkte, daß das Frühjahr gekommen war, als sie eines Morgens in ihrem Zimmer das Fenster aufmachte und auf dem Hügel drüben zu Füßen der Abtei von Fiesole die weiß blühenden Mandelbäume sah. Sie starrte eine Weile darauf wie auf ein unerklärliches Wunder. Die Wintermonate waren für sie fast unbemerkt vorbeigegangen, und die unvermittelt laue Luft erschien ihr fast bedrückend.

Sie rief Saveria, um ihr zu sagen, daß sie am kommenden Montag mit dem Frühjahrsputz, und zwar zuerst einmal mit den Fenstern, beginnen würden. Die Scheiben irisierten matt im Sonnenlicht, und die Rahmen waren ganz gelb geworden. Sie zerschnitten alte Leintücher und abgetragene Wäschestücke zu Lappen, und Matilde rief in der Drogerie an, um einen neuen Vorrat an Putzmitteln zu bestellen.

Zwei Wochen lang wurden nun Matratzen und Decken auf die Fensterbänke gelegt und die Teppiche im Garten mit der Oberseite nach unten im Gras ausgebreitet. Die Holzfußböden rochen bald nach Wachs, und in der Küche verbreitete scharfer Ammoniakgeruch eine Krankenhausatmosphäre. Schließlich glänzte auch in den hintersten Ecken alles. Außer in den Zimmern über dem Zitronengewächshaus.

»Fragt Signor Enea, wann Ihr sein Arbeitszimmer putzen könnt«, sagte Matilde eines Morgens zu Saveria in einem Ton, der keine Widerrede duldete. Aber trotzdem erwiderte die Hausangestellte genau das, was Matilde zu vermeiden versucht hatte.

»Warum fragt Ihr ihn nicht selbst? Ihr wißt doch, daß Signor Enea mich sowieso gleich wieder wegschickt.«

»Fragt ihn trotzdem«, beharrte Matilde.

Signor Enea sagte natürlich nein, und so war Matilde gezwungen, selber einzugreifen.

»Enea, du mußt uns wirklich nach oben lassen, um dein Arbeitszimmer und die Werkstatt sauberzumachen. Wer weiß, wieviel Staub sich da angesammelt hat. Der Ofen ist bestimmt voller Asche, und auf den Büchern liegt so viel Ruß, daß sie sich nicht mal mehr aufschlagen lassen.«

»Mama«, erwiderte er, »bitte kümmere dich nicht um mein Arbeitszimmer. Dort muß ich leben, und es gefällt mir so, wie es ist.« Der Blick aus seinen himmelblauen Augen wirkte müde. »Ich werde schon lüften und abstauben.«

Matilde wußte, daß er genau das nicht tun würde, aber sie wollte auch nicht allzu aufdringlich wirken. Sie durchlebte diese Periode als eine Übergangsphase und hatte nicht die Absicht, eine rasche Änderung herbeizuzwingen.

Enea ging jetzt wieder jeden Morgen um Viertel nach acht aus dem Hause, als habe er seine Arbeit wiederaufgenommen, Matilde wußte aber genau, daß er sich bei Colamele nicht mehr gemeldet hatte. Zum Abendessen kam er zurück nach Hause, ging aber anschließend regelmäßig direkt in die Räume über dem Zitronengewächshaus, wo er auch einen großen Teil der Nacht verbrachte. Allerdings kam er zwischendurch viele Male herunter, um in der Küche etwas zu trinken oder die Toilette neben seinem Schlafzimmer aufzusuchen und sich danach wieder in seine Höhle zu seinen Sachen zu verkriechen.

An manchen Abenden verließ er das Haus, machte sich ungefähr um elf auf den Weg, und zwar immer mit dem Moped. Er ging jetzt sehr viel weniger zu Fuß als früher. Seine Mutter richtete sich, nachdem er ihr seine Absicht auszugehen mitgeteilt hatte, darauf ein, entweder lesend im Bett oder vor dem Fernsehgerät auf ihn zu warten. Sie hatte entdeckt, daß neuerdings auf manchen Kanälen bis spät in die Nacht Programme liefen, und vertrieb sich auf diese Weise so lange die Zeit, bis sie das Tor quietschen und den Kies unter den Rädern des Mopeds knirschen hörte.

George Lockridge hatte keinen Fuß mehr in ihr Haus gesetzt, und Anrufe hatte Matilde in der ganzen Zeit nur zwei bekommen. Einen von Dono, der sich nach Enea erkundigte und sich sehr besorgt zeigte, als Matilde ihm von dem Heißhunger erzählte, den ihr Sohn seit ein paar Tagen verspürte. Das heißt, es war eher Gefräßigkeit zu nennen. Enea machte sich pausenlos über den Kühlschrank her, naschte zu jeder Tageszeit und trug sogar Kekse und Pralinen in der Tasche herum.

»Sieh zu, daß du ihn zu mir schickst«, schloß Dono. »Polyphagie ist ein alarmierendes Symptom.«

Der zweite Anruf kam von Andreino Colamele, und Matilde war nach einem kurzen peinlichen Moment, weil sie sich so lange nicht bei ihm gemeldet hatte, froh, mit ihm sprechen zu können.

»Enea geht es wieder besser«, verkündete sie. »Langsam, aber sicher erholt er sich.«

»Er ist in der Stadt gesehen worden«, versetzte Colamele, »aber bei mir hat er sich nicht gemeldet. Ich habe gehofft, ihn zu Hause anzutreffen, um ihm einiges zu sagen. Soviel Desinteresse habe ich dann wohl doch nicht verdient.«

»Das ist kein Desinteresse, glaube mir. Gerade gestern abend haben wir über dich gesprochen. Er kommt nur einfach zu keinem Schluß, wie er sein Leben einrichten soll. Dono besteht darauf, daß Enea eine Zeitlang keiner regelmäßigen Beschäftigung nachgeht, solange es ihm gesundheitlich nicht besser geht, aber er ist störrisch. Er würde gern wieder arbeiten. Du wirst sehen, früher oder später, wenn du gerade überhaupt nicht damit rechnest, taucht er wieder in deiner Kanzlei auf.«

»Na, hoffentlich entschließt er sich eher früher als später«, erklärte Colamele. »Er kann sich das ja vielleicht leisten, zu keinem Schluß zu kommen, was sein Leben betrifft, aber ich muß hier meine Kanzlei führen, und wenn er nicht kapiert, daß Arbeit das einzige Heilmittel gegen alle Übel ist, werde ich eben an seiner Stelle einen von diesen jungen Leuten einstellen, die nicht so viele Flausen im Kopf haben und noch energisch zupacken können. Frag ihn jedenfalls, ob ich ihm seine Abfindung nach Hause schicken soll oder ob er sich wenigstens die selber abholt.«

»Ich werde ihn fragen«, murmelte Matilde, von dem demütigenden Gefühl übermannt, eine Niederlage erlitten zu haben.

Andreino Colamele machte eine Pause, bevor er fortfuhr: »Wir zwei verstehen uns auch ohne viel Worte. Du weißt, daß ich es gut meine. Wenn Enea hier weitermachen will, freue ich mich. Schon deshalb, weil wir daran gewöhnt sind zusammenzuarbeiten und uns verstehen. Und dann, ehrlich gesagt, ein wenig auch deinetwegen. Enea ist dazu geschaffen, an einem Schreibtisch zu sitzen und Probleme zu klären, die anderen unlösbar erscheinen. Für manche Dinge ist er einmalig. Sag ihm das, diesem Dickkopf.«

»Das werde ich«, versprach Matilde.

Enea hielt sich zum gleichen Zeitpunkt in der Via de' Renai auf und schluchzte hemmungslos, wobei er ein weißes Angorajäckchen, das Nanda gehört hatte, umklammert hielt. Er hatte Nandas Mutter versprochen, die Sachen, die sich noch in der Wohnung befanden, zusammenzusuchen und zu ihr zu bringen, und als ihm bewußt wurde, wie wenig Dinge Nanda besessen hatte, rührte ihn das zutiefst. Zwei Paar Jeans, ein paar aus der Form geratene Pullover, eine abgetragene Synthetik-Pelzjacke, ein Rock, eine Bluse, der rote Morgenmantel und eine Handvoll Wäsche. Als ihm das weiße Jäckchen in die Hände geriet, das Nanda nie tragen wollte, weil die Angorahärchen sie in der Nase kitzelten, setzte er sich aufs Bett und fing an zu weinen, zuerst leise, dann immer heftiger schluchzend.

Er hatte in einem Kaufhaus einen großen Stoffkoffer erstanden, und als er jetzt die sorgfältig zusammengelegten Kleidungsstücke darin verstaute, sah er, daß er den Koffer nicht einmal halb damit füllen konnte. Er ging ins Bad, nahm den hellblauen Baumwollbademantel mit Wabenmuster vom Haken, ergriff die Haarbürste, zwischen deren Borsten noch ein paar blonde Haare steckten, und hob die Seife vom Boden auf. Er betrachtete das alles ein paar Sekunden lang und beschloß dann, es zurückzulassen. Er konnte es sich nicht genau erklären, aber er ahnte, daß diese Dinge, die letzten, die Nanda vor ihrem Tod noch benutzt hatte, besonders heftigen Schmerz auslösen würden.

Als Nanda in die Via de' Renai gezogen war, hatte sie einen langen Beutel aus gelb-blau gestreiftem Akrylgewebe mitgebracht, der jetzt leer an der rechteckigen Garderobe hinter der Eingangstür hing. Enea nahm ihn, steckte den Bademantel, die Seife und die Haarbürste hinein und hängte den Beutel wieder an seinen Platz.

Er schloß den Koffer und ging zur Tür. Bevor er hinaustrat, sah er sich noch einmal um.

Bis zu diesem Morgen war alles in der Einzimmerwohnung unberührt geblieben, sogar die beiden mit Ei verklebten Teller im Spülstein und die aufgeschlagen auf dem roten Ziegelboden neben dem Bett liegende Zeitschrift. Und doch wirkte es nicht so, als könnte Nanda jeden Augenblick zurückkommen. Die Atmosphäre war erloschen, der Tod hatte sie zerstört.

»Guten Tag, bitte kommen Sie herein.«

Nandas Mutter empfing Enea wie immer zuvorkommend und mit wispernder Stimme, als fürchte sie, jemanden aufzuwecken. Als sie den Koffer sah, machte sie nicht einmal eine Geste, ihn in Empfang zu nehmen, sondern deutete nur auf den Boden, wo Enea ihn abstellte, bevor er ihr ins Wohnzimmer folgte.

Der Ecktisch war mit einem weißen Tischtuch mit Kreuzstickerei, zartblau und gold umränderten Porzellantellern, Kristallkelchen, silbernen, symmetrisch neben den Tellern liegenden Bestecken und dreieckig gefalteten Servietten gedeckt.

»Ich hoffe, daß Sie zum Essen bleiben«, sagte Nandas Mutter, während sie sich neben Enea aufs Sofa setzte. »Mein Mann muß jeden Augenblick kommen.«

Sie war beim Friseur gewesen, und ihr Gesicht wirkte ein wenig entspannter. Sie trug eine rosa Flanellbluse mit kleinen Stickereien vorne und am Kragen und einen blauen Faltenrock, was sie ungewöhnlich jugendlich wirken ließ. Mit ihrem kurzen, sanft gewellten braunen Haar und den mit einem zarten graublauen Strich nachgezeichneten Augen sah sie aus wie ein junges Mädchen. Enea rechnete nach, daß sie wohl so um die vierzig war, und diese Feststellung bestürzte ihn. Nandas Mutter war jünger als er, und ihr Vater wahrscheinlich ebenfalls.

Aber nachdem er den ersten Schrecken über sein fortgeschrittenes Alter überwunden hatte, erfaßte ihn um so tiefere Dankbarkeit, daß es ihm vergönnt gewesen war, mit Nanda zu leben.

24

Der Junge weiß nicht, was mit ihm geschieht. Er weiß nur, daß er fliehen muß.

In dem orangefarbenen Zelt, in dem er bis vor wenigen Augenblicken in den Armen seiner Freundin geschützt wie in einem sicheren Schoß lag, ist die Hölle los.

Sie sind vor ein paar Tagen aus Frankreich gekommen, um hier ruhige Ferien zu verbringen, von denen sie schon lange geträumt haben, und jetzt verwandelt sich der Traum in ein Blutbad. Sie haben sich gerade geküßt, als er ein hartes Ratschen hört, das ihn zwingt, den Kopf zu wenden und seine Lippen von den ihren zu lösen. Durch die Plastikluke an der hinteren Zeltwand starren ihn zwei Augen an, während eine lange Klinge das Zelt mit einem einzigen Streich aufschlitzt.

Der Junge überträgt seine Angst auf das Mädchen, sie erstarrt, reckt den Hals, um besser sehen zu können, und folgt seinem Blick. Dann sind die Augen des Mannes verschwunden. Lediglich die beiden Zipfel des zerfetzten Zeltes und die nur noch an einem schmalen Streifen der Plane hängende Luke sind zu erkennen. Die beiden Zipfel schaukeln leicht im Wind.

Das junge Paar starrt durch die Öffnung in die schwarze Nacht vor dem orangefarbenen Zelt. Als der erste Schuß fällt, sehen sie noch immer in die Richtung und nehmen den Mann nicht wahr, der sich von der anderen Seite herangeschlichen hat. Er ist so groß, daß er auf allen vieren herankriechen mußte. Die Kugel trifft den Jungen am Arm, die beiden nächsten Schüsse, die rasch aufeinanderfolgen, scheinen ihn an derselben Stelle treffen zu wollen. Der vierte streift seine Lippe und reißt sie ihm auf bis unter die Nase. Mit dem Mund voller Blut zieht der Junge seine Beine zwischen denen des Mädchens hervor, stützt sich auf die Knie, schüttelt den Kopf und spritzt dabei große rote Blutkleckse auf ihren Körper und die Luftmatratze, dann geht er mit Armen und Beinen in Position wie ein Hundertmeterläufer vor dem Start und schnellt durch den klaffenden Spalt hinaus ins Freie. Er rollt im Gras, rafft sich auf und läuft in die Dunkelheit. Die Schüsse, acht an der Zahl, wie ein einziges langes Donnergrollen, dröhnen noch in seinen Ohren.

Er liebt seine Freundin, doch in diesem Augenblick denkt er nicht an sie. Er denkt an gar nichts. Vor ihm erhebt sich plötzlich massiges Gebüsch, er stößt darauf, streckt die Hände aus, zerkratzt sich Handflächen und Arme und versucht, es zu umrunden, wobei er sich von seiner Erinnerung automatisch nach links leiten läßt, wo das Gebüsch am Wegrand endet.

Als er sich umdreht, steht der Mann vor ihm, mindestens zwanzig Zentimeter größer als er, ein riesiger Schatten, den der Junge im schwachen Lichtschein, der aus dem Spalt im Zelt auf die Hecke fällt, kaum erkennen kann.

Er dreht sich um die eigene Achse, die Klinge dringt in seinen Rücken, wird wieder herausgezogen. Der Junge spürt nur einen starken Hieb, der ihm den Atem raubt. Er meint, der Mann habe ihn mit der Faust getroffen, und dreht sich um, um ihn abzuwehren. Diesmal dringt das Messer in seinen Unterleib, zerfetzt sein

Fleisch, das wie Feuer brennt. Er reißt den Mund auf, um zu schreien, aber sein Schrei wird von der Klinge erstickt, die in die Halsschlagader dringt.

Mit einem Gurgeln fällt der Junge ins Gras, sein Blut spritzt auf die Büsche und übersät sie mit roten Flekken.

Der Mann beobachtet ihn eine ganze Weile, und als er sieht, daß der Junge sich nicht mehr rührt, macht er ein paar unsichere Schritte auf drei leere Lackkanister zu, die neben ein paar schwarzen Plastikmüllsäcken an einem Baumstumpf lehnen. Er legt die Müllsäcke über die Leiche, als wollte er sie verstecken, und stülpt obendrauf die drei Kanister.

Dann kehrt er zum Zelt zurück. Die Frau ist inzwischen tot, ihr Gesicht von den drei Kugeln, die sie in den Kopf getroffen haben, völlig entstellt, die linke Seite ihres Brustkorbs durchtränkt vom Blut aus der Wunde, die der vierte Schuß verursacht hat. Der Mann kniet nieder und beugt sich durch den Spalt, packt die Frau an den Beinen und zerrt, während er langsam zurückweicht, so lange, bis der Körper ganz draußen ist. Er legt das große Messer auf den Boden, zieht eine feinere und schärfere Klinge heraus und macht sich geduldig ans Aufschlitzen, umreißt zuerst die linke Brust, dann die Scham.

Er murmelt leise vor sich hin, während sich seine großen Hände geschickt bewegen, einschneiden, loslösen und die Trophäen auf dem Gras niederlegen.

Der Mann entfernt sich von seinem Opfer, betrachtet es, und was er in dem orangeroten Lichtschein, der aus dem Zeltinneren direkt auf den Leichnam fällt, sieht, gefällt ihm nicht. Er stößt einen langen Seufzer aus, packt die Frau wieder an den Füßen und zerrt sie, eine lange Blutspur hinter sich lassend, zurück ins Zelt, wo er sie auf die Luftmatratze legt. Als er herauskommt, schließt er den Zelteingang sorgfältig und geht auf die andere Seite, um auch die aufgeschlitzte Stelle zu verschließen. Dabei legt er die beiden Zipfel so übereinander, daß die Plastikluke nicht im Wind baumeln kann.

Schließlich sammelt er seine Trophäen und seine Mordwerkzeuge auf und entfernt sich mit großen müden Schritten auf dem Weg, der sich hinter dem Buschwerk im offenen Feld verliert.

»Enea! Enea, wach auf!«

Matilde riß die Tür zum Schlafzimmer ihres Sohnes mit solcher Wucht auf, daß sie gegen die Wand schlug, und dann stand sie neben dem Bett und schüttelte Enea, der noch in tiefem Schlaf lag.

Er schlug die Augen auf, hob die Arme schützend vor den Kopf und brummte, sie solle ihn in Frieden lassen.

Matilde aber gab sich nicht geschlagen, sondern schüttelte ihn weiter und schrie ihn an, er solle endlich zu sich kommen, sie habe mit ihm zu reden, und hörte erst auf, als sie sah, daß er die Hände auf die Matratze stützte und sich mit den Schultern am Kopfteil des Bettes hochschob, bis er aufrecht dasaß.

»Was regst du dich denn so auf?« murrte er noch ganz verschlafen und mit hängendem Kopf. »Ich habe bis zum frühen Morgen kein Auge zugetan.«

»Wo bist du neulich nachts gewesen?« beharrte Matilde. Jetzt, da sie ihren Sohn ansprechen konnte, kam sie sich plötzlich wie eine wildgewordene Furie vor und bemühte sich, einen vernünftigeren Ton anzuschlagen. Aber ihre Stimme klang immer noch schrill. »Versuche, dich zu erinnern.«

Enea sah unter seinen verquollenen Lidern hervor und hatte Mühe, den Sinn ihrer Worte zu erfassen und entsprechend zu antworten. »Keine Ahnung. Ich weiß ja nicht mal, was heute für ein Tag ist.«

»Heute ist Dienstag«, sagte Matilde. »Und ich spreche von Freitag.«

»Wie soll ich mich erinnern, was ich am Freitag abend gemacht habe? Wenn ich nicht zu Hause war, werde ich wohl herumgefahren sein. Vielleicht habe ich jemanden getroffen und mich eine Weile mit ihm unterhalten. Findest du das etwa normal, mich so zu wecken, um mich zu fragen, wo ich gewesen bin?« fragte er schließlich in jammerndem Ton.

»Ich weiß, ich weiß«, murmelte Matilde. »Einer, der gerade aus dem Schlaf kommt, mag das wahnsinnig finden. Aber ich bin schon seit sechs Uhr auf und habe die Frühnachrichten gehört.«

»Ja und?« fragte Enea, der jetzt mit einemmal ganz wach wirkte.

»Sie haben wieder zwei Leichen gefunden, oben bei den Scopeti, nur zwei Schritte von San Casciano entfernt, wo deine Vettern wohnen.«

Matilde trat von seinem Bett zurück und empfand ihr Eindringen plötzlich als peinlich. Mit fest aneinandergepreßten Händen und zusammengekniffenen Lippen machte sie ein paar Schritte im Zimmer umher.

»Hast du Angst, daß es sich bei den beiden Leichen um meine Vettern handelt?« fragte Enea. Sein Gesichtsausdruck war jetzt spöttisch, fast mitleidig.

»Keineswegs«, erwiderte Matilde. Sie blieb einen Augenblick vor der Kommode stehen und betrachtete sich im Spiegel. Sie verabscheute sich dafür, daß sie so unbeherrscht gewesen war und nicht vernünftig nachgedacht hatte. »Ich mache mir Sorgen«, sagte sie leise. »Wenn du nachts in der Gegend herumfährst, mache ich mir einfach Sorgen.« Sie rückte das Deckchen auf dem Zinntablett zurecht, auf dem neben zwei Spritzen in Originalverpackung das Insulinfläschchen stand. »Du magst mich für verrückt halten, aber wenn ich weiß, daß du in der Dunkelheit herumirrst, drängen sich mir unwillkürlich immer Todesgedanken auf.«

Enea wurde wieder ernst, nickte und sagte dann einen seiner merkwürdigen Sätze: »Du hast schon recht, ich gehe tatsächlich mit dem Tod um, wenn ich durch die Dunkelheit irre.«

»... ist ein grausiger Fund gemacht worden«, sagte der Nachrichtensprecher auf der Mattscheibe. »In derselben Nacht, in der der letzte Doppelmord geschah, hat der Mörder einer Richterin der Stadt einen Brief geschickt.« Pause. »In dem Umschlag befand sich eine Materie, die zunächst für ein Stück Marihuana gehalten wurde, da die Richterin schon seit Monaten Untersuchungen in der Drogenszene führt. In Wirklichkeit handelte es sich aber um ein getrocknetes Stück einer weiblichen Brust.«

Matilde hielt sich die Ohren zu und dachte, daß so schreckliche Nachrichten nicht bekanntgegeben werden dürften. Sie stand auf, um das Gerät abzuschalten, blieb aber dann mit erhobener Hand wie angewurzelt stehen, als sie hörte, was der Sprecher weiter sagte.

»Der Umschlag wurde vom selben Briefkasten aus abgeschickt, unter dem jene zweite Kugel vom Kaliber

.22 gefunden wurde, die der Mörder dort hinterlassen oder verloren hat.«

Nun schaltete Matilde tatsächlich ab und wandte sich um, weil sie wußte, daß sie etwas suchen mußte. Sie blickte sich um und versuchte sich zu erinnern, was ihr in den Sinn gekommen war, als sie sich in Bewegung gesetzt hatte. Irgendein Satz im Fernsehen hatte sie darauf gebracht, aber was genau es gewesen war, wollte ihr nicht mehr einfallen. Also kehrte sie vor das Fernsehgerät zurück und starrte auf die erloschene Mattscheibe, um sich jedes Wort, das sie gerade gehört hatte, noch einmal ins Gedächtnis zu rufen.

Die Kugel vom Kaliber .22.

Jetzt wußte sie es wieder.

Schon nach dem letzten Mord war in Matildes Kopf ein versteckter Gedanke aufgeblitzt, der sich zwar immer wieder in ihr zu regen schien, aber nie wirklich über die Bewußtseinsschwelle gekommen war. Sie hatte auch nicht die geringste Anstrengung gemacht, eine Erklärung dafür zu suchen, warum es ihr immer dann, wenn von den Kugeln die Rede war, einen so schmerzhaften Stich ins Herz gab. Vielleicht, so sagte sie sich jetzt, hatte sie unbewußt versucht, einer genaueren Nachforschung auszuweichen, da sie fürchtete, eine äußerst leidvolle Entdeckung zu machen. Aber jetzt endlich wurde ihr klar, was sie innerlich so in Unruhe versetzte, und sie beschloß, der Sache auf den Grund zu gehen.

Als sie abends beim Essen saßen und Matilde schon ahnte, daß Enea noch weggehen würde (er hielt sich länger im Eßzimmer auf und ging nicht gleich nach oben in sein Arbeitszimmer, wie er es tat, wenn er zu Hause blieb), legte sie sich einen Plan zurecht. Während sie wie mechanisch einen Apfel schälte, ließ sie ihren Gedanken freien Lauf, die plötzlich von jeder Fessel befreit schienen, und überdachte ihr Vorhaben in allen Einzelheiten.

Sie hatte die Zeitungen der letzten Tage, die voll mit Berichten über die Liebespaarmorde waren, alle aufgehoben. Vor allem in einem Blatt war noch einmal von einem Detail die Rede gewesen, das, wie Matilde jetzt genau wußte, den Beweis bringen konnte, den Andreino Colamele gemeint hatte.

Sie dachte nicht soweit, daß sie dieses Detail bis jetzt absichtlich verdrängt haben könnte, um zu versuchen, sich dem Unvermeidlichen zu entziehen, sondern wunderte sich ganz einfach, daß sie nicht schon früher darauf gekommen war.

Gleich nachdem Enea das Haus verlassen hatte, ging sie in ihren kleinen Salon, nahm die zusammengefalteten Zeitungen von der Etagere und suchte nach der entsprechenden Nachricht. Sie fand sie in der ersten Zeitung, die sie aufschlug.

Die von dem Mörder benutzten Kugeln gehörten einem Typ an, den es heute praktisch nicht mehr gab. Sie hießen Winchester H, stammten aus einer zwischen 1952 und 1956 in Australien produzierten Partie und waren zwischen 1961 und 1965 nach Italien eingeführt worden. Mit Sicherheit gab es von diesen Kugeln nur noch sehr wenige.

Sie faltete die Zeitung zusammen, legte sie mit den anderen wieder weg und betrat Nannis Arbeitszimmer. Obwohl jeden Morgen gelüftet wurde, roch es hier immer muffig, ja geradezu streng von all dem an den Buchrücken hängenden Staub.

Matilde wußte, wo sie suchen mußte. Sie machte die

linke Tür des Bücherschrankes auf, schob die Hand in die Lücke, die zwischen den Bänden entstanden war, als Enea einige davon mit hinauf in sein Arbeitszimmer genommen hatte, fuhr mehrmals nach links und nach rechts und stieß gegen die Ledereinbände, fand aber nichts. Dann erinnerte sie sich wieder. Die Schachteln, die sic suchte, befanden sich schon lange nicht mehr im Bücherschrank. Enea hatte sie wahrscheinlich damals mit nach oben genommen, als er die Bücher sortierte und diejenigen, die er als sein Eigentum betrachtete, von denen trennte, die im Arbeitszimmer im Erdgeschoß bleiben sollten.

Sie wäre lieber nicht noch einmal in die Räume über dem Zitronengewächshaus hinaufgegangen. Schon der Gedanke, dort in dunkler Nacht allein hinaufsteigen zu müssen, versetzte sie in höchste Angst. Sie wußte, daß sie nach dieser letzten Inspektion der Wahrheit ins Auge sehen mußte. Minutenlang zögerte sie, aber dann sagte sie sich, daß sie nun einmal beschlossen hatte, der Sache auf den Grund zu gehen. Also ging sie in die Küche und nahm den Messingring mit den beiden Schlüsseln vom Haken an der Anrichte.

Im Flur machte sie nur die Wandleuchte in der Ecke an. Diese verbreitete äußerst spärliches Licht, denn eine der beiden Glühbirnen war durchgebrannt, und niemand im Hause hatte Lust oder Zeit gehabt, sie zu ersetzen. Matilde hatte sowohl Saveria als auch Enea dazu aufgefordert, doch keiner hatte etwas unternommen. Steif und mit erzwungener Langsamkeit ging Matilde über den feindlichen Flur, der Absolution ihres Sohnes oder aber dem endgültigen Beweis seiner Schuld entgegen.

Im Arbeitszimmer oben machte sie die Stehlampe an

und trat auf den Tisch zu. Das Zimmer war ungewöhnlich ordentlich, alle Flächen waren abgestaubt, und Kugelschreiber und Bleistifte steckten in einem Zinnbecher. Die Bücher lagen zwar noch überall auf den Möbelstücken, aber sie waren in regelmäßige kleine Stapel geordnet. Die Papiere waren in hellblauen Mappen verstaut, die mit dunkelgrüner Tinte in Druckbuchstaben beschriftet waren, so daß jeder ihren Inhalt sofort erkennen konnte.

Alles wirkte, als habe Enea beschlossen, nicht die geringste Unordnung zu hinterlassen, um anderen, falls es je dazu kam, die Mühe zu ersparen, all den Papierkram durchsehen und sortieren zu müssen. Matilde stand ein paar Minuten mit gerunzelter Stirn da und versuchte, sich diesen sonderbaren Umstand zu erklären, aber dann rüttelte sie sich auf.

Sie zog die erste Schublade links heraus, was ihr nur unter heftigem Zerren gelang, und sah sofort die grauen Schachteln mit den im Laufe der Jahre verblaßten gelben Etiketten. Sie füllten fast die ganze hintere Hälfte der Schublade aus, und als Matilde ein paar davon hochhob, bemerkte sie, daß es volle und leere Schachteln gab. Nanni hatte sie vor über zwanzig Jahren gekauft, damals war er eines Abends mit einem großen Karton nach Hause gekommen, der ebenfalls grau und mit einem gelben Etikett versehen gewesen war, das den ganzen Deckel einnahm. Er hatte die Eigenschaften dieser Kugeln gelobt, er und Enea hatten sogar darüber gelacht und sich vorgenommen, sie nächstes Mal in Impruneta im Wald auszuprobieren.

Matilde hob eine der Schachteln unter das Licht der Stehlampe und setzte die Brille auf, die sie an einer Kette um den Hals trug.

Der erste Buchstabe jedes Wortes war in komplizierter Jugendstilschrift gedruckt, die sie erst entziffern konnte, nachdem sie die übrigen Buchstaben gelesen hatte.

»Winchester H. Made in Australia.«

Sie legte die Schachtel zu den anderen zurück, schloß sorgfältig die Schublade und löschte das Licht.

25

»Soll ich für Signor Enea decken?« fragte Saveria an der Tür zu dem kleinen Salon.

»Natürlich«, erwiderte Matilde, ohne sich nach ihr umzudrehen. Dann setzte sie hinzu: »Warum fragt Ihr?«

»Signor Enea ist letzte Nacht nicht nach Hause gekommen.«

Matilde faltete die Zeitung zusammen, legte sie auf den Schreibtisch und glättete sie mit den Händen. »Richtig, er ist nicht nach Hause gekommen«, wiederholte sie murmelnd. »Also, dann nicht. Bringt mir einen Kaffee und laßt das Tischdecken.«

Als sie Saverias Schritte im Flur hörte, nahm sie auch die Zeitungen der letzten Tage, die sie auf der Etagere aufbewahrt hatte, und legte sie in zwei ordentlichen Stapeln über die, die sie gerade zusammengefaltet hatte, auf den Schreibtisch vor dem Fenster. Sie sah durch die Eichenäste, die sich in Augenhöhe vor ihr ineinander verschränkten, zu dem grünen Hügel und nach Fiesole hinüber. Sie mußte sich zwingen, nicht nachzudenken.

»Hier ist der Kaffee«, sagte Saveria.

Als die Hausangestellte sah, daß der Schreibtisch voller Zeitungen lag, stellte sie das Tablett auf das Tischchen neben dem Fernsehgerät.

Matilde wandte sich langsam um, deutete auf die Zeitungen und sagte zu Saveria: »Tragt die weg, sie können noch zum Fensterputzen dienen. Ihr könnt sie in die Garage tun.«

Sie schenkte sich den Kaffee ein, fügte ein halbes Löffelchen Zucker und ein paar Tropfen Milch hinzu und trank ihn lustlos aus. Er war nicht heiß genug, was ihr aber nicht auffiel. Enea war nicht nach Hause gekommen, und darüber war sie fast erleichtert, denn sie hätte nicht gewußt, wie sie ihrem Sohn an diesem Morgen hätte begegnen sollen.

Als sie ihren Kaffee ausgetrunken hatte, ging sie in ihr Schlafzimmer und machte den Kleiderschrank auf, um eine Jacke herauszuholen. Sie wollte aus dem Haus gehen, hatte aber keine Lust, sich ganz umzuziehen. So entschloß sie sich für eine dreiviertellange, dunkelblaue Jacke, unter der sich der hellblaue Pullover, den sie gewöhnlich zu Hause trug, sowie der an den Hüften leicht aus der Form geratene dunkelgraue Wollrock verbergen ließen.

Sie kündigte Saveria an, daß sie gleich wieder zurückkäme, durchquerte die kleine Allee mit langsamen Schritten, öffnete das Tor und betrat den Gehsteig: eine vornehme Dame mit noch immer schlanken Beinen und schön nach hinten gekämmtem Haar, das sich im Nacken zu kleinen Locken rollte.

Als sie die Apotheke betrat, wurde sie von dem alten Gehilfen höflich begrüßt. »Guten Tag, Signora Monterispoli. Wir haben Sie ja lange nicht mehr gesehen. Was für ein wunderschöner Frühling, nicht wahr?«

»Ja, wirklich schön«, sagte Matilde. »Ist der Doktor da?«

»Ich dürfte es Ihnen ja gar nicht sagen, aber wissen Sie, in letzter Zeit kommt er nur noch nachmittags. Er kann einfach nicht mehr den ganzen Tag in der Apotheke stehen.« Der Gehilfe war mager und vornehm, und hätte ihm nicht das Ärzteabzeichen an seinem weißen Kittel gefehlt, hätte man ihn ohne weiteres für den Apotheker halten können. Er arbeitete schon seit zwanzig Jahren hier und kannte sich aus wie ein Arzt.

»Da hat er völlig recht«, meine Matilde. »Wenn man in ein bestimmtes Alter kommt, muß man langsam die Segel streichen. Haben Sie Rosenwasser?«

»Ja, natürlich, sogar das beste, das es gibt, wenn ich mir die Bemerkung erlauben darf.« Der Gehilfe wandte sich um und nahm einen kleinen blauen Flakon von einem Regal. »Noch etwas?«

Matilde veneinte, dann schien ihr aber doch noch etwas einzufallen: »Da ich gerade hier bin, ist es vielleicht besser, ich nehme gleich noch das Insulin für meinen Sohn mit, das schnelle. Er hatte gestern früh nur noch ein Fläschchen, und ich möchte nicht, daß es ihm ausgeht.«

»Er nimmt aber doch das mittlere, wenn ich mich nicht irre«, sagte der Gehilfe und wandte sich dem rückwärtigen Teil der Apotheke zu.

»Nein, nein, das schnelle«, rief ihm Matilde hinterher.

Der Gehilfe blieb zögernd stehen und drehte sich halb nach ihr um.

»Sind Sie sicher? Ich meine, er nimmt das mit mittlerer Wirkungsdauer.«

»Ja, stimmt, das hat er bisher genommen. Aber nach den letzten Untersuchungen hat Dr. Morigi ihm das schnell wirksame verschrieben. Actrapid glaube ich, hat er gesagt.«

Der Gehilfe drückte auf den Knopf, um die Regale in

Bewegung zu setzen, und als er vor Augen hatte, was er suchte, nahm er eine kleine Packung heraus und kehrte an den Verkaufstisch zurück. »Haben Sie das Rezept, Signora Monterispoli?«

»Eben nicht«, erwiderte Matilde. »Das hat mein Sohn. Ich wollte ihm den Weg einfach abnehmen, weil er in diesen Tagen so beschäftigt ist, daß er nur noch in den Wolken schwebt. Er hätte ganz sicher vergessen, es zu besorgen.«

»Aber daß er unbedingt das Rezept vorbeibringt«, sagte der Gehilfe. »Ich dürfte es Ihnen so eigentlich gar nicht geben, das wissen Sie.«

»Keine Angst, er bringt es Ihnen das nächste Mal mit.«

Als Matilde nach Hause kam, zog sie die Jacke aus und hängte sie wieder in den Schrank, packte das Päckchen mit dem Rosenwasser und dem Insulin aus, nahm das Fläschchen aus der Schachtel und sah sich das Etikett an. Es war gelb, während sein übliches Insulin ein orangefarbenes Etikett hatte. Sie blieb einen Augenblick unentschlossen stehen, als sie das unberührte Bett sah. Sie hatte ganz vergessen, daß Enea in der letzten Nacht nicht nach Hause gekommen war. Sie machte ein paar Schritte auf das Bett zu, zögerte wieder und entschloß sich dann, zur Kommode hinüberzugehen. Sie ergriff das Insulinfläschchen mit dem orangefarbenen Etikett und stellte statt dessen das gerade von ihr gekaufte hin, wobei sie darauf achtete, daß das Etikett zur Wand gedreht war. Das Fläschchen, das sie von dem Tablett genommen hatte, steckte sie in die Tasche, dann ging sie in die Küche, wo Saveria gerade das Gemüse für die abendliche Suppe zerkleinerte. Allein wollte sie jetzt nicht sein.

»Kommt Signor Enea denn zum Abendessen?« fragte die Hausangestellte. Ihr Gesicht war ernst, und sie hielt einen Augenblick in der raschen Bewegung des Wiegemessers inne, um ihrer Herrin einen fragenden Blick zuzuwerfen.

»Wir wollen es hoffen«, erwiderte Matilde und streckte die Hand nach ein paar Erbsen aus, die sie auszuschoten begann.

»Und wenn er nicht zurückkommt?«

Der besorgte Ton Saverias überraschte Matilde, sie unterbrach ihre Arbeit, um sie anzusehen. »Warum sollte er denn nicht zurückkommen?« fragte sie.

Saveria zuckte mit den Achseln und hantierte wieder mit dem Wiegemesser auf dem Schneidebrett. »Seit ich hier arbeite, ist er nur selten nachts nicht nach Hause gekommen.«

»Es wird ihm so lieber sein«, murmelte Matilde so leise, daß Saveria sie nicht verstand. Und fuhr fort: »Signor Enea ist ein erwachsener Mann. Er muß wissen, was er tut.«

Solange Saveria noch im Hause war, brachte Matilde die Zeit irgendwie herum, aber als die Hausangestellte gegangen war, stand sie nur noch in ihrem Schlafzimmer am Fenster, lehnte die Stirn an die Scheibe und zählte die Minuten, während sie auf die kleine Allee starrte. Zum ersten Mal bedauerte sie, sich nicht mit George Lockridge in Verbindung setzen zu können. Er hätte ihr sicher sagen können, wo sich Enea im Moment aufhielt. Aber da der Engländer kein Telefon besaß, wußte Matilde nicht, wie sie ihn erreichen sollte.

Als es neun wurde, dachte sie schon, daß Enea nicht mehr kommen würde. Seit einer Stunde saß sie wartend vor ihrem Teller und zerkrümelte Brot, und gerade, als sie sich entschloß, mit dem Essen anzufangen, hörte sie das Tor quietschen und Schritte vor dem Haus. Sie kehrte die Krümel von ihrer Serviette mit der einen Hand in die andere und ließ sie in ihren Teller fallen.

»Entschuldige, Mama«, sagte Enea an der Tür zum Eßzimmer. »Ich gehe nur noch schnell in mein Zimmer und komme dann gleich«.

Matilde ging in die Küche, um die auf dem Herd warmgehaltene Suppe in die Schüssel zu füllen, stellte sie auf den Tisch und setzte sich wieder hin. Es vergingen viele Minuten, bis Enea kam.

An jenem Abend rührte Matilde das Essen nicht an, sondern starrte nur lange ins Leere. Als sie ihren Blick schließlich auf Enea richtete, sah sie, daß ihrem Sohn der Schweiß auf der Stirn stand und er unruhig auf seinem Stuhl hin und her rutschte.

»Fühlst du dich nicht wohl?« brachte sie schließlich heraus.

»Nein, gar nicht« murmelte Enea mit Mühe. Er wackelte mit dem Kopf, und sein Atem ging keuchend. »Am besten gehe ich gleich ins Bett.«

Er stand auf, wobei er sich mit ausgestreckten Armen auf die Tischkante stützte, aber erst nach langen Sekunden gelang es ihm, sich umzudrehen und auf die Tür zuzuwanken. Er verfehlte die Öffnung und stieß gegen den Türrahmen, wo er eine weitere lange Minute mit dem Gesicht am Holzpfosten stehenblieb, bis er sich endlich aufraffte und hinausging. Mit schleifenden Schritten überquerte er den Läufer, der den Fußboden des Flurs bedeckte.

Nun erhob sich auch Matilde, innerlich wie zu Stein

erstarrt. Sie goß sich ein halbes Glas Wasser ein, ging in ihren kleinen Salon, schloß die Tür sorgfältig, betrat ihr Schlafzimmer, schloß auch dessen Tür und holte aus ihrer Nachttischschublade die Schlaftablette, die sie schon am Nachmittag bereitgelegt hatte. Sie steckte sie in den Mund und schluckte sie mit dem Wasser aus dem Glas, das sie in einem Zug leerte, hinunter.

Da sie einen leeren Magen hatte und sich in der kurzen Zeit, seit sie zu Schlafmitteln griff, immer nur mit einer halben Tablette begnügt hatte, trat die Wirkung rasch ein.

Sie hatte kaum Zeit, sich fürs Bett vorzubereiten, unter die Decke zu schlüpfen und Gott um Vergebung zu bitten, als sie auch schon schlief.

Am nächsten Morgen wachte sie eine halbe Stunde früher als gewöhnlich mit völlig klarem Kopf auf. Sie wartete, bis Saveria kam und der Frühstückstisch gedeckt war, ließ noch ein wenig Zeit verstreichen und ging schließlich in die Küche, um zu ihrer Hausangestellten zu sagen: »Wir müssen Signor Enea rufen.«

»Warum wollt Ihr ihn extra rufen? Er ist doch immer noch von alleine aufgewacht.«

Wenn Saveria etwas nicht tun wollte, war sie mit nichts dazu zu bewegen.

»Wir sind heute spät dran«, sagte Matilde. »Außerdem können wir auch nicht ständig den Kaffee und die Milch neu aufwärmen.«

Aber sie wußte, daß die Reihe an ihr war.

Sie hatte eine genaue Vorstellung von dem Anblick, der sich ihr im Zimmer ihres Sohnes bieten würde. Das Erscheinungsbild des Diabetikerkomas war ihr wohlbekannt.

Das Bett war zerwühlt, Laken und Decken waren am Fußende zusammengeknüllt, das Kopfkissen lag am Boden, schien durch die Heftigkeit der Konvulsionen heruntergeschleudert worden zu sein. Von der Tür aus konnte man nur Eneas Beine auf der Matratze sehen. Der übrige Körper lag, mit dem Gesicht auf dem Teppich und weit auseinandergerissenen Armen, auf dem Fußboden. Pyjamajacke und Unterhemd waren bis zu den Schultern hinaufgerutscht, so daß der weiße Rükken entblößt war.

Matilde schloß die Augen, und als sie sie wieder aufschlug, stand sie schon vor der Kommode. Aus der Tasche ihrer Wolljacke holte sie das Fläschchen Insulin mit dem orangefarbenen Etikett, tauschte es gegen das andere auf dem bestickten Deckchen aus und steckte das Fläschchen mit dem gelben Etikett in die Tasche.

Als sie aus dem Zimmer ging, ließ sie die Tür offen und durchquerte leicht wankend den Flur. Sie betrat die Küche, und Saveria sah sofort, daß etwas sehr Schlimmes passiert sein mußte. Matilde fuhr mit der Hand durch die Luft, brachte aber kein Wort über die Lippen. Saveria ging besorgt auf sie zu.

»Ruft meinen Schwager im Krankenhaus an«, brachte Matilde hervor. »Sagt ihm, es sei dringend, er möge sofort kommen. Meinem Sohn geht es schlecht … Mein Sohn ist tot.«

Dono Monterispoli kam mit Dr. Morigi. Ein Blick auf Matildes Gesicht überzeugte ihn, daß jede Frage überflüssig war. Er faßte seinen Kollegen am Ellbogen und führte ihn in Eneas Schlafzimmer. Die beiden blieben gerade so lange, wie sie brauchten, um den Tod festzustellen und die Leiche aufs Bett zu legen. Dann kehrten sie zu Matilde zurück, die mit verschleiertem Blick in einem Sessel im Wohnzimmer saß, und nahmen nebeneinander auf dem Sofa Platz.

»Leider war deine Befürchtung richtig, Matilde«, murmelte Dono. »Enea ist tot.« Er räusperte sich, da seine Stimme bei dem letzten Wort heiser geworden war. »Haben Sie heute nacht nichts gehört?« fragte Dr. Morigi. »Bei einem so schweren Anfall hat er bestimmt ziemlich viel Lärm gemacht.«

»Mein Schlafzimmer befindet sich am anderen Ende des Flurs«, erwiderte Matilde und deutete in Richtung ihres Zimmers. »Außerdem liegt zwischen dem Flur und meinem Zimmer noch ein anderer Raum, und aus alter Gewohnheit schließe ich immer beide Türen. Und dann habe ich gestern abend, wie in letzter Zeit des öfteren, eine Schlaftablette genommen.«

Dono Monterispoli und Dr. Morigi bewunderten ihre würdevolle Haltung.

»Du brauchst dir keine Sorgen zu machen«, sagte ihr Schwager nach kurzem Schweigen. »Ich kümmere mich um alles, Urkunden, Bestattung, Anzeigen.«

Matilde fuhr hoch. »Anzeigen? Willst du wirklich Anzeigen aufgeben? Mir wäre es lieber, wenn die Nachricht erst nach der Bestattung bekanntgegeben würde.«

»Ich weiß, der Schmerz ist ein ganz persönliches Gefühl«, erwiderte ihr Schwager. »Aber auch eine solche Tragödie enthebt uns nicht der gesellschaftlichen Verpflichtungen. Enea hatte Freunde, die es sehr übel vermerken könnten, wenn sie nicht von seinem Tod erführen.« Er wandte sich an Dr. Morigi. »Kümmerst du dich um den Totenschein?«

»Ja, gewiß.« Schweigend saßen sie da, bis Dr. Morigi

sich verpflichtet fühlte, etwas zu sagen. Er bemühte sich um ein paar tröstende Worte und murmelte, wobei er Matilde ansah: »Ihrem Sohn ging es in letzter Zeit ganz und gar nicht gut. Mag sein, er hat nicht genug auf sich geachtet. Er hat sichtlich Qualen gelitten. Und jetzt hat er seinen Frieden gefunden. Wer weiß, wieviel Schlimmeres er noch zu leiden gehabt hätte.«

Er verstummte, weil ihm die Banalität seiner Worte selber mißfiel, aber dann sah er überrascht, daß ihm Matilde mit unmißverständlicher Dankbarkeit tief in die Augen blickte.

26

Am Tag der Beerdigung war der Himmel klar, und der Sonnenschein ließ die Umrisse der Bäume und der über den Hügel verstreuten großen Villen schärfer hervortreten. Im Hause Monterispoli waren alle Fenster geschlossen, dennoch wurden die Zimmer von den durch die Scheiben dringenden Sonnenstrahlen erwärmt.

Matilde saß dunkelblau gekleidet und mit einer Perlenkette um den Hals im Wohnzimmer. Sie hielt den Kopf hoch erhoben und hob jedesmal leicht die Hand, wenn jemand hereinkam, um ihr sein Beileid auszudrücken.

Es waren viele Leute gekommen, viel mehr, als sie erwartet hatte, und sie überraschte sich dabei, daß es ihr Freude bereitete. Immerhin galt der Name Monterispoli noch etwas in der Stadt.

Mehrere glänzende und lautlose Autos hatten Krankenschwestern und Ärzte aus dem Santo-Giovanni-Krankenhaus vor dem Tor abgesetzt. Die Leute aus der Umgebung waren zu Fuß gekommen, die Damen mit Hut und die Herren im dunklen Anzug. Auch die Kaufleute, bei denen Matilde Kundin war, hatten sich eingefunden, ebenso Saveria mit ihrer Familie, einschließlich der Schwiegertöchter und Enkelkinder. Bevor Saveria sich in dem kleinen Raum neben der Küche umzog, hatte sie mehrere Kannen Milch und Kaffee bereitgestellt, ebenso Gebäck und zwei Torten, die sie von zu Hause mitgebracht hatte. Während sie Tassen und Kaffeelöffel auf den großen Silbertabletts vorbereitete, schluchzte sie so heftig, daß Matilde sie ermahnen mußte, sich zusammenzunehmen.

»Warum weint Ihr nicht auch, Signora?« fragte die Hausangestellte. »Jetzt sind wir allein.«

Dieser Satz berührte Matilde tiefer als alle anderen, die man ihr sagte. Sie streckte die Hand aus, um Saverias Wange zu streicheln, und wiederholte: »Jetzt sind wir allein.«

Dono Monterispoli hatte seiner Schwägerin alles abgenommen. Er hatte über die Bestattungszeremonie und über den Blumenschmuck in der Kirche entschieden, und jetzt stand er unter dem halbrunden Portikus vor dem Haus und empfing Freunde und Bekannte, bevor er sie aufforderte, zu Matilde hineinzugehen. Wie ein aufmerksamer Polizist teilte er die Personen in Gruppen und unterhielt sich mit den einen so lange, bis die anderen wieder aus dem Wohnzimmer auftauchten, dann schickte er elegant und höflich die nächste Gruppe hinein. Selbst mit Calambrina ging er fast liebevoll um, warf einen billigenden Blick auf ihr klassisch geschnittenes Jackenkleid, nahm sie kurz in die Arme und murmelte, daß es tröstlich für ihn sei, sie hier zu sehen.

Als Andreino Colamele vor ihr stand, blickte ihm Matilde stumm in die Augen, und er deutete ihr Schweigen als Vorwurf. Er kauerte sich neben sie auf einen Puff aus rosa Atlas und ergriff ihre Hand.

»Sei tapfer, Matilde«, flüsterte er. »Enea hätte dich stark sehen wollen. Ich weiß, daß du mich für gefühllos hältst, weil ich so unbedingt wollte, daß er wieder bei mir arbeitete. Aber ich war fest überzeugt, daß es der einzige Weg war. Daß es auch noch einen anderen geben könnte, und noch dazu einen so dramatischen, ist mir nie in den Sinn gekommen.«

Matilde meinte, darauf nichts zu antworten zu müssen, und so saß sie schweigend Hand in Hand mit Andreino da, bis drei Personen an der Tür erschienen, die sie nicht zu kennen glaubte. Eine zarte, hübsche Frau und ein grauhaariger Mann, die von einem dunkelhaarigen jungen Mann, der zwischen ihnen ging, auf sie zugeführt wurden.

Sie zogen an ihr vorüber, zuerst der ältere Mann, dann der junge Mann mit der Frau, und murmelten ein paar Beileidsworte. Als sie schon fast wieder an der Tür waren, kehrte die Frau noch einmal um und sagte, ohne auf Andreino Colamele zu achten, der sich erhob, um ihr seinen Platz auf dem Puff zu überlassen: »Ich weiß, was Sie jetzt durchmachen. Auch ich habe erst vor kurzem meine Tochter verloren. Wir Eltern bilden uns ein, daß unsere Kinder immer uns gehören, aber ab einem bestimmten Zeitpunkt tun sie das nicht mehr.« Sie machte eine Pause. »Uns bleiben nur die Tränen.«

Matilde beugte sich vor: »Haben Sie Enea gekannt?«

»Ja, seit kurzer Zeit. Ein hochanständiger Mann.«

So waren also alle, dachte Matilde, die zu ihrem und zu Eneas Leben gehörten, wobei sie von manch einem nicht einmal wußte, daß er existierte, an diesem Tag hierhergekommen, um sie, jeder auf seine Art, an das zu erinnern, was ihr Sohn gewesen war.

In dem Augenblick fiel ihr George Lockridge ein. George war nicht da. Aber ihr blieb keine Zeit, weiter darüber nachzudenken, da Dono den Raum betrat und auf sie zukam.

»Wir müssen gehen, Matilde«, murmelte er, während er sich über sie beugte. »Willst du wirklich mit auf den Friedhof kommen?« Matilde nickte.

Während der Messe wurde sie sich nicht wirklich bewußt, daß der Priester Enea das letzte Geleit gab und daß all die Blumenkränze zum Tode ihres Sohnes gebracht worden waren. Sie sprach die Antworten auf die Gebete, erhob und setzte sich ganz automatisch nach den Regeln der Messe, und als die vier Männer in der Livree des Bestattungsinstituts den Sarg anhoben, um ihn durch das Kirchenschiff hinauszutragen, bedauerte sie nur, daß so fremde Leute diese Last auf sich nahmen.

Auf dem Friedhof kehrte ihr Bewußtsein aber dann schlagartig zurück. Während sie beobachtete, wie der Sarg in die Mauer der Familienkapelle geschoben wurde, war sie sich klar bewußt, daß Enea für immer ging, und Nannis Porträt auf der ovalen Porzellanscheibe des Grabsteins daneben mutete sie fremd wie aus weiter Ferne an.

»Wie groß nur war dieser Christenmensch?« schimpfte einer der Totengräber leise, der immer noch weiterschob, weil der Sarg nicht ganz in die Grabnische passen wollte.

Das war der Moment, da Matilde Dono bat, sie nach Hause zu bringen.

An den folgenden Tagen begann Matilde Saveria geradezu zu hassen, weil sie halbe Stunden lang vor ihr stehenblieb und immer nur von Enea sprach.

»Es hat immer geheißen, wenn es am Tag der Beerdigung regnet, so bedeutet das, daß der Verstorbene ein guter Mensch war und der Himmel um ihn weint«, murmelte Saveria eines Morgens. »Wenn es einen guten Menschen auf dieser Erde gegeben hat, so war das Signor Enea, aber an dem Tag hat es nicht geregnet.«

»Heute regnet es«, erwiderte Matilde, während sie auf die Regenschauer horchte, von denen der Garten seit Stunden gepeitscht wurde. »Etwas verspätet, aber jetzt weint der Himmel über ihn.«

Ein anderes Mal, als sie in die Küche kam, um ihre Kaffeetasse auf den Spülstein zu stellen, hörte Saveria sofort auf zu bügeln und sagte: »Es geht mich ja nichts an, aber da ich den Eindruck habe, daß Ihr ganz durcheinander seid, möchte ich daran erinnern, daß es immer besser ist, die Kleider eines Verstorbenen aus den Schränken zu nehmen und sie den Armen zu schenken. Dann ruht der Verstorbene in Frieden.«

Matilde war schon drauf und dran, ihrer Hausangestellten zu kündigen. Sie konnte es nicht ertragen, daß sie von Enea als »dem Verstorbenen« sprach.

Saveria war es auch, die sie daran erinnerte, daß sie früher oder später nach oben gehen und in den Räumen über dem Gewächshaus Ordnung machen müsse, aber allein bei der Vorstellung wurde sie fast ohnmächtig. Sie hatte nicht einmal mehr Eneas Schlafzimmer betreten, wußte aber, daß Saveria es jeden Morgen lüftete und Staub wischte. Ebensowenig hatte sie kontrolliert, ob das Insulinfläschchen mit dem orangefarbenen Etikett noch auf dem weißen Deckchen stand.

»Signor Enea hätte heiraten sollen«, sagte Saveria an einem anderen Tag. »Dann hättet Ihr heute Enkelkinder, die Euch Trost bringen würden. Ein paar nette Kinder, die im Haus herumtollen, sind ein wahrer Segen.«

»Blödsinn«, versetzte Matilde. »Wenn Signor Enea zur rechten Zeit geheiratet hätte, wären seine Kinder jetzt vielbeschäftigte erwachsene Menschen und würden ganz gewiß nicht hier im Haus herumtollen.«

An jenem Abend klingelte zum ersten Mal seit vielen Tagen wieder das Telefon, und Matilde hätte am liebsten nicht abgenommen. Aber das Klingeln hörte nicht auf, gerade so, als ob der Anrufer ganz sicher war, sie anzutreffen. So hob sie schließlich den Hörer ab. Es war George Lockridge. Sie erkannte ihn sofort am zittrigen Ton seiner Stimme.

»Matilde, ich habe es erst vor einer halben Stunde erfahren. Ich war in England. Nach so vielen Jahren hatte ich mich entschlossen, mal wieder für ein paar Tage in die Heimat zurückzukehren.« Trockenes Husten unterbrach seinen Redefluß. »Ich möchte dich besuchen.« Und dann fügte er schnell noch hinzu, als fürchtete er eine Ablehnung: »Ich habe etwas für dich. Ich meine, es gehört dir.«

»Komm, wann du willst«, erwiderte Matilde. »In diesen Tagen gehe ich so gut wie nie aus dem Haus. Wenn du mich dennoch nicht antreffen solltest, warte ein paar Minuten, bin ich höchstens mal schnell zum Zeitungsstand.«

»Also komme ich morgen.«

27

Am Tag nach George Lockridges Anruf ließ Matilde die Stunden wieder so verstreichen, wie es nun schon ihre Gewohnheit geworden war. Sie stand um halb acht auf, trank ihren Kaffee in dem kleinen Salon (Saveria deckte jetzt nicht mehr den Frühstückstisch im Eßzimmer), staubte in allen Zimmern ab, außer in Eneas, trank noch einen Kaffee und setzte sich mit der Zeitung in Nannis Arbeitszimmer. Doch blätterte sie die Zeitung eigentlich nur durch und las sie nicht wirklich. Sie überflog nur die Schlagzeilen. Es kam auch vor, daß sie mit der Zeitung in der halb erhobenen Hand gedankenverloren ins Leere starrte.

Zum Mittagessen aß sie, um Saveria zufriedenzustellen, die darauf beharrte, daß sie etwas zu sich nahm, den Rest der Suppe vom Vorabend und ein Stückchen Käse. Dann legte sie sich aufs Bett, eine Gewohnheit, die sie nach Eneas Tod angenommen hatte. Am frühen Nachmittag konnte sie mindestens eine Stunde schlafen, wahrscheinlich reichte die Nacht nicht dazu aus, die Wirkung der Schlaftablette abzubauen, die sie nun jeden Abend nahm. Allerdings fühlte sie sich nach dem Mittagsschlaf nicht erfrischt, sondern eher noch betäubter.

Sie erwartete George Lockridges Besuch ohne jede auch noch so oberflächliche Neugier, sondern freute sich einfach, daß jemand zu ihr kam, wenn es auch nur dieser Engländer war, und hoffte, daß er möglichst spät auftauchte, damit sie bei Einbruch der Nacht nicht alleine war. In letzter Zeit fürchtete sie die Dämmerung, wenn Saveria ging und sie allein in dem stillen Haus zurückließ, um das sich der Garten immer enger zu schließen schien.

Aber als es dann klingelte, stand die Sonne noch hoch am Himmel. In sicherer Erwartung der Person, die gleich vor ihr stehen würde, ging Matilde aufmachen und wich verblüfft zurück, als sie Andreino Colamele vor sich sah.

»Forderst du mich nicht einmal auf einzutreten?« fragte der Notar und deutete ein eher säuerliches Lächeln an. Er hielt einen Feldblumenstrauß in der Hand, den er Matilde entgegenstreckte. »Der ist für Enea. Bring ihn ihm von mir, wenn du auf den Friedhof gehst. Oder stell ihn vor sein Foto. Ich besuche schon seit Jahren keinen Friedhof mehr.«

Da die Sonne noch warm und die Luft mild war, beschlossen sie, sich in den Garten zu setzen. Auf der Küchenseite standen unter einer Eiche vier schmiedeeiserne Sesselchen mit dicken Sitz- und Rückenpolstern um einen runden Tisch mit zwei Geranientöpfen.

»Schön hier«, sagte der Notar, während er sich vorsichtig in eines der Sesselchen setzte. Er musterte Matilde, die sich ihm gegenüber niedergelassen hatte. Sie erschien ihm sehr traurig, aber ihre Miene wirkte entspannter als beim letzten Mal. »Wie geht es dir?« fragte er.

Matilde zuckte mit den Achseln. »Wie soll's schon gehen? Ich lebe mit Gespenstern.« Sie hatte keine Lust mehr, sich zusammenzunehmen, wie sie es ihr Leben lang in schwierigen Situationen getan hatte. Sollten die anderen ruhig merken, wie schmerzhaft ihre Wunden brannten.

Andreino Colamele beugte sich vor und faßte sie am Handgelenk. »Warum fährst du nicht ein paar Tage weg? Das Wetter ist so schön, und du hast doch das Glück, dieses wunderschöne Haus in Impruneta zu besitzen.«

»Ich habe keine Lust. Ich fühle mich hier wohl ... Naja, wohl ist zuviel gesagt ... Ich bin es so gewohnt.«

Colamele fühlte sich etwas unbehaglich, weil Matilde sich darauf beschränkte, seine Fragen zu beantworten, selbst aber nichts zum Gespräch beitrug. Er verbreitete sich noch weiter über Impruneta, und dabei rutschte ihm heraus, daß es doch ein Jammer sei, ein solches Landgut zu besitzen und keinen direkten Erben zu haben, dem man es hinterlassen könne. Er hätte sich am liebsten auf die Zunge gebissen.

Matilde erstarrte, und ihre Miene verfinsterte sich. »Du wirst doch nicht hierhergekommen sein, um mit mir über meinen Nachlaß zu reden.«

»Aber nein, keineswegs«, beschwichtigte sie Andreino hastig. »Wenn du dein Leben lang Notar gewesen bist wie ich, dann gehen dir bestimmte Dinge durch den Kopf, ohne daß es dir richtig bewußt wird. Entschuldige, wenn das in deinen Ohren taktlos geklungen hat, ich habe es nicht böse gemeint.«

»Trotzdem...« Matilde hatte sich über die Frage noch nie Gedanken gemacht, dennoch fand sie es ganz natürlich zu sagen: »Da sind Nannis Neffen, die aus San Casciano. Sie tragen seinen Namen und sind außerdem Waisen. Ich habe sie seit Jahren nicht gesehen, aber das macht schließlich nichts.« Sie machte eine Pause und setzte dann zu ihrer eigenen Überraschung voller Bedauern hinzu: »Sie sind nicht einmal zur Beerdigung gekommen.«

»Möglicherweise haben sie nichts davon gewußt«, versuchte sie Andreino nicht gerade überzeugend zu trösten. »Du weißt doch, wie junge Leute sind.«

Matilde verfiel wieder in Schweigen, und Colamele überlegte, ob er nicht besser gehen sollte, obwohl er gerade erst gekommen war. Matilde schien keinen Wert auf Gesellschaft zu legen. Aber dann stand sie auf und wandte sich der Küche zu.

»Ich habe Limonade im Kühlschrank«, sagte sie. »Limonade schmeckt dir doch noch, oder?«

Als sie mit dem beschlagenen Kristallkrug und zwei Gläsern auf einem Emailletablett zurückkehrte, sagte Andreino, um das Thema zu wechseln: »Siehst du? Jetzt haben sie ihn endlich geschnappt.«

»Wen?« fragte Matilde zerstreut. Sie war gerade dabei, die Limonade einzugießen, und hörte nicht richtig zu. »Wen haben sie geschnappt?«

»Das Monster. Und zwar haben sie es auf frischer Tat ertappt.«

Matilde fuhr herum.

Sie starrte auf die Falten im Gesicht des Notars, die pergamentfarbene Haut, die rissigen Lippen, wandte den Blick auf einen Rosenstrauch voller Knospen und ließ ihn wieder zu Andreino zurückwandern, sagte aber kein Wort.

»Endlich ist der Alptraum vorbei« fuhr er fort. »Dieses Liebespaar ist anscheinend nur mit knapper Not gerettet worden. Der Kerl hatte schon die Pistole gezogen und wollte gerade durchs Wagenfenster schießen.«

»Wer hat das gesagt?« fragte Matilde.

»Das Fernsehen, in den Ein-Uhr-Nachrichten. Die Zeitungen geben überall in der Stadt Extrablätter aus. Unten im Zentrum sind alle Leute auf der Straße. Selbst aus den Büros sind sie herausgekommen, und etliche Geschäfte haben geschlossen, um die Festnahme zu feiern.«

»Sind sie denn sicher, daß er es wirklich ist?« Matilde sah den Notar durchdringend an. Sie war bis ins Innerste erstarrt, nur ihre Lippen zitterten.

»Ganz sicher. Ich habe doch gesagt, daß sie ihn auf frischer Tat ertappt haben. Da war dieses Auto mit dem jungen Liebespaar drin, und ringsum waren Polizisten hinter den Büschen versteckt. Man weiß es noch nicht genau, aber das Liebespaar waren womöglich zwei Polizisten, und vielleicht haben die beiden auch zuerst geschossen und den Mann verletzt. Jedenfalls haben sie ihn gefaßt mitsamt seinem schrecklichen Messer und der Pistole, und gestanden hat er auch.«

Matilde starrte auf einen fernen Punkt am Hügel von Fiesole. Die Haut ihres Gesichts wirkte ganz durchsichtig, als sei der letzte Blutstropfen daraus gewichen.

»Jetzt können wir alle ruhig sein«, sagte Colamele. »Auch du.«

Matilde zuckte zusammen und fuhr herum, um ihn anzusehen. »Ich? Warum ich?«

Der Notar zögerte einen Augenblick, dann sagte er: »Weil auch du zu dieser Stadt gehörst, und wenn gewisse Dinge nicht mehr geschehen, ist es doch für alle besser, oder?«

George Lockridge kam, als Colamele gerade aufbrechen wollte. Sie begegneten sich unter dem Portikus und begrüßten sich nur knapp. Der Engländer nickte kurz, und Colamele drückte ihm im Vorbeigehen die Hand.

Als sie allein waren, forderte Matilde George auf, ins Haus zu kommen. »Hier draußen wird es langsam feucht« sagte sie. »Außerdem mag ich mich, wenn es dunkel wird, nicht mehr im Freien aufhalten.« Erst jetzt bemerkte sie das große, in Zeitungspapier eingewickelte Paket, das Lockridge in Händen hielt. »Willst du das irgendwo abstellen?« fragte sie.

Der Engländer schüttelte den Kopf. »Nein, nein, ich muß mit dir darüber reden. Wohin gehen wir?«

Sie gingen ins Wohnzimmer, und als sie nebeneinander auf dem Sofa saßen, sagte Lockridge: »Enea wollte sterben. Seit einiger Zeit hat er immer wieder gesagt, daß er sterben wolle. Und irgendwie hat er das ja auch geschafft. Schließlich hatte er das verloren, was ich sein Alibi zum Weiterleben nannte.«

Matilde betrachtete die abgezehrte Gestalt in dem weiten rotgrünen Wollpullover, die dünnen, bis zur Schulter reichenden Haare, die starren kurzsichtigen Augen. Eine Antwort fiel ihr nicht ein, da sie gar nicht wußte, wovon er redete.

»Was weißt du über Nanda?« fragte der Engländer nach einer Weile.

Matilde verstand immer noch nicht. »Ich kenne keine Nanda«, erwiderte sie und hätte am liebsten hinzugesetzt, daß sie auch gar nichts über sie erfahren wolle. Inzwischen war es doch so, daß jede neue Entdeckung neuen Schmerz für sie bedeutete.

Aber George hatte schon angefangen zu reden und erzählte ihr von Enea und dem Mädchen, von der Wohnung in der Via de' Renai, von der großen Bedeutung, die die Begegnung mit Nanda für Enea besessen, und wie sehr er unter ihrem Tod gelitten hatte.

»Vor ein paar Monaten«, sagte er und hob das Paket hoch, das er bis jetzt auf dem Schoß gehalten hatte, »hat Enea diesen Kopf geschnitzt, den er ihr eines Tages bei mir zu Hause schenkte, aber er gefiel ihr nicht, sie sagte, daß er ihr nicht ähnele und außerdem Unglück brächte. Und so ist er bei mir geblieben.« Das Zeitungspapier raschelte, als George den von Enea geschnitzten Kopf auspackte.

Matilde sah die leeren Augenhöhlen des Mädchens vor sich. Die Gesichtszüge waren nur angedeutet, während die Haare nun noch feiner herausgearbeitet waren.

»Enea hat behauptet, daß ein Porträt um so weniger der Wirklichkeit entspricht, je genauer es ist«, erklärte George seufzend, während auch er die Skulptur betrachtete. »Es kann vielleicht einen Augenblick festhalten, aber im nächsten Moment bist du schon wieder ganz anders, und die Darstellung hat nur einen Teil von dir erfaßt.«

»Aber wenn sie die Seele trifft«, sagte Matilde automatisch, »dann hat sie alles erfaßt.«

Der Engländer schüttelte den Kopf. »Auch das, was du Seele nennst, kann sich verändern. Und zwar sogar ziemlich schnell. Das hängt von den Gelegenheiten und den Lebensumständen ab. Denk nur an Enea, ich bin sicher, daß er ganz anders war, bevor er Nanda kennengelernt hat.«

Lockridge strich zart über den Mädchenkopf, als wollte er ihn streicheln. »Die Haare hingegen hat er absolut genau dargestellt, fast jedes einzelne für sich, und als ich ihn fragte, warum, sagte er, daß Haare zwar ihre Farbe verändern könnten, aber doch immer gleich blieben und gewissermaßen auch ein Spiegel der Persönlichkeit seien.«

Er erhob sich, sah sich suchend um, redete dabei aber weiter. »Denk nur, um die Haare zu schnitzen, hat er, ich weiß nicht mehr welche, Skalpelle benutzt, weil das die einzigen ausreichend scharfen Klingen waren.«

Äußerst behutsam trug er die Holzplastik zu dem Eckschrank zwischen den beiden Fenstern und setzte sie dort neben einer hellblauen Porzellanvase ab.

Matilde schloß das Fenster. Sobald die Sonne langsam hinter dem Horizont versank, verdunkelte die Linde, die an dieser Hausseite ihre Äste über den Garten breitete, den Himmel vollständig, so daß im Wohnzimmer vorzeitig Dämmerlicht herrschte.

»Ich fände es richtig, wenn du sie behieltest«, fuhr George fort. »So könntet ihr euch gegenseitig Gesellschaft leisten.«

»Willst du dich nicht setzen?« fragte Matilde ängstlich. Sie wollte nicht, daß der Engländer ging, sie wollte nicht allein bleiben.

»Nein, ich muß weg. Ich komme mal wieder.«

Matilde begleitete ihn über den Flur bis zum Portikus und blieb dort an der Brüstung stehen, bis er das Gartentor erreicht und sich noch einmal nach ihr umgesehen hatte. Da hob sie die Hand, um ihm müde nachzuwinken, trat ins Haus und verschloß die Tür.